ドードー鳥と孤独鳥

Dodo and Solitaire

川端裕人

国書刊行会

ドードー鳥と孤独鳥

第一章　百々谷と百々屋敷

春――勢いよく育つ緑

海から谷沿いに吹き上げてくる風が、水面に細かな波紋を作る。まだらに落ちる木漏れ日を手の甲に受けながら、指先でちょんちょんと流れに触れる。じんわり汗ばむ陽気でも、湧き出す水はひんやりとしている。

わたしたちは、百々《どど》谷の入り口にある小さな湧水地帯にいた。いつも湿っていて、歩くだけで靴に水が入ってくるような場所だった。そこで、ケイナちゃんは「景色を変えよう」と宣言した。今ひとつ意味が分からなかったけれど、その頃のわたしは、ケイナちゃんの言うことならたいてい素晴らしいと思っていた。

水が染み出しているあちこちを結ぶ溝を作り、こっちを少し削って、あっちも削って、というふうにやるうちに、ケイナちゃんの白い指の動きを追うようにして水が流れ落ちてきた。やがていくつもの小川が生まれ、最後には一つにまとまって十メートルほど下の本流に流れ込んだ。翌日には落ち葉で目詰まりして元の湿地に戻ったけれど、しばらくはどんどん水が集まり、まるで最初からそこに流れがあったかのように、水面を輝かせた。

「景色が変わった」とケイナちゃんは言った。

「それ、どういうこと?」と聞きかけて、途中で納得した。たしかに、そのとき、わたしたちの前の景色は、湿地から渓流へと変わっていた。

さっと首筋に触れるものを感じた。バサッという音がして、それが風圧なのだと気づいた。

そいつは、できたばかりの流れのほとりに降り立った。クックッと鳴き、こちらの方に顔を向けた。

ハトだった。体の色が薄茶色で、濃い茶色のストライプが入った模様は、見慣れないものだ。引き締まった身体で、足輪をしていたので、レース鳩なのかもしれなかった。この森のじめじめした場所で、こういった颯爽としたハトを見たことはなかった。景色が変わると、やってくる生き物も変わるのだと、はじめて意識した瞬間だった。

「ドードー鳥も孤独鳥《ソリテア》も、飛べないハトだよね」

ケイナちゃんが言った。

「ぜんぜん似てないのに、ハトなんだよね」とわたし。

その頃わたしたちは、図鑑で読んだ「絶滅動物」に熱中しており、インド洋モーリシャス島にいたドードー鳥とロドリゲス島にいた孤独鳥が、とりわけお気に入りだった。両方とも飛ぶことをやめて大型化したハト類だ。

自分が不格好で不器用だと思っていたわたしは頭でっかちで滑稽なドードー鳥に親しみを覚え、学校ではあまり人と交わらないケイナちゃんは孤独鳥を好んだ。そして、ふたりの間でだけで共有する物語の中で、ドードー鳥と孤独鳥は相棒同士だった。

今目の前にいる飛べるハトは、こちらをみて、クックッと鳴いた。

「家に帰る途中に、ちょっと疲れて、水を飲みたくなったって言ってる」とケイナちゃん。

「ハトの言葉がわかる？」

「見てればわかるし、ちゃんと聞いていれば、声が聞こえてくるよ」

ハトは水面にクチバシを運び、何度か水を飲んだ。そして、またあっさりと飛び立った。

「へぇっ」とわたしは素直に感心した。

ケイナちゃんは景色を語り、耳を傾け、様々なものの声を聞く人だった。あまりにも多くのことが聞こえるので、ケイナちゃんは孤独になりがちだった。不格好で不器用なわたしは、同じく輪からはみ出した変わりものとして、ケイナちゃんの近くにいられると、そのときは信じていた。

風を切る音と、木漏れ日の反射と、小さな川の流れ、ここにあるものの一切が、ぎゅうっと心の中で塊になった。目に映る景色、耳に入ってくる音、肌で感じるもののすべて、さらにはここから始まることの予感。それらが、凝縮された塊だ。

ずいぶん後になってから、わたしは、その塊が自分の中の奥まった部分に沈んでいるのを見つけ出し、すぐには実現しなかった様々な予感が、形を変えて現実のものになろうとしていることに気づくのだった。

佐川景那ちゃんといつも一緒にいたのは、小学四年生の春から秋にかけてのことだ。その年、わたしは父と一緒に、房総半島南部の町に引っ越し、転校先の小学校でケイナちゃんと同じクラスになった。

始業から一週間遅れて転入してきたわたしが、黒板に自分の名を書くと、窓際席のほっそりした子が立ち上がり、こう言った。

「王様が二つ、月が二つ、それから目が三つ」

先生はぽかんと口を開け、クラスも静まり返った。

望月環。それがわたしの名前だ。名字の漢字の中に「月」が二つあることは自分でも意識していた。「王」が二つあるのも、言われてみればその通りだった。

「あ、目が三つってわからないよね。でも、月と目は似ていない？　だから月と月と横倒しの目で、三つ。素敵な景色だね！」とその子は続けた。

「ああ、そうか、目が三つ！」

まだクラスのみんながしーんとしている中で、わたしたちは直接、視線を交わして、笑いあった。

それが、ケイナちゃんとの出会いだった。

先生は、たったこれだけのやり取りで、変わりもの同士はくっつけておけと思ったらしい。わたしの席はケイナちゃんの近くで、おかげでわたしたちはすぐに打ち解けた。転校生恒例の学校一周ツアーを昼休みにしてくれたのもケイナちゃんだった。

ケイナちゃんは、ひとことで言い表すのが難しい、不思議な子だった。人気者とか、優等生とか、運動好きとか、型通りの言葉が当てはまらない半面、他の人にはない際立った特徴をいくつも持っていた。

例えば、極端な生き物好きであることを、わたしは転校早々に知った。クラスで飼育している水槽の生き物や、校庭の隅のニワトリの小屋をいつも気にしていて、お世話をするだけでなく、なにか話しかけては声を聞き取ろうとしていた。その様子は、級友たちと話すときよりもずっと親しげで、わたしにしてみると、どこか侵しがたいものがあった。

転校した翌週には、ニワトリの孵化を一緒に観察した。朝、昇降口で待っていたケイナちゃんに導かれて理科室に行くと、古い孵卵器の中で、クチバシだけ突き出した卵殻がゆらゆら揺れていた。親鶏が放棄したものを、こちらで温めていたのだという。

わたしたちは息を詰めて見守った。クチバシは少しずつ穴を広げ、最後は脚で殻を蹴破って、体全体がごろりと転がるように生まれ出た。「やった！」とわたしが声をあげたのに対して、隣のケイナちゃんは、ただただ無言でうっとりと見つめていた。その横顔はあまりにも真剣で、わたしの目に焼きついた。

ケイナちゃんは、学校の教科では、体育の球技や音楽の合奏はまるでダメで、図工は得意だった。算数や国語などの教科は、総じてよくできた。それでも授業中、心ここにあらずのことが多く、宿題もよく忘れる不真面目な秀才だった。

人が気づかないようなことに気づく子でもあった。わたしの名前についてもそうだったけれど、もっと心に響いたことがある。五時間目の図工の時間の前、まだ誰もいない間に三階奥の図工室に移動して、一緒に景色を見た。学校は高台にあるので、わたしたちが住んでいる地域が一望できた。

ケイナちゃんは、ぼそぼそと、でも熱っぽく説明してくれた。

「見えているのは東京湾で、天気がいいと富士山まで見えるよ。海の下には、陸の川の続きみたいに水の流れがあって、湾の外まで続いているんだって。海の水って、二千年もかけて世界一周するって知ってた？」

わたしは目を回しそうになった。二千年とか、世界一周とか、巨大なことをいきなり考えると、体がふわふわした。

一方で、ケイナちゃんは、遠景だけでなく近くの景色を見る人でもあった。地球規模の大きな話をした後で、すぐに学校がある高台の眼下に広がる急な谷のつらなりを指差した。

「あれが、つくも谷。その隣に百々谷《どど》」

いきなり視線が近くに戻ってきて、わたしはほっと一息ついた。

と同時に、ずっしりしたものを腹に感じた。

それまで、わたしにとって、自宅から学校までの道というくらいしか世界は存在していなかった。今やそれらがどんなものに囲まれてどんな位置関係にあるのか、パズルのピースがぴたっとはまった。

海に面したこの地域では南北に国道が走っている。国道沿いのわずかな平地には農地と民家が連なっており、それが古くからの市街地でもあった。その先で海に向かって二方向に走る姉妹のような谷が、つくも谷と百々谷だった。

つくも谷は、漢字では九十九谷だ。でも、町の名が「つくも町」とひらがなになったので、谷もそれに合わせるようになったそうだ。一方、百々谷は漢字のままだった。わたしは、「百々」を「どど」と読むことに、最初、驚いた。でも、慣れてしまうと、それが当たり前になった。

高台の学校から見るつくも谷と百々谷は、とても対照的だった。

北側のつくも谷は、色とりどりで目に刺さった。青や赤の屋根に埋め尽くされ、谷全体が新しい町になっていた。ケイナちゃんの家もその中にあった。級友にもここで暮らす人が多いそうだ。

一方、南側の百々谷は、こんもりとした森に覆われていた。あまりに緑が濃く、森全体が谷から這い上がってくるひとつの生き物みたいだった。

百々谷とつくも谷の境界には稜線がある。その稜線から少し百々谷側に下ったところに、見覚えがあるものが見えた。

木々の中からわずかに顔をのぞかせている、茶色の瓦屋根。わたしが引っ越したばかりの家だった。毎日、歩いてくる木立から農地や町へと移り変わる道もすぐにわかった。

「あれが、うちだよ」と指差したら、ケイナちゃんはいったん目を細めた。

そして、ぱちっと目を見開いた。びっくりするくらい大きくて黒い目で、わたしはどきっとした。

「ドドヤシキ！」

「なにそれ」

「だから、百々屋敷《どどやしき》」

地元の人たちが、わたしが住んでいる家を呼んでいる名前だそうだ。百々谷にあるから百々屋敷、という単純な命名だった。

緑深い百々谷にはほとんど建物がなくて、民家としては地主の一人が建てたものが一軒あるだけだ。家の主《あるじ》は老齢で東京の息子家族のところに身を寄せており、わたしの父が療養のために家を借りているのだった。

「百々谷には行くなって言われてるんだよ」

ケイナちゃんは残念そうに言った後で、さらに続けた。

「マムシが出るとか、スズメバチに襲われるとか。でも、行きたいよ。だって、生き物がたくさんいるんだよ。放課後、遊びに行っていい？」

言葉の勢いのまま、ケイナちゃんは、わたしの家にやってきた。そして、連日、入り浸った。


春の百々谷は、匂いに満ちていた。

どういう匂いかというのは、ひとことでは言えない。むわっとしていたり、さわやかだったり、はっとさせられたり様々で、それらは、風向きが変わるだけでもうつろった。いずれも森や川や海に由来する、生き物の匂いなのだった。

わたしたちは四月から五月にかけて、野山をかけめぐった。いきもの係のケイナちゃんは、自分がお世話をするペットのような動物だけでなく、野生の生き物が好きだった。

谷を流れ落ちる川はせいぜい一キロくらいで海に注ぐ。地元の人たちがいずれ自然公園として公開しようとしているそうで、あちこちにボードウォークが作られていた。藪でいきなりマムシに嚙まれる危険はなかったし、この季節はスズメバチも活発ではなかった。わたしはそれを聞いてほっとしていたのだが、ケイナちゃんはむしろ残念がっていた。マムシのエラの張った頭は格好いいし、スズメバチは昆虫の王者だからむしろ会いたい、と。そういう子だった。

上流の森では、林床を歩く赤いカニを見つけては楽しんだ。中流、下流域では川がゆったりして池ができていた。何種類かのカエルの卵塊を見つけては、ぶよぶよした透明なゼリーの中で発生が進んでいくのを観察した。海の近くに広がる干潟ではハゼを追った。ケイナちゃんは、出会った生き物について、ノートにきちんと名前を書き記し、観察記録をつけた。そういうところは、とても几帳面なのだった。

百々谷は、とても小さな渓谷だったけれど、雨が降って川が流れ海に注ぐまでのすべてがあった。小学生の足でも踏破できるぎりぎりのサイズだったと思う。わたしたちは、すぐに頭の中に谷の地図を思い浮かべられるようになった。

この時期のことでわたしがよく覚えているのは、ヤゴの発見だ。下流の池と森とのはざまにある草地で、ケイナちゃんは、湿ったくぼみに溜まっている葉っぱや木の枝を取り除き始めた。葉っぱの一枚ごとに裏側までいちいち観察し、そうするうちに濃褐色の塊を見つけ出した。ケイナちゃんの顔が、ぱあっと輝いた。

「ヤゴだよ」と言うのだけれど、わたしは半信半疑だった。トンボの幼虫のヤゴは、普通、水の中にいる。夏前のプール掃除では、秋に産卵するトンボのヤゴがたくさん見つかる。

でも、ここは草地で、窪みは少し湿っているとはいっても、水中ではなかった。

そのヤゴについては、サラサヤンマという種類だと、後で父が教えてくれた。父はナチュラリストというほどではないけれど、わたしをバードウォッチングや釣りにつれていく程度には、自然に親しむ人だった。療養目的での転居だったとはいえ、この頃から百々谷の保全団体と接触するようになっていたらしい。それで、池などを網でガサガサしても見つからない幻のヤゴ、つまりサラサヤンマのヤゴがいると知っていた。

五月末には、ケイナちゃんがヤゴを見つけたすぐ近くで、やや小ぶりのヤンマの成虫が飛び始めた。緑と黒の鮮やかな模様で、時々、五秒、十秒と同じ場所に滞空して、複眼にわたしたちの姿とその背景の森を映した。わたしは、自然と動悸が高まった。

「景色を変えよう」とケイナちゃんが言い出したのは、たぶんこのサラサヤンマがきっかけだったとわたしは思っている。その頃から、ケイナちゃんはノートに、出会った生き物の名前や行動を書いておくだけでなく、周囲の景色をスケッチするようになった。サラサヤンマのヤゴがいるのは、ところどころ湿った窪みがあるこんな草地だ、というふうに。

そして、百々屋敷の近くのじめじめした湧水地帯の景色を、自分たちで変えられるかもしれないと言い出した。ここに一本の川を作って、水はけをよくする。そうするとそのあたりは乾いた草地と湿った窪みがまだらにできて、サラサヤンマが産卵するかもしれない。おまけに、わたしたちも乾いたところを快適に歩けるようになるから一石二鳥だ、と。

もっとも、わたしたちが苦労して作った川は、すぐに目詰まりしてしまい、やってきたのは足輪をしたハトだけだった。つかのまの渓流の景色の中で、ハトがクックッと鳴き、わたしたちは遠い島々の、絶滅した飛べないハトの姿を重ね見た。

学校からの帰りが遅かったり、雨の日などは、わたしたちは百々屋敷、つまりわたしの家で過ごした。

百々屋敷の母屋は、子どもの目にはとても大きな古めかしい建物だった。昔ながらの瓦屋根というのを、わたしははじめてそこで見た気がする。

そんな立派な屋敷の中で、わたしたちが使っていたのは玄関から入って、正面から左側にかけての一角だ。台所とそれにつながった居間があって、寝室もその部分だけで三つあった。寝室のうち二つは、父とわたしのもので、立派な書架や机がある三つ目の部屋は父が仕事場にしていた。もっとも、父は居間で作業をすることが多かったので、仕事場は事実上、書庫になっていた。

ケイナちゃんとわたしは、黒っぽい艶のある作りつけの書架の前でかなりの時間を過ごした。父が持ってきた生き物関連の蔵書が、魅力的だったからだ。子ども向けの本もあり、わたしはまず『ドリトル先生』のシリーズに夢中になった。

わたしよりも倍くらい読むのがはやいケイナちゃんは、やがて大人向けの小さな字の『ソロモンの指環』『生物から見た世界』『種の起源』『野生のうたが聞こえる』『センス・オブ・ワンダー』に挑んだ。きっとわからないところだらけだったろうに、ケイナちゃんには、わかるところだけでも拾い上げて読み進む勢いがあった。

それを見ていた父は目を細め、いつもの優しく丁寧な口調で「生き物と話がしたいんですね、もっと知りたいんですね」と言った。

ケイナちゃんは我が意を得たり、というふうに首を上下に振った。

学校ではふわっと浮いているのに、ここではしっくり馴染んでいた。ケイナちゃんは、父にそれらの本にまつわる質問をよくしていたし、父もていねいに答えた。父の専門は歴史学で、生き物についてはアマチュアだったけれど、生物学や博物学の歴史については、かなり博識なのだった。

「あなたは、生き物の声に耳を傾ける人ですね。そして、いつも景色を見ようとしていますね。そういう特徴は大事にするといいと思いますよ」というのが、父がケイナちゃんにかけた言葉だった。

わたしは、しばらく『ドリトル先生』シリーズに留まっていたのだけれど、やがてケイナちゃんと一緒に夢中になる分野が出てきた。

絵がたくさん出ている図鑑だ。文章を読まなくてもまずは楽しめたし、そうすると、今度はじっくりと文章も読みたくなった。

とりわけお気に入りだった図鑑は、タイトルは正確には覚えていないけれど、『絶滅した動物たち』というような意味のものだったと思う。

わたしたちは、まず「絶滅」という言葉を辞書で引いた。「すっかり滅びて絶えること」と書いてあった。

心が感電した。ビビッとしびれた。

「もう、いないんだね……」とわたしは絞り出すように言った。

「もう会えない生き物たちなんだよ……」とケイナちゃんは、ほとんど同じ抑揚で返した。

図鑑に掲載されている生き物たちは、もうこの世にいない！

その事実は、ひたすら衝撃的で、わたしたちは美しい博物画を見ながら、深いため息をついた。

そして、食い入るように本文を読んだ。すべてが、印象的で、胸に突き刺さった。

例えば、オオウミガラス。ケイナちゃんは、おごそかに説明を朗読した。

「十九世紀半ばに絶滅した飛べないウミガラスの一種である。北大西洋に生息し、ピンギヌス属の中で唯一の現生種で、もともと、ペンギンと言えばこの鳥のことだった。現在ペンギンとして知られている南半球の鳥類は、ヨーロッパ人によって発見された際に船乗りがオオウミガラスに似ていることから名づけた。オオウミガラスは、餌が豊富な海域で、上陸しやすい平らな部分がある島で繁殖した。カナダ・ニューファンドランド島沖のファンク島、グリーンランド、アイスランド、フェロー諸島、オークニー諸島、ノルウェー、アイルランドなどで見られた」

　オオウミガラスは、元祖ペンギンなのに十九世紀に絶滅してしまったために、名前を奪われた鳥だった。イラストはぱっと見たところペンギンにそっくりの直立した姿だったけれど、よくよく見るとクチバシに畝《うね》のような立体的な模様があることで区別できた。絶滅した理由は、まず、肉、脂、羽毛を取るためにたくさん捕まえられて数が減り、最後は博物館の剝製にするために殺されたと書いてあった。

「ペンギンとオオウミガラスの違いは、二つあると思うんだ。一つは、ペンギンの肉は美味しくなかったけど、オオウミガラスは美味しかったんだね。もう一つは、近くに住んでいる人が多いか少ないか。ペンギンは南半球の鳥で、人の数も多くなかったから、命びろいしたんだと思う」

ケイナちゃんは、図鑑に書いてあったことを自分なりにまとめて結論した。そして、掲載された歴史的な幾葉ものイラストの輪郭を指でなぞった。ものすごく上手な画家が、愛情を込めて、時間をかけて描いたものだと思われた。

オオウミガラスの他に、わたしたちが特に好んだ生き物たちは、こんなふうだ。

北太平洋のベーリング島の浅い海には、コンブだけをひたすら食べるステラーカイギュウがいた。ジュゴンやマナティーの仲間の海牛類で、体長十メートルにもおよぶ優しい巨大海獣だった。でも、人類が発見してわずか二十七年で絶滅してしまった。

今は木の上で暮らしているイメージが強い南アメリカのナマケモノの仲間には、かつて地上を歩いていたものたちがいた。その中でも大きな種は、身長五、六メートルにも達した。のっしのっしと森や草原を歩いては、手を伸ばして木々の上の方の葉っぱを食べたり、鋭い爪で地面を掘って根っこを食べたりしていたらしい。

ニュージーランドには、やはり巨大なジャイアントモアという飛べない鳥がいた。こちらも三・五メートルもの高身長だった。首が長いので、背伸びしたら、森のてっぺんから頭を出してあたりを見渡せたかもしれない。また、マダガスカルにはジャイアントモアよりも背は低いけれど、ずっと重たいエレファントバードがいた。

フクロオオカミはオーストラリアの動物で、名前はオオカミなのに、実際はカンガルーなどの有袋類の仲間だ。赤ちゃんをお腹の袋に入れて育てる。肉食なのはオオカミと同じで、姿も似ている。しかし、口をパカッと九十度近くまで大きく開けられる特徴があり、そうしたときには、見知らぬ宇宙生物みたいだ。

北アメリカのリョコウバトは、ヨーロッパ人がやってきたときには何十億羽もいて、空を覆い尽くすくらいの巨大な群れで旅をした。それなのに狩られて絶滅してしまった。ものすごくたくさんいたのに絶滅したなど最初は誰も信じず、いなくなった後もしばらくは「海を渡って別の大陸に飛んでいった」とか「月へ飛んでいった」とか本気で言う人がいたそうだ。

北アメリカでは、その後、カロライナインコという色とりどりのインコや、ハシジロキツツキという赤、白、黒の模様の美しいキツツキも絶滅した。

などなど。

そんな中で、格別だったのは、本の終わりの方に出ていた二種類の飛べない鳥たちだった。見開きで描かれたそれらの絵に、わたしたちの目は吸い寄せられた。

一方は、翼がごく小さく、頭でっかちで、大きくねじまがったクチバシを持ち、ずんぐりむっくりで不格好な姿に描かれていた。ドードー鳥だった。

もう一方は、首が長くスマートで額に飾り羽の帯がある優美な姿で、こちらも翼は小さかった。孤独鳥《ソリテア》と名前が添えられていた。

不格好なドードー鳥と優美な孤独鳥は、百々谷《どど》にいるわたしたちにとって、なにか特別なものであるように思え、わたしたちはその説明を、文字通り、穴が開くほど何度も読んだ。

Dodo (*Raphus cucullatus*), *Extinct Birds,* Walter Rothschild, 1907, William Frohawk del.

Solitaire (*Pezophaps solitaria*), *Extinct Birds,* Walter Rothschild, 1907, William Frohawk del.

ドードー　学名 *Raphus cucullatus*　英 Dodo　ハト目　ドードー科

ドードー鳥の名は絶滅の同義語である。英語の「デッド・アズ・ドードー」という表現は、「永久に去ってしまった」「死に絶えた」ことを意味する。ドードー鳥はシチメンチョウほどの大きさのがっしりとした鳥で、体高約六十五センチ、体重二十キログラムに達した。大きくて長いクチバシは、先端が著しく鉤状に曲がり、角質のかたい膜で覆われていた。頭は大きく前面は無毛、目から頬やあごにかけても無毛だった。太っており、のろまで、間抜けな印象を与えることが多かった。

◎分布

ドードー鳥はインド洋のマダガスカル島東方に連なるマスカリン諸島モーリシャス島にのみ生息していた。

◎絶滅の歴史と原因

一五九八年、オランダ艦隊がモーリシャス島に寄港し、ドードー鳥は、はじめてヨーロッパに知られた。その後、何羽かが海を渡り、一六〇五～一〇年頃には、プラハの驚異王ルドルフ二世に献上された。一六三八年までにロンドンにもたらされた個体は、見世物にされていた記録がある。野生では、島に導入されたイヌ、ネコ、ブタ、サルなどがさかんに卵を盗みヒナを殺したため生息数は激減し、一六六二年の目撃を最後に、姿を消した。

今も残された標本で、十七世紀に生きていた生体に由来するものは少ない。一七五五年までは、オックスフォード大学に、全身の剥製があったが、それも、虫食いがひどくなったために頭と脚を残して廃棄された。現存するのは、必ずしも実物を見て描いたとは限らない絵やスケッチの他、オックスフォード、コペンハーゲン、プラハの博物館に、頭や脚の標本があるに過ぎない。しかし、絶滅後二世紀が過ぎた十九世紀以降、島の沼沢地から発見されるようになった亜化石を使って全身骨格が再現できるようになった。

ドードー鳥は、太っており、のろまで、間抜け。

ひどい言われようだったし、イラストもたしかに太って、間抜けに描かれていた。でも、わたしたちは、この鳥に格別な愛着を持った。デッド・アズ・ドードー、「ドードー鳥のように死んでいる」という英語が、「永久に去ってしまった」という意味であることが、胸にじんとしみた。

一方で、孤独鳥の方は、ドードー鳥に比べても情報が少ないという。一羽も生きて島の外に出た記録がなく、目撃談も限られている。図鑑で強調されていたのは、単独行動する習性と優美な姿だ。

孤独鳥《ソリテア》　学名 *Pezophaps solitaria*　英 Solitaire, Rodriguez Dodo　ハト目　ドードー科

ロドリゲスドードーとも呼ばれるが、ドードー鳥とはそれほど似ていない。

ロドリゲス島における数少ない目撃談によると、群れなすことがほとんどなかった。そのため、「孤独」「独りもの」「隠者」などを意味する*solitaria*という名前がつけられた。

ドードー鳥同様、翼が小さく飛べなかった。シチメンチョウよりも背丈が高く、首はすらりと伸びていた。頭部もくちばしも大きくはあるが、ドードー鳥よりは小さかった。目の色は黒く、生き生きとしていた。オスの羽毛は通常、灰色がかった色と褐色が混じっており、メスは金色や褐色のものもあった。羽毛は密で、滑らかで、美しかった。歩き方も、大変優美で、見るものを魅了したという。

◎分布

孤独鳥はインド洋のマダガスカル島東方に連なるマスカリン諸島ロドリゲス島にのみ生息していた。ドードー科の鳥がいたのは、ドードー鳥のモーリシャス島、孤独鳥のロドリゲス島のみである。

◎絶滅の歴史と原因

ロドリゲス島は、ドードー鳥のモーリシャス島よりも人間の入植が遅く、孤独鳥はドードー鳥よりも少し長く生きながらえた。しかし、結局は、ドードー鳥と同じ理由で一七六〇年頃までに姿を消した。生きて島の外に出た記録はなく、現在、博物館などに所蔵されている標本は、すべて島の洞窟などで発掘されたものである。

孤独鳥は、ドードー鳥よりも背が高かったけれど、頭はむしろ小さく、つまり小顔で、すらりとしていた。金褐色のなめらかな体と相まって、優美な姿で見るものを魅了した。それなのに孤独に暮らしていたというのはどういうわけだろう。孤高の生き物、という印象を受けた。ロドリゲスドードーという別名よりも、ドードー鳥とは似て非なる、孤独鳥《ソリテア》と呼ぶ方が似つかわしかった。わたしたちは、やはりこの鳥にも深い愛着を抱くようになった。

「ドードー鳥と孤独鳥って……似てるよね」とあるときケイナちゃんがぼそりと言った。

「そうだね、ふたりに似てる」とわたしはすぐに返した。

ドードー鳥と孤独鳥は、わたしたちに似ている。

いつしか自然とそう感じるようになっていた。

絶滅した動物に関心を持つ人は、世の中にそれほど多くない。もちろん『不思議の国のアリス』を読んで、ドードー鳥を知っている人はいるかもしれないけれど、孤独鳥を知っている人はなかなかいないだろう。つまり、「ドードー鳥と孤独鳥」という特別な鳥たちのことを、二種だけからなる「ドードー科」や「ドードー類」として理解している人は、ごく一部だけだ。だからこそ、わたしたちは、この鳥たちのことを秘密めいたものに感じ、いつしか自分たちふたりのつながりを表したものだと考えるようになったのだと思う。

梅雨――谷を流れ落ちる水

百々谷の隣にあるつくも谷をはじめて訪ねたのは、六月に入ったあたりのことだった。何日か雨が続き、房総半島のもっと南側では、水害が起きるような大雨が降った。このあたりもかなりの雨量で、校庭は水浸しになっていた。

ケイナちゃんが何日か学校を休んでいたので、放課後、プリントなどを持っていくように託された。本当は、先生は家が近所の人に預けたのだけれど、終礼の後でその子から「おねがい」と渡された。なぜ?と思いつつ、「仲がいいでしょ」と言われたら断れなかった。

掃除当番を終えて、いったん家に帰り、父に言って、住所を確認した。この地域では、小学生の保護者は組分けされて地区班というものに参加することになっていて、名簿が配られる。百々谷で唯一の住人であるわたしたち親子は、便宜的につくも谷の中のケイナちゃんの家と同じ班に入っていた。

わたしたちの百々屋敷とケイナちゃんの家は、地図で見る限りは大して離れていなかった。二つの谷の間の稜線を隔てて、南北に同じくらいの距離のところにあった。でも、直接行き来する道路はないので、いったん国道に出てから大回りすることになる。

いや、ケイナちゃんがいつも使っている近道ならあった。昼でも暗い踏み分け道だ。近くまで行ってみたけれど、わたしの背よりもずっと高い雑草が道の両側にそびえていた。幽霊が出てきそうな不気味さがあって、ケイナちゃんが「お化けトンネル」と呼ぶのがよくわかった。わたしはとてい一人で歩くつもりにはなれず、素直に大回りした。さいわい雨はやんでおり、自転車を使った。

国道からの降り口のところから、ちょうど谷全体を見渡せた。急斜面に作られた段々畑みたいな細長い区画ごとにたくさん家が建っていて、その先には海が鈍く光っていた。

ケイナちゃんの家に行くには、いったん坂を降りて途中からまた登る。最後は自転車を押して歩いた。佐川と書かれた表札と住所を確認し、わたしは呼吸を整えた。

このあたりの平均的な二階建てで、建物自体にはきわだった特徴はなかった。でも、まわりの家と雰囲気が違った。庭に雑草が茂っていて、奥にゴミ袋の山が積まれているのが目についた。

チャイムのボタンを押すと、びっくりするほど大きな呼び出し音が鳴った。それでもドアが開く気配はなかった。

もう一度、チャイムを鳴らそうか迷っているうちに、地面に小さな揺れを感じた。ゴゴゴ、と低い音が聞こえたような気がした。

振り返ってみると、海が暗くうねっていた。対岸が霞んでぼやけているのは、かなり激しい雨が海上で降っているからだった。

また、ゴゴゴ、と嫌な音がした。逃げ出したくなって、プリントを郵便受けに押し込んだ。でも、郵便物が詰まっていてうまくいかなかった。

ガタンと音がした。ドアが開いていた。

「あの、これ、学校のプリントです……」

出てきた女性に、おそるおそる差し出した。

ケイナちゃんのお母さんだとは思った。でも、似ているかんじはしなかったし、わたしの方をちゃんと見てくれず、無言でプリントだけをぐいっと摑むように奪い取った。昼間なのに、お酒の臭《にお》いがツンと漂ってきた。

とにかく役割は果たしたので、わたしは自転車に飛び乗った。雨がまた落ちてきて、わたしは、つくも谷から抜け出すことだけを考えた。さいわい本降りになる前に家にたどり着くことができた。

父には、ケイナちゃんは元気だったか、というようなことを聞かれて、生返事をした。

どうして、ケイナちゃんは出てこなかったんだろう、とあらためて思った。もしかして、重病で寝たきりになっているとか……。だから、お母さんは、わたしに話しかける気持ちの余裕がなかったのかもしれない、と。

その夜はなかなか寝つけなかった。森に面したわたしの部屋からは、強い雨が葉を叩く音が、せわしい足音のように聞こえた。わたしは、父の書架から絶滅動物の本を持ってきて、ドードー鳥と孤独鳥《ソリテア》のページを何度も読んだ。そのうちに、いつの間にか眠りに落ちていた。

梅雨の間、外で活動できない日が続いても、わたしは学校を嫌にならずに過ごせていた。また登校するようになったケイナちゃんが、そばにいてくれたからだ。

わたしは、友だちの輪に入ることができない子だった。みんなが楽しそうに話していても、遠巻きにしている方がよかった。誰かが気を利かせて話題を振ってくれたときは、ただ微笑みを返した。

そして、輪に入らないのは、ケイナちゃんも同じだった。むしろみんなに敬遠されている風でもあって、まさに孤高の雰囲気を身にまとっていた。クラスのみんなには、ふたりまとめて、ちょっと変わった子たちとして、距離を取ってもらえればそれでよかった。

わたしはドードー鳥だ、と本気で思い始めた。

飛べない、体が重い、頭でっかちだ。不器用で、攻撃されたらなすすべもない。前の学校では、嫌なことがたくさんあった。

「ボーちゃんがドードー鳥なら、こっちは孤独鳥だから」

ケイナちゃんは目尻を下げて小さく笑いながら、ことあるごとに言った。

わたしは、ケイナちゃんが自分のことを「孤独」と言うのは、実のところ少し寂しかった。わたし自身は、ケイナちゃんのおかげで、孤独ではなかったからだ。ふたりで百々谷の森に入ると、日々、胸の奥に感じていた重たい澱《おり》のようなものも溶かすことができた。東京の学校にいたときよりも、断然よかった。

ケイナちゃんは、父とも仲良くなっていたので、まるで三人家族だと思うほどだった。雨が降ったりして、百々谷に降りない午後は、父がいれてくれたココアを飲みながら、生き物の話をした。わたしが知っている中で、ケイナちゃんが一番楽しそうに話したのは、三人のお茶会でだった。孤高だったケイナちゃんが、飛べない翼を休めるのはこういうときだった。

父にとっても、穏やかな時間が流れていた時期だと思う。父は勤め先の大学の仕事から離れて治療に専念する必要があり、スケジュールに追われずに日々を過ごすことが大切だった。東京にいた頃は、大きな手術の後にありがちな心の不調で、よくつらそうにしていたけれど、こちらでのんびりするうちに、見た目には以前と変わらない父に戻っていた。休みの間に本を書くという目標も、わたしが学校に行っている間に少しずつ進めているようだった。

親子二人での田舎の一軒家での暮らしは、かなり成功していたと言える。そこには百々谷があり、難しい子どもだったわたしの憩いの場になった。父にしても、こっちにきてから接点ができた百々谷保全の活動に感銘を受けているようで、三人のお茶会のときにはよく話題に出した。ケイナちゃんが見つけたヤゴがサラサヤンマだと分かったのも、父が百々谷に関心を持ち始めていたからだ。

わたしたちのことを、父は保全団体に話してくれていた。子どもたちが、百々屋敷の周りで遊んでいる、と。もっとも、わたしたちが、梅雨の晴れ間にボードウォークを伝って河口まで行ったり、ときにはボードウォークから離れて森の深いところまで足を伸ばしていることを、父はその時点では知らなかった。お茶会に集うドードー鳥と孤独鳥は、実は思いのほか広い領域を歩き回っていたのだ。

当時、わたしたちと父の間にあった約束は、「暗くなる前に帰る」「夜の森には入らない」ということだけだった。それだけは、かたく指切りさせられた。わたしは、暗がりを怖がる子どもだったので、言われなくても守る約束ではあった。

百々谷の地図を描こうと思った。

わたしたちが自分で歩いてきた範囲で、谷の上から下までを一枚の地図にまとめることは前から考えていて、あちこちでスケッチを描いたりはしていた。それらをいよいよ一枚にまとめたい。

まず谷全体の姿は、学校の玄関に飾ってある付近の航空写真でわかっていた。それは鳥の翼の片方を広げた形に似ていた。

「鳥といってもいろいろあって、これはハトの翼」と生き物好きのケイナちゃんは確信をもって言った。

翼の先端部分から初列風切羽《かざきりばね》の範囲が源流と上流域で、それよりも体側が中流、下流域だった。わたしたちは、スケッチ帳の見開きにまずは大きな翼の輪郭を、そして、中央を流れ落ちる河川を描きこんだ。ふだんは「川」としか呼んでいなかったけれど、「中の川」と名づけた。これが、百々谷の背骨ともいえる大切な地形だった。この川が谷を作ったわけだし、谷があるからこそ川があった。谷と川は表裏一体というか、つまりは同じものの見え方の違いだった。

中の川の流れがびしっと決まると、最上流から河口に至るまでの様子を細かく描き入れて、名前をつけていった。

まず、百々屋敷から中の川上流域に至る斜面は、「じめじめ地帯」と名づけた。はっきりと池になるわけでも川になるわけでもなく、いつも地面に薄く水が滲み出している。わたしたちがちょっと手を入れたくらいでは歯が立たず、あいかわらず靴を汚しながら行き来するしかないところだ。

上流の森の中で急斜面が露出しているあたりは「カニ住宅」とした。土の隙間に、森に暮らすカニたちの巣があって、そこから出入りする姿をよく見かけていた。

川沿いにはえている木々はコナラやクヌギが多いけれど、ところどころにヤマザクラがあった。四月の間は花を咲かせていて華やかだったことを忘れずにいたくて、「桜森」とした。

少し川を下った中流域では木々の種類が変わり、湿地を好むハンノキなどが中心になる。夜になるとホタルが出てくるので、「蛍森」と名づけた。

蛍森が切れたあたりに、谷で一番大きな池、「真ん中池」があった。ここには中の川だけでなく、南北からの支流、「上の川」と「下の川」が合流する。いきなり水量が多くなるし、流れがせき止められたダム湖のようになっていたので、池はかなりの大きさだった。わたしたちが網でガサガサした成果によると、ヌマエビ、テナガエビなどのエビがたくさんいた。

さらに下流はササ原だった。昔農地だったのを人が手を入れるのをやめて数十年たったために、乾いた原っぱになってしまったそうだ。生えているササは、三、四メートルもの高さがあるので、川沿いのボードウォークは、ササのトンネルを進むようなものだった。だから、ここは「笹トンネル」とした。つくも谷との通路になっている「お化けトンネル」と並んで、百々谷の二大トンネルだった。

トンネルを抜けると、海へと続く干潟が広がっていた。水鳥がたくさんいたし、トビハゼが泥の巣穴から顔を出したり、シオマネキが大きな片腕を振る動作を繰り返したりしていた。干潟の際《きわ》を大回りする道もあって、百々谷の小さな湾に突き出した岬で潮溜まりの生き物たちと遊ぶこともできた。

わたしたちがその頃に知っていた百々谷は、これがすべてだった。地図にすると、最上流近くの百々屋敷近辺と干潟や磯を含む河口部のまとまった地域の間を川沿いの細い帯でつないだ形になった。そこから少し離れると「未踏領域」だ。ケイナちゃんは、こういった大人っぽい言葉をどこから拾ってきて、「テラ・インコグニタ」というさらに難しい言葉までつけた。

これらの作業は、家の居間で行った。それで、父はようやくわたしたちの行動範囲が、源流から河口にまで及んでいることを知った。最初は驚いていたけれど、基本的にボードウォーク沿いの行き来だったので、安心したようだ。「テラ・インコグニタ」の文字を指差しながら、「もうすぐ、このあたりが既知になりますよ」と言った。

「探検隊？」とケイナちゃんは聞いた。

「いや、探検隊が調査に出かけるのではなくて、土木工事です。ほらここですけど――」

父は笹トンネルのあたりを指差した。

「ササがあまりにはびこって大変なことになっているでしょう。あれをできるだけ刈り取る計画があります。梅雨が終わったらやるそうですよ」

父がそう言うと、ケイナちゃんの表情がぱあっと輝いた。

「景色が変わる！」

「そうですね、変わりますね」

それがどういう意味なのか、わたしにはぴんと来なかった。でも、すぐにはっきり理解することになるのだった。

　梅雨が終わったのかまだ続いているのかわからない曖昧な時期に、数十人のボランティアが組織されて、ボードウォークの両側の笹トンネルを切り崩しにかかった。

　ある程度、密なところは刃のついた円盤が回る刈払機を使って豪快になぎ倒し、まばらなところは剪定バサミで一本一本切っていくこともあった。体調がよかった父もこの作業に参加した。

　わたしたちは、参加者が連れてきた年少の子どもたちのリーダーを任された。作業現場には近づけなかったけれど、間近で一部始終を見届けた。

　ササに埋もれていた大きなエノキが文字通り「発掘」されたり、やはり埋もれていた昔の農家の小屋がでてきたり、びっくりさせられることばかりだった。もともと段々畑になっていたということも、斜面の形から納得できた。

　ケイナちゃんは、結局、小さい子たちの面倒をほとんど見なかった。「景色が変わる」のが楽しくて仕方ないらしく、しょっちゅう作業現場の近くまで行って追い払われたり、逆に少し離れたところから全体像を見ようとした。

　作業は週末の丸二日続いた。これでボードウォークの左右が開けて、笹トンネルはなくなった。中流の真ん中池のあたりから河口までが見渡せるのは素晴らしい景色だった。これで百々谷が海とひとつながりになっているということがよくわかった。

　さらにその後で、景色はもっと変わっていくことになった。

作業の翌々日には、戻ってきた梅雨の大雨で、真ん中池が溢れた。もともとダムのようにせき止められてできた池なので、その周囲から水が流れ出すことで、下流のササ原だった場所が水浸しになった。

すると、さっそくいろんな草が生え始めた。いったいどこから来たのかと思ったけれど、かつて水田だった頃にまわりに生えていた、湿地を好む様々な植物の種が土の中に埋もれていたのだという。

生き物の数も目に見えて増えた。真ん中池の際の狭いエリアでしか見られなかったサラサヤンマも、新しい湿地のまわりにできた広大な草地に新たな産卵場所を求めて、縦横無尽に飛び回るようになった。

わたしたちは、その湿地から草地へのつらなりを「ヤンマ湿原」と名づけた。

百々谷の保全団体が、ボランティア希望者に対して行った市民講座のようなものに、わたしたちも出席したことがある。小学校のコミュニティルームで開催され、ちょうど一クラス分くらいの人たちが集まった。

それで、笹トンネルが切り払われてヤンマ湿原になったことにどんな意味があったのか、はじめて理解できたような気になった。そのときの市民講座のまとめが、今もネットで見つかるので、少し引用してみる。

生き物で賑わう百々谷について

百々谷は、ひとつの小さな「集水域」からなる世界です。

この谷に降った雨は、渓谷内を流れる川に流れ込んで海に至ります。河口から源流まで、せいぜい一キロメートルほどの流域ですが、それでも水循環の小さな一単位なのです。水が流れ下るとき、地面を削り、谷を深くします。

百々谷は、二万年ほど前の氷河時代にはすでに渓谷だったようです。当時は海水面が低く、東京湾は陸地だったため、海ははるか遠く、数十キロ先、現在の東京湾外まで後退していました。百々谷を流れる川は、今の東京湾の底に相当する部分を南北に流れていた古東京川に合流して、太平洋に注いでいました。きっとその頃は、谷全体が深い森に覆われていて、生き物の種類は多くなかったでしょう。

大きな変化があったのは、五千～六千年前に気温が暖かくなって海面が上がり、海が迫った頃です。狩猟採集民の縄文人たちがやってきて、海の幸を採りながら、森を焼きました。焼畑農業のようなことをしていたとも考えられています。それによって森を失うと、土砂が崩れて谷が埋まっていきますので、平坦な土地も増えていきます。

そんなところに農耕民たちが入ってきて、百々谷で稲作が始まりました。人々は田を作るだけでなく、中流、上流域の森にも分け入り、枝打ちをしたり、下生えを刈りました。そうすることで、森は、光が入る雑木林の状態に維持されます。江戸時代には薪などにするために木を使いすぎて、禿山になったこともあるようですが、明治時代以降に石炭や石油が普及すると、また緑を取り戻しました。

次の変化は二十世紀後半になってからでした。谷で稲作をしていた農家さんたちが、みんな離農したために水田がなくなりました。棚田に導かれていた水路は、直接に谷底を流れるようになり、さらに川底を削っていきます。結果、周囲の土地は乾いていきます。人の手を入れないまま数十年たった頃には、下流はササの原に、上流は暗い森になっていました。

そんな中で、百々谷の自然を保全することが決まったのですが、その際、「どういう状態に保全するのか」を考える必要がありました。「本来あるべき姿に」「手つかずの姿に」と思われる方も多いでしょう。しかし、実はそれ自体、難問です。

人が入ってくる前といえば、縄文人がやってくる前の氷河時代ということになりますが、そもそも気候が違い、海岸線も違います。その頃に戻すのは無理です。かといって、今のまま放置すると、人も入れない暗黒の森になりそうです。ササ原は乾燥して燃えやすく、いつ山火事のもとになるかわかりません。だから、ありうる様々な自然の状態の中から、わたしたちがここに残したいものはなにかと問う必要がありました。

その結論が、下流の湿地と、上流の明るい森です。これは農家さんがお世話していた水田と雑木林のセットということです。ただし、もう稲作はしませんので、水田のかわりに湿地として、様々な生き物を招きます。

それらの生き物の多くは、わたしたちが地域の自然として、受け入れてきた生き物たちでもあります。百々谷は数千年の長い間、農耕という人工的な営みと一体となった自然を育んできたわけですから、それをひとつの基準として考えることにしました。百々谷の集水域全体で、さまざまな生き物で賑わう生態系を、人が手を入れつつ保全するというのが、百々谷の基本方針です。

下流のササを刈り取った上で、水浸しにすることで湿原を作り出したのは、初期の大きな成果で……


このような内容の話を、小学生だったわたしも聞き、なんとなくではあったけれど、理解したつもりになった。百々谷にそもそもなぜボードウォークがあるのかも、保全団体の人たちが自然を壊さずに歩けるように作ったものだとわかったし、わたしたちが親しんだサラサヤンマも、ほんの数年前、森の枝打ちをしたり、下生えを刈ったりして、水辺と森の間の湿地と草地が広がった後で戻ってきたものだと知った。

わたしたちは、百々谷の環境が大きく変化して、たくさんの生き物たちが集まってくるその瞬間に立ち会っていたのだった。わたしとケイナちゃんが「じめじめ地帯」で試したような水の流れを変える小さな工事よりも、はるかに大きな規模で「景色が変わる」のを、そうと知らずに目の当たりにしていた。

百々谷の地図はかなり完成に近づいた。どうしても到達できない未踏領域《テラ・インコグニタ》はまだまだあるけれど、むしろ、謎が残っていた方が楽しいような気もした。

その余白を使って、わたしたちはさらに想像の翼を広げた。

もしも、ここに、図鑑に出てくるような絶滅動物が住んでいたら？　そんな思いにまずとらわれたのは、わたしだった。

わたしの寝室は森に面していて、夜、横になると、暗い森の中に何者かがいるような気配を感じた。それは決して、敵対的なものではなくて、むしろ親しみを感じさせるものだった。

「絶滅した動物たちは、百々谷にも住めたかな」

とある午後、ボードウォークを歩きながら、ぼそっと言った。

「なら、お気に入りの子たちを、ここに置いてみよう！　景色が変わる」

ケイナちゃんはそう言って、すぐに会話が始まった。

オオナマケモノの仲間からは、体長五、六メートルにも達するメガテリウムではなく、体長三メートルほどのミロドンに入居してもらうことにした。小さな百々谷には、ミロドンくらいがちょうどいいと思った。

一方、森の奥には、ニュージーランドのジャイアントモアがいてもいいかもしれない。体高三・五メートルになるけれど、森の木々と高さを考えたら、それくらいの生き物が葉っぱを食べるのがよいと思った。

北アメリカのリョコウバトも来ればいいと、最初は考えた。でも、よくよく調べてみると、リョコウバトはものすごい大集団で移動して、飛来するとそのあたりの森が丸裸になるような鳥だったとわかった。百々谷の森がそこまで変わってしまうのは困るので、リョコウバトの巣作りは遠慮してもらうことにした。前にやってきた旅の途中のレース鳩のように、ほんの少しだけ来てくれればよい。

海岸の磯に、オオウミガラスが巣を作るのは大歓迎だ。どんどん繁殖して東京湾で普通の海鳥になったらいいのにと思う。磯の先には、コンブが生えていることもわかっていたので、そこにはステラーカイギュウがいて、平和にコンブを食べてほしい。

やがて夕日が射し始めた森の中で、さらにわたしたちは話し合った。

「ここにドードー鳥と孤独鳥がいたら、どうなると思う?」とわたしが聞くと、

「なら、絶滅したゾウガメも一緒がいい。たくさん草を食べるから、森が開けて景色が変わる」とケイナちゃんが即座にこたえた。

「それで、ドードー鳥と孤独鳥が、果物を食べて、種を運ぶんだよね!」

「うん、それでもっと景色が変わる!」

百々谷で、保全団体の人たちがササ原を切り拓いたり森の下生えを刈ったりしたような仕事をゾウガメがやってくれて、ドードー鳥や孤独鳥は種をまいて新しい森の木々が芽吹くきっかけをつくる。すばらしい考えに思えた。

「つくも谷にも来ないかな……」

ぼそっとケイナちゃんが言った。

「どうせなら学校にも」

そんなことを言い合って、わたしたちは笑った。

わたしたちは、住宅地のつくも谷や、町の中心である国道の目抜き通りや、丘の上の学校までが、緑に覆われるのを、それぞれ思い描いた。低く赤っぽい太陽が木々の影を伸ばす森で語り合い、その後、百々屋敷に戻ってから、想像上の地図にドードー鳥と孤独鳥を描き入れたのだった。

しばらくして、地図に絶滅動物の絵が書き加えられているのに気づいた父は目を細めた。ケイナちゃんとわたしを交互に見ながら、こう言った。

「絶滅動物はもう生きていないわけですから、忘れてしまったら、もういなかったことと同じになってしまうんです。こうやって思い出して、身近に感じてあげることは、大切だと思いますよ」

ケイナちゃんとわたしは、うんうんとうなずいた。

実を言うと、父が百々谷で書こうとしていた生き物関係の文章とは、絶滅動物にまつわるものだった。だからこそ書斎の資料が充実していたわけだし、この頃には、もう雑誌で連載を始めていた。

父は父で、わたしたちとは違う道筋をたどり、同じ生き物たちに思いを寄せていた。

父は雑誌記事の中で心情を吐露し、こんなふうに書いていた。


――――

大病を経た寄る辺なさと、すでに絶滅して黄泉《よみ》の生き物となっているものたちへの思いがひとつながりになった。彼らは書物の中の物語や博物館の標本として残されているが、もう二度と生きる苦難も喜びも感じることはない。絶滅することで永遠となった生き物たちの喪失を経験し続けることで、私は心慰められることがあると知った。忘れずにいることによる痛みと、忘れてはいけない切実さが、ひとしく胸を締めつける。しかし、私は、忘れないこと、それを、語り継ぐことにおいて、大切な役割を得るのである。

こういった多分に感傷的な表現は、当時のわたしには難しく、それよりも「忘れてしまったら、もういなかったことと同じになってしまうんです」という言葉がずっしりと響いた。

夏と初秋――台風の夜の秋蛍

夏休みには、あまり百々谷に入らなかった。

七月なかばからほとんど雨が降らず、森が乾ききって、中の川もやせ細った。ヤンマ湿原も元気を失い、体感としても、見た目にも、心地よい空間ではなくなった。それに加えて、ケイナちゃんが休み中、親類が住んでいる北海道に行ってしまった。わたしは、一人だけで谷を訪ねる気分にはなれなかったし、わたし自身も、夏休みの後半は、久々に東京で過ごし、物理的にも百々谷から遠く離れた。

九月の新学期前に戻ってくると、すっかり空気が変わっていた。わたしたちがいない間にずいぶん雨が降ったらしく、森は勢いを取り戻していた。百々屋敷は、庭の雑草が生え放題で、ものすごくたくさん蚊が出た。そこで、家の周りは全部刈ってしまおうということになり、わたしと父は二人がかりで夏休みの最後の日を草刈りに費やした。

途中からケイナちゃんがやってきて、手伝ってくれた。ケイナちゃんは、北海道でもかなり野外を駆け巡る暮らしをしたらしい。少なくともずっと家にこもっていたわたしよりもずっと日焼けしていて、目には強い光があった。

わたしとケイナちゃんは軍手で引っこぬけるものを抜き、父は鎌で太い雑草を刈った。倒れた草をまとめて一角に集めるのもわたしたちの仕事だった。いろんな種類のバッタが草から飛び出して逃げていくのが楽しかった。

途中で、ケイナちゃんが「あーっ」と叫んだ。

「切らないで。それは切らないであげて」と。

父が鎌で切り倒そうとしていたのは、ほっそりと背の高い草で、わたしだって名前を知っていた。セイタカアワダチソウだ。いわゆる外来種というやつで、あっというまに増えるので、見たら切り倒すか引っこ抜くべきだと教わった。

なのに、ケイナちゃんは、ほとんど哀願するみたいに、「切らないで」と言った。

「どうして、ですか」と父が聞くと、

「ミツバチとチョウが来るから」と言う。

わたしたちは半信半疑だったけれど、ケイナちゃんが言うならと一角だけ残しておいた。ほどなく黄色い雲のような花が咲いた。そして、ミツバチとチョウがやってきた。

「すごいですねぇ」と目を細める父と一緒に、わたしは特にそのチョウを愛でた。

黒と茶色と半透明の白の翅がすごくきれいな、アサギマダラという在来種だった。夏の間は山あいにいるけれど、秋には海岸に降りてきて、その後、二千キロも離れた南の島へと旅をする。長旅の前にはたくさん蜜を吸って体力をつけなければならなくて、そのとき好むのは、紫色の花が咲くアザミなどキク科の植物だった。でも、それらはこのあたりにはほとんどなくなっており、同じキク科のセイタカアワダチソウの蜜を吸った。ケイナちゃんは、去年の秋にそれを見て知っていたのだった。

「外来種の花が、在来種の役に立っていることもあるんですね」と父は目を細めた。

ケイナちゃんは、うんうんとうなずいた。

そして、小さな声でわたしに言った。

「ドードー鳥も孤独鳥も、ここでは外来種だけど、いてもいいよね……」

「ああ、そうだよね」とわたしはわかったような、わからないような気分でうなずいた。


「山鳴り」について初めて聞いたのは、九月、最初の台風がすぎた後だった。台風一過の青空の下、ボードウォークを歩いていると、ケイナちゃんが「山鳴りがしない？」と聞いてきた。

「へ？」というふうな間の抜けた返事をわたしが返すと、小首をかしげた。

その後、学校の昼休みに、つくも谷に住む子たちの間で「山鳴り」が話題になっていると知った。

雨で校庭に出られずに、みんなが教室で過ごしていた日の、ざわざわした雰囲気の中でのことだ。

少し離れた島にいた子たちが交わしていた会話に、なぜかわたしは引き寄せられ、聞き耳を立てた。

「山が鳴るよねー」

「気味悪いよねぇ」

みたいに言い合いながら、なにがおかしいのかくすくす笑っていた。

それは、文字通り山が鳴るということで、雨の日の深夜、寝室で横になると、聞こえてくるという。音がする方向は……。

「百々谷から。気味悪い」と級友の一人が、わたしを見ながら言った。

わたしが、百々谷で唯一の民家の住人だということは、もうみんなに知られていて、このときは、言葉を発した男子の周囲にいた何人かがいっせいにわたしを見た。

そうか、百々谷って、気味が悪いのか……とわたしははじめて気づいた。

たしかに、外からみたらそう思えるだろうな、と妙に納得した。つくも谷から百々谷に抜けるには、あのお化けトンネルを通らなければならないわけだし、街灯もないし、マムシやスズメバチがいるし……。

でも、ちょっと悲しかった。わたしは、ケイナちゃんと一緒に、百々谷を歩き回って、どんなに素敵な場所か知っている。なのに、みんなはそれが分からず、気味が悪いと言う。

胸の奥にせり上がるものがあって、あれっ、と思った。

目頭が熱く、顔がくしゃくしゃになりそうになった。

自分が怒っているのか、泣きたいのか、さっぱりわからなかった。

「ボーちゃん、行こう」とケイナちゃんが腕を引っ張ってくれて、教室から引っ張り出してくれなかったら、どんなふうになってしまったかわからない。

わたしたちは三階まで上がり、図工室からいつかのように外の景色を眺めた。

雨に煙るつくも谷と百々谷は、やはり対照的だった。つくも谷はすっぽりと白い闇に包まれて、その先にあるはずの海は見えなかった。百々谷はこんもりとした黒に近い塊としてやはり雨の中に溶けていた。春先に見たときよりも緑の嵩《かさ》を増して、百々屋敷の屋根も覆い隠されていた。成長し続ける巨大な幼虫が、どんどん谷から這い上がってきているようでもあった。あの巨体で夜に身じろぎをすると、地面を揺らすような音を立てても不思議ではなかった。

わたしはあの得体のしれない緑の塊の中に住んでいる。みんなが気味悪いと言っても、百々屋敷はわたしにとって大切な住処《すみか》だ。それに、ケイナちゃんと過ごした日々はわたしの一部になっていた。

ケイナちゃんの手が指に触れ、わたしは熱を感じた。

「なぜ、孤独鳥なの？」とわたしは聞いた。

さっき教室からわたしを連れ出したケイナちゃんは、決然としていて、「孤独」よりも「孤高」という言葉に相応しい力強さがあった。

「じゃあ、ボーちゃんはなぜドードー鳥なの？」とケイナちゃんが聞き返した。

おたがいに自然と選んだ似姿のはずが、よくよく考えてみれば根拠は曖昧だ。わたしたちはいつも少しずつはみ出している。

ふいに空気が揺れた。雨の音の中で、どこかでゴーッという音が聞こえたと思う。
なんだろうと思って目を見合わせたらチャイムが続けて鳴った。わたしたちは教室に駆け戻った。

百々屋敷の父の蔵書には、十七世紀末にインド洋を旅して、ドードー鳥がいたモーリシャス島の隣のロドリゲス島で、二年間暮らしたフランソワ・ルガという人物の航海記があった。孤独鳥について、はじめて文書の記録を残したのがこの人だ。

わたしはずいぶん後になって、栞がはさんであるのに気づいた。たぶん先にケイナちゃんが読んだのだ。そのページには孤独鳥についてのイラストと説明があった。

島に生息するすべての鳥のうち、最も注目に値するのは、孤独鳥と名づけられた鳥である。多数いるにもかかわらず、群れで見かけることはめったにないために、この名前がつけられた。七面鳥よりも背丈が高い。首はまっすぐで、背丈に比例して、七面鳥が頭を上げたときよりも少し長い。目は黒く生き生きとして、頭には鶏冠も冠毛もない。飛ぶことはまったくない。体の重みを支えるには、翼が小さすぎるのだ。

翼はもっぱら、喧嘩をするときに使うか、あるいは互いに呼び合いたいときにくるくる回すくらいである。四、五分の間に、同じ向きに素早く二、三十回転する。そのとき翼の運動が、おもちゃのがらがらにきわめて近い乾いた音を出す。それは二百歩以上離れた地点からも聞こえる。翼の先端部の骨は太くなっており、羽毛の下でマスケット銃の弾のような小さな塊を形成している。これとくちばしが、この鳥にとって主な防御手段になる。

前にも「図鑑」で読んだことがある内容も含まれていたけれど、直接見た人が語っているのは特別なことだった。添えられたイラストは、ちょっととぼけた感じで、それもよかった。

おまけに行動が変だ。孤独鳥は優美なのに変なことをする。飛べない小さな翼には、アニメに出てくる「原始人」が持っているような石斧の先みたいに出っ張った骨の塊があって、それを使って喧嘩したり、ぐるぐるまわして音を立てる習性なのだった。

そして、記述の最後のあたりで、こういう一文を見つけたときには、体が痺れた。

追いかけなければかなり親しげに近寄ってくることもあるが、けっして飼い馴らすことはできない。捕まえるとたちまち、鳴き声を立てずに涙を流し、どんな餌も頑として拒む。そしてついに死んでしまう。

ケイナちゃんは、夏休みを過ごした北海道から帰ってきて、日焼けして、以前よりもっと力強くなった。孤独を恐れない強さがまぶしい。でも、ひょっとしたら、こんなふうに、物悲しく、見えないところで涙を流すことがあるのだろうか。

一方で、ドードー鳥について、イギリス人の旅行家トマス・ヒューバートが航海記に書いた文章を知った。その本は英語の古書でわたしにはさっぱり読めなかったけれど、父が自分の机の上にそ

Solitaire in Rodrigues island, *Voyage et avantures de François Leguat & de ses compagnons en deux isles desertes des Indes Orientales,* François Leguat, 1708

の本を開いたまま置いており、その隣には訳した文章を書きつけたノートがあった。わたしは父がいないときに、父の几帳面な字を目で追った。

体が大きくて丸いドードーについて触れてみよう。肥満のために、ゆっくりとした怠惰な歩き方をする。体重が五十ポンドに近いものもいる。食べたときの味よりもその姿の方がずっと興味深く、自然がこんなに大きな体に小さな翼を与えたことを残念に思っているかのような憂鬱な表情をしている。


わたしは平均よりもずっと大柄で、当然、空を飛ぶ翼など持っていない。動作は鈍く、不器用で不格好だ。きっとわたしも憂鬱な表情をしているのだろう。

ドードー鳥とは、やはりわたしのことだった。

その航海記のイラストを、わたしは折に触れて見返した。モーリシャスインコ、モーリシャスクイナ、ドードー鳥の三種が並んで描かれている中で、一番大きなドードー鳥は、頭でっかちで、不格好で、とことん憂鬱そうだと、その都度、自分と重ね合わせた。

父がその頃、まとめて読んでいた本の中には多くのドードーの絵があって、それらはたいてい、不格好で「憂鬱な表情」なのだった。とある十七世紀の本で、モーリシャスクイナと一角ヤギと一緒に描かれたドードーなど、もう憂鬱を通り越して、悲しみの底にいるかのようだった。

Dodo (right) with other birds, *Some yeares travels into divers parts of Asia and Afrique,* Thomas Herbert, 1638

Dodo (left) with a goat and a rail, *Different local animal species found during the trips to Africa and East Indies,* Pieter van den Broecke, 1617

九月が終わり、もう秋と言ってもよい時期に、海から生温かい風が吹きつけてきて、雨を降らせた。九州の南側をのんびりと進んでくる台風のせいだった。

その台風のことを、最初、わたしは「かわいい」と思っていた。天気図の中にちょこっと置かれた丸い塊が、テレビで見るたびに、ほんの少しだけ動いている。ひょっとすると房総半島に近づいてくるかもしれないと言われていたけれど、全然、動きがないので、まったく真実味を感じられなかった。

それでも、台風は消えてしまうわけではなく、小さなままで、ゆっくり進み続けた。テレビの天気キャスターは、自転車で走るよりも遅い速度と言った。

おかげで雨がひたすら降った。もうびっくりするくらい降り続いた。台風がようやく東海地方にさしかかったあたりで、豪雨になった。週末だったので、学校は休みなのはよかったけれど、この雨だとさすがにケイナちゃんもうちに来られないほどだった。伊豆半島ではもっとひどく降っているところがあるらしく、天気キャスターが安全の確保を呼びかけていた。

夕方だんだん暗くなってくると、稲光《いなびかり》が部屋に差し込んで、その都度、体がこわばった。一度、近くに落ちたみたいで、家が揺れた。こういうときは本を読んで想像の世界に逃げようと思ったのに、日が暮れてから停電した。その夜はロウソクをともして食事をし、早めに眠ることにした。

早く眠りすぎて、深夜に目覚めた。雨はやんでいた。風も収まって、あたりから虫の声が聞こえてくるくらいだった。さすがにしつこかった台風ももう行ってしまったのだろうとわたしは安心し、すぐにまた眠気に吸い込まれそうになった。

コツコツとガラスを叩く音がした。

本来なら、怖がるところなのだが、不思議と怖くなかった。いや、それどころか、なんとなく予期していたようにも感じた。

もう一度、コツコツと控えめな音がして、わたしは「ケイナちゃん？」と呼びかけた。

「ボーちゃん、ごめん」とぎりぎり聞こえるくらいの声が返ってきた。

わたしは足音をしのばせて玄関にまわり、靴をはいた。

いくばくかの後ろめたさは、外に出て薄明かりのケイナちゃんを見た途端に吹き飛んだ。

唇を引き結んだケイナちゃんは、ふだん表情に乏しいことに輪をかけて、青白い人形のようだった。むわっとする湿気の中で、ケイナちゃんの周囲だけ、冷え冷えとした別の空気がまとわりついているようだった。

「どうしたの？　家の人が心配するよ」

ケイナちゃんは唇をさらに引き結んだ。それどころか、こんなに蒸し暑い中で、歯をガチガチさせるほど強く震えていた。

帰りたくない、と自分の口では言わなかったけれど、もう全身でそう表現していた。

「じゃあ、うちにあがりなよ」

ケイナちゃんは、弱々しく首を振って、「お父さんは？」と聞いた。

「もう眠ってる」

わたしが手を引くと、ケイナちゃんはその場でなにか言いたいそうにもじもじと体を動かした。

結局、わたしたちは、家に入らずに、家の軒先に座り込んだ。ケイナちゃんがなぜ来たのか分からないままだったけれど、この暗い中、お化けトンネルを抜けてきたのかと思うと、並大抵のことではなかった。

「なにか音が……しない？」とケイナちゃん。

「虫の声？」

ジーッ、ジーッと鳴いているのはどんな虫なのか、不思議に思って近づくと鳴き止んでしまうので、わたしはまだその正体を知らなかった。

「聞こえない？」とケイナちゃんは繰り返した。

「なにが……」

わたしが小首をかしげると、逆にケイナちゃんは安堵したみたいにうなずいた。

「山の音が聞こえた。それで心配になって……」

ますます意味がわからなくて、わたしはただ首を横に振った。

「とにかく、少し、いさせて」

「それは……いいけど」

肩をならべて同じ方を向いて、他愛のないことをしゃべりながら時間を過ごした。大雨と風の後のせいなのか、蚊があまり出てこなかったので快適ではあった。相変わらずジーッ、ジーッと鳴く虫の声を聞いていたら、少し眠たくなってきて、わたしたちは抱えた膝の間に顔をうずめた。

はっと背筋を伸ばしたのは、背後から発信音が聞こえたからだ。

わたしたちは、ビッとバネ仕掛けみたいに立ち上がり、顔を見合わせた。ケイナちゃんがいないのに気づいた家の人が、父に電話をかけてきたのではないだろうか。電話がかかってくる先といえば、地区班の連絡網くらいなのだ。

考えるまもなく、ケイナちゃんが走り出した。谷沿いの真っ暗な森に入っていく方向だった。わたしは追いかけた。ケイナちゃんを一人で行かせるわけにはいかなかったし、暗がりがこわいはずのわたしも、最初の一歩を踏み出したら、急に体が軽く感じた。

道全体がぬかるんでいた。折れた枝があちこちに落ちていて、さっきまでの風の強さがうかがい知れた。ボードウォークまでたどり着くと、近くの小川が滝のような水量で流れ落ちているのが分かった。ライトはケイナちゃんが持っていたもの一つだけなので、離れずについていく必要があった。

森は底知れず深く、不気味なほど静かだった。

「ケイナちゃん！」とわたしは呼びかけた。

夜の森には入らないという父との約束を思い出した。このあたりで止まれば、約束をぜんぶ破ったことはならないかもしれない……。ならば、ケイナちゃんを止めないと。

わたしが腕を摑むと、ケイナちゃんは振り向いた。

えっ、とわたしは後ずさった。

さっきまではものすごく切羽詰まった表情をしていたのに、ここでは口元を緩ませ、うっとりしたような笑みを浮かべていたのだ。

ああ、そうか……ケイナちゃんは、こんなときでも森の中にいる方が自然なんだ。

「ここは、だいじょうぶだよ」とよくわからないことを言って、ずんずん進んでいく。

わたしが止めたって、ケイナちゃんは一人で行ってしまっただろう。孤独鳥は、孤独を恐れない。気高く力強く、一人きりで進むことができる。わたしは、暗闇に取り残されたくなくて、もう無言で背中を追った。

それまで経験したことがある中で、一番、深い、暗い、闇だった。頭上は木々に覆われ、肌にはものすごく粘りけのある空気がまとわりついた。皮膚の境界があいまいになり、ふわふわ宙を飛んでいるように感じた。頼りなくて、おぼつかなくて、ピンと張り詰めた。

なにか大きなものの中にわたしたちはいて、ずっと見つめられていた。このまま進むと、もう戻れなくなるかもしれない。学校の図工室から眺めた百々谷の森は、ひとつの巨大生物みたいだった。体内で消化されたら、溶けて輪郭を失って闇の一部になってしまう。わたしは息を詰めながら動き続けるしかなかった。

やがてケイナちゃんが足を止めた。同時に、ライトの光が消え、ケイナちゃんの輪郭も消えた。

「ねえねえ」とわたしは暗がりに呼びかけて、なんとかその腕をさぐり当てた。

でも、反応がなかった。ケイナちゃんはその場に立ちつくしているようだった。

ああ……とわたしは口の中で小さく声をあげた。

やっぱり、なにかがいる！

森よりも大きいやつや、足元にうごめくやつまで、いろんななにかがわたしたちをのぞき込んでいる。目が慣れてくると、それらの形がおぼろげに見えた。

指先が震え、皮膚が粟立った。

闇の中にさらに深い闇を重ねて、わたしの前にいくつものシルエットがあらわれた。

わたしたちは今、飲み込まれようとしている。父さんが、夜には行くなといったのはこういうことだったんだ！

ケイナちゃんも同じものを見て、動けなくなったのだろう。

いや、違った。ケイナちゃんは、ゆっくり前に進み始めた。

腕を摑んでいたわたしは、引っ張られてついていくしかなかった。

少しだけ空気が動いた。ただの闇だと思っていた先に、なにかがゆらゆらと揺れていた。

水面だった。

さっきまでの完全な漆黒が、ゆるんでいた。

わたしはここがどこなのかやっと理解した。斜面がなだらかになって川幅が広がる中流で、細長い池になっている「真ん中池」だ。昼間なら、ひゅーんと走って来られるところまで、体感時間としてはずいぶん長くかけてやっとたどり着いたのだった。

なぜこんなふうに水面が見えるのだろう。星あかりすらない夜なのに……。

すると、いきなり目の中に、黄緑の光が小さくはぜた。

ひとつひとつはささやかな、淡い光なのだけれど、水面の縁のあたりを隈取っている。それで、池の輪郭も、空気と水との境い目も、ぼんやりと見えるのだった。

「秋蛍？」とわたしは声に出した。

ホタルには成虫ではなく幼虫が光る種類がいて、陸上に上がってカタツムリなどを食べると聞いていた。それがちょうど今、台風が去った後の夜の水際で光っているのだろう。

やがて、周囲の森もうっすらと輪郭を持ち始めた。あちこちで生き物が動く気配が感じられた。ホホッ、ホホッ、という声は、きっとフクロウかミミズクだ。

「メガテリウム、ミロドン、ディノルニス、メガラプテリクス……」

ケイナちゃんが呪文のように唱えた。リラックスしてボードウォークに座り込み、足をぶらぶらさせている。蛍明かりの水面と周囲の湿原、さらには今通ってきた森林の輪郭までが見わたせた。

わたしが隣に座ると、「メガテリウム、ミロドン、ディノルニス、メガラプテリクス……」ともう一度、繰り返した。

みんな動物の名前だ。図鑑に出ていた名前の難しい方のやつ、つまり学名だ。最初の二つは、アメリカ大陸のオオナマケモノの種類だし、あとの二つはニュージーランドのモアの種類のことだ。

ふわっと風が吹いた。水面が波立ち、なにかがぴちゃぴちゃっと跳ねた。今度は同心円状の波紋が広がった。

ああ、近づいてくる！　わたしは手のひらをぎゅっと握った。

そいつは、かなりの巨体の動物だ。水面に波紋を残しながら、闇の中の影絵のように迫ってきた。きっと、オオナマケモノ。いや、ジャイアントモア！　影絵の輪郭がめまぐるしく変わった。

やがて、強い風圧を感じた。身を固くしたけれど、それらはわたしたちにぶつかるのではなく、体の脇をすり抜けた。

最初に感じたよりも、ずっと小さな生き物だった。小さいとはいっても、小鳥やネズミといった小動物というわけでもなく――

「ドードー鳥と孤独鳥……」

わたしは口に出して言った。今、そこにいたよね、と。

「ラフスとペゾファフス……」

ケイナちゃんは即座に言い返した。ドードー鳥と孤独鳥の学名だった。

「ボーちゃんにも見えたんだね」とわたしの手を取り、すーっと立ち上がった。

ボードウォークの上で相対して、こちらの目を見る。

両手を波打たせるように動かし……これは、羽ばたいているのだとわたしは理解した。

体を動かすことが苦手なはずのケイナちゃんなのに、動き方それ自体は優美だ。

ああ、そうか、と今さらわかる。体育なら球技、音楽なら合奏、つまり、他人に合わせられないのがケイナちゃんなのだ。

だから、わたしが合わせた。

ゆっくりと両手を動かし、一緒に羽ばたいた。誰かが見ていたら、きっと鳥の求愛ダンスだと思っただろう。

ただし、決して飛ぶことはできない。

わたしたちの翼は小さすぎて、体を支えられない。

自然が空を飛ぶことができる翼を与えてくれなかったことを、残念に思っているかのような憂鬱な表情を、きっとわたしはしていたはずだ。

一方、ほっそりした体で優美に踊るケイナちゃんは、鳴き声を立てずに涙を流していた。近づいたと思えても、手を伸ばせば頑として拒む、けっして飼い馴らすことはできない野生動物のように。

それでも、踊っている限り、わたしたちは二羽でひとつの存在だった。ちょっとした憂鬱と、孤独もぜんぶ一緒くたにして、わたしたちは互いにカタワレだった。蛍光に縁取られた池のほとりで、わたしたちはやがて翼の力では飛べなくとも、百々谷の持つ魔法と想像の力でボードウォークの上に浮かび上がった。

わたしたちの意識は、まずは真ん中池を、そしてそのまわりの森とヤンマ湿原を覆い、生き物たちの呼吸を感じ取った。無数と言ってよい生命の中には、わたしたちが想像した通り、絶滅動物たちもひっそりと息づいていた。

わたしとケイナちゃんは、この子たちを守らないといけない。

ふいにそんな直観が訪れ、目頭が熱くなった。そっか、ケイナちゃんが涙を流していた理由がやっとわかった。これからは気持ちを一緒にして守っていけばいい。そう思うと、体はさらにふわふわと舞い上がった。

でも、長くは続かなかった。

ぱあっと目がくらむ光がいきなり投げかけられて、わたしたちは再びボードウォークの上に足をつけて立っていた。ひとたび光を得た目にとって、周囲はただひたすら真っ暗で、わたしたちを取り囲んでいた生き物の気配も消えた。

「タマキ！　タマキ？　そこにいるの？」と少し弱々しい声で呼びかけるのは父だった。

約束を破ってしまったことを思い出し、わたしは自然と体が固くなった。

父は怒らなかった。ケイナちゃんがいることに気づいても、無表情なままだった。

わたしたちふたりと黙って目を合わせてから、こう言った。

「また、雨が激しくなります。すぐに、家へ」


ドドドと、低い音が聞こえてきたのは、寝具を準備していたときだ。

結局、ケイナちゃんは、この夜、うちで眠ることになった。わたしの寝室に来客用の寝具を移動し、枕を並べた。

結局、台風は去ったわけではなく、たまたま雨風がおさまる時間帯に外に出ていたことになる。さっき家で鳴った電話は、地区班からのもので、学校の体育館が避難所として開放されたことを知らせてくれたのだという。

わたしたちを連れ戻してから、父はケイナちゃんの家にも電話をかけた。でも、だれも出なかった。電話機の型式によっては、停電すると電話できないからかもしれないと父は言った。それでも確かめに行くわけにもいかないから、きょうはここに泊まっていくべきだという結論になった。

父がそう告げると、ケイナちゃんはあからさまに緊張をほぐした。冷房が使えず、ものすごく蒸し暑い室内で、生ぬるくなった麦茶を飲み、横になった。

わたしは疲れ切っていたけれど、目は冴えていた。

「ゼツメツすると思ったんだよ」

ふたりきりになった後で、ケイナちゃんはぼそっと言った。

「家にいたら、一人ぼっちで、ゴゴゴ、ドドドって山の音がするし、自分がゼツメツしそうな気がして逃げてきたんだ」といつになく饒舌に語った。

一人ぼっち、という言葉が気になった。それは、部屋で一人きりで、不安だったという意味だろうか。ケイナちゃんのお母さんが、昼間からお酒を飲んでいるのをわたしは見たことがあったし、もしきょうもそうだったら、もうとっくに酔いつぶれて眠ってしまったのかもしれない。ケイナちゃんはさぞ心細かっただろう。

そして、ケイナちゃんは、百々谷の方が安全だと感じた。特に、中流の真ん中池まで下れば、安心だと思い、急いでわたしのところまで走ってきたというのだ。実際、ケイナちゃんが来たときに、風雨は静まり、わたしたちは、百々谷の内奥部に抱かれて、幻想的な時間を経験することができた。あのとき、わたしたちは、安心しきっていたし、天気も平穏そのものだった。

「絶滅といえば、さっき——」

わたしは、ふたりきりで降りた百々谷の暗闇の中で、影絵のような絶滅動物たちを見た気がしたことを話した。ドードー鳥と孤独鳥だけでなく、もっとたくさんの種類がいた。

「そうだよ。百々谷には、思っていたよりもっといろいろな絶滅動物がいるんだよ。夜になるとみんな出てくるよ」

ケイナちゃんも、わたしと同じことを感じていた。特に台風の夜みたいに特別なときには、特別なことが起きる。わたしたちはそれぞれの寝床から這い出し、昔描いた百々谷の地図、それも絶滅動物たちが一緒にいる空想地図を引っ張り出して広げた。そして、オオナマケモノのミロドンはどのあたりにいて、ジャイアントモアはどのへんで……といったことを口々に言い合った。

また、ドドドという音がした。

今度は、ただ音が耳に入るだけでなく、体に響いてきた。わたしたちはロウソクの灯りの中で目を合わせた。

「山鳴り！」わたしとケイナちゃんが同時に言った。

父が寝室に入ってきて、わたしたちに身支度を整えるように言った。

「避難します。ラジオを聞いていたら、このあたりもこれからが本降りのようです。今、避難所に行っておいた方が安心です」

父は普段はぼーっとしているけど、わたしたちの安全にかかわることについては決断が早かった。

また、ゴゴゴゴと大きな地鳴りがした。

そして、ドーンという音が続いた。一度ならず、二度、三度。

地面が揺れた。地震よりも短い周期で、ぶるんぶるんと揺れた。

わたしもケイナちゃんも、父の体にしがみついた。

「だいじょうぶです。今のうちに避難すればいいですから」

父は普段どおりの口調ながら、唇を強く引き締めていた。

わたしたちが着替える間に、雨具を身に着けて父は外の様子を見に行った。

ほんのわずかな時間で帰ってきたら、もうずぶ濡れになっていた。

「木が倒れています。車を国道まで出せそうにない」と父が髪を拭きながら言った。「この雨風の中を、歩いて避難することと自体、危険かもしれませんね。さあ、どうしたものか」

「だめ！」とケイナちゃんがいきなり大きな声をあげた。

父はびくりと動きを止めた。

「今、行かないとだめ！　雨の音が小さいうちに」とケイナちゃん。

ケイナちゃんがこんなふうにはっきり意思表示をすることはほとんどなかったので、強く胸に突き刺さった。

確かにケイナちゃんが言う通り、父が外にいた間、激しかった風雨が少しだけ鎮まっていた。もっともそんな短時間の変化はすぐにひっくり返る可能性があるから、行動するなら、今この瞬間だ。

ちゃんとした長靴をはいて、一人一つずつのヘルメットとヘッドライトをつけて、水や糧食が入ったバックパックを背負って、わたしたちは家を出た。目指すのは避難所になっている小学校だ。

百々屋敷と国道をつなぐ砂利道に木が二本倒れていて、これでは自動車は通れなかった。わたしとケイナちゃんはなんなくすりぬけたけど、父は服を枝に引っ掛けたりしながらなんとか隙間を抜けた。

国道まで出てしまえば、丘の上の校舎が見えた。

学校には非常用電源があるから、停電していても照明が灯っている。すでに避難している人たちがいるらしい。

「ちょっと、ふたりに頼みたいことがあります」と父が言った。手に持った大型のライトで、国道から下の斜面を照らしていた。

そして、わたしだけに向かって小さな声で続けた。

「さっきの音、地崩れかもしれません。百々谷ではなく、つくも谷の方です。家が埋まったりしていないか確認します。もしも救助が必要そうなら、消防に連絡します。だから、タマキとケイナちゃんは――」

父は学校の丘を顎でしゃくった。

わたしはうなずいて、まだ事情をよくわかっていないケイナちゃんの腕を引っ張った。

父は国道からつくも谷へ降りる道を小走りに下り、わたしたちはあかりが灯った学校への坂道を一歩ずつ登っていった。やがて校庭で動く人の姿も見えた。

また、ドドーンと、地面が突き上げてくるような音がした。

思わず、来た道を振り返った。でも、ただ真っ暗な闇の塊があるだけだった。

いや、少し灯りがある。つくも谷のどこかで、小さな灯りがいくつも蛍みたいに飛び交っている。

携帯用ライトやヘッドライトのものだろう。

なぜか――。

救急車のけたたましい音がして、赤いライトが谷のあたりの暗がりを染めた。

「ケイナちゃん、行こう！」わたしは腕を強く摑んで、あえて学校の方へぐいと引っ張った。

わたしには起きたことがだいたいわかった。

ケイナちゃん風に言えば、「景色が変わった」のだ。

ただ、わたしたちが逃げてきた百々谷ではなく、つくも谷のほうで。ケイナちゃんが、うちに来たのは正解だった。

ケイナちゃんの家は大丈夫だろうか。暗がりに赤く浮かんだ景観は、土砂崩れの跡がはっきり見えて、いくつかの家屋を押しつぶしていた。それらは百々谷に近い側の斜面で、つまり、ケイナちゃんの家の近くでもあった。

学校の体育館では、同じクラスの子たちの顔も見えた。みんな、家族と一緒で、わたしは地元の自治会の人から、「家族はどうしたの?」と何度も聞かれた。父がつくも谷の様子を確認しに行ったことを伝えたら、それ以上のことは聞かれなかった。わたしとケイナちゃんは、きょうだいだと思われたのだろう。

泣いている子どもの声が聞こえてきた。赤ちゃんではなくて、わたしたちの同じ年頃か、ひょっとするともっと大きな高学年の子かもしれなかった。

ケイナちゃんに聞かせてはいけない。とっさにそう思って、ケイナちゃんの耳を塞いだ。さいわい、ケイナちゃんは疲れ果てて眠っていた。

晩秋とその後——新たにできる景色

二学期のうちに、クラスの生徒のうち、数人が小学校を去った。仮設住宅から通ってくる子も多かった。

つくも谷を襲ったのは土砂崩れではなく、土石流というもっと大きな災害だった。発生したのはケイナちゃんの家のすぐ上の崖で、そこが崩れるだけでなく、まわりの土砂を巻き込んで川のように流れ下った。

ケイナちゃんの家は、直撃を受けたもののひとつで、跡形もなく消えた。わたしの家まで来ていなければ、ケイナちゃんも土石流に巻き込まれていたはずだ。

さいわいというか……ケイナちゃんの家には、そのとき、誰もいなかった。わたしが一度会ったことがあるお母さんは、外出をしていた。それどころか、一週間ほど戻っていなかったそうだ。お父さんはもともと一緒に住んでいなかった。細かい事情は結局わからなかったけれど、とにかく、ケイナちゃんは、時々、かなりの期間、一人きりで家に取り残されていた。

わたしが最後にケイナちゃんに会ったのは、ケイナちゃんが付き添いの児童相談所の人と一緒に、学校に置いてある荷物を取りに来たときのことだ。ケイナちゃんは、クラスのみんなの前で「転校します」とあいさつして、すぐに教室を後にした。わたしと話す時間はまったくなかった。

転校先で落ち着いたら手紙を書いてくれるかもしれないと思い、わたしはしばらく学校から帰ると郵便受けを真っ先に開けた。でも、わたしへの郵便物は、当時、受けていた通信教育の添削教材に関係するものばかりだった。

期待はそのうち失望に変わり、しばらくの間、歩くことすら億劫に感じるほどだった。異変を感じた父が、学校へ送迎してくれたので、かろうじて休まずに通い続けることができた。

一方で、百々谷には降りなくなった。雨で被害を受けたのはつくも谷だけで、百々谷はほとんどが無事だったということも、テレビ局が撮影した映像で知った。土石流の爪痕が生々しく残ったつくも谷に対して、百々谷の方は緑濃く、下流のヤンマ湿原は見事に水を張った大湿原になっていた。それでも、わたしは、自分の足で見に行こうとは思わなかった。

ケイナちゃんと一緒に描いた地図などもしまい込んだ。孤独鳥は今や捕らえられて遠くに連れ去られてしまったのだから、わたしがカタワレのドードー鳥である必要もなくなった。一緒に想像し、創造した百々谷の夢の姿を思い出すと、胸に鋭い痛みを感じた。

翌年、百々谷の保全団体は、自治体と協議して、とうとう百々谷を自然公園として一般公開した。わたしたちが駆けめぐっていたボードウォークは、観光客で溢れた。もう百々谷は、わたしやケイナちゃんだけが知っている秘密の園ではなくなった。ウェブサイトを見れば詳しい地図が掲載されていて、未踏領域《テラ・インコグニタ》は消失した。

わたしの行動範囲は、今や、家と学校の行き来だけだった。それでも、五月末、家の前で、空中からわたしを見つめる複眼に気づいたとき、うわっと時間が巻き戻った。

すーっ、すーっと宙を滑っては、数秒間だけ同じ場所に留まって、こちらを見る。そんな独特の動きをするトンボは、サラサヤンマに違いなかった。それまで、家の近くで見たことがなかったので驚いた。

そこで、少しだけ足を伸ばして、森の入り口まで降りてみると、まさに「景色が変わって」いた。

じめじめ地帯に川ができて、乾いた草地と湿った窪みがまだらに広がっていた。窪みには枯れた木の葉がたくさんたまっており、サラサヤンマはそこに産卵しているのかもしれなかった。自分たちの手作業では歯が立たなかったけれど、台風などの大雨による水流が土地を削ると、こんなふうに川が出来上がるのだと思った。

このとき、わたしはケイナちゃんに知らせたいと思った。でも、宛先がわからなかった。いや、かりに誰かが宛先を教えてくれたとしても、本当に連絡したか疑問だ。転校先から手紙をくれないケイナちゃんが、わたしからの手紙を歓迎してくれるだろうか。後ろ向きなことを考えるうちに、ケイナちゃんに知らせたいという気持ちは、わたしの中でやがて立ち枯れた。百々谷で過ごした時間のことを、わたしは胸の奥にしまい込み、きつく蓋を閉めた。

結局、わたしは、つくも小学校で三年間を過ごしてから、東京に戻った。

六年生では学級委員長を経験したし、作文コンテストでは県内で優秀賞をもらった。時間はかかったけれど、つくも小学校での生活に適応し、この学校が理想として掲げる「強く優しいつくもっ子」になったと思う。そして、東京に戻ってからは、それすらさらりと忘れて、ずっと東京に暮らしていたかのような中学生になった。

父も病気を克服、いや折り合いをつけて、また仕事に戻ることができた。房総半島での三年間の暮らしは、わたしたち父子にとって、総じて、大成功だった。なにより二人とも、ちゃんとサバイバルして、元気になって戻ってきた。わたしは、相変わらず、地味で目立たない存在だったけれど、自分なりの距離感で、人の輪から少し離れたところに落ち着く場所を見つけられるようになった。

中学、高校では科学部の活動に没頭した。変わりものが集まる部活動として、気楽にいられる場だった。わたしは相変わらず不器用だったので、繊細な実験が中心になる生物学や化学ではなく、物理学を専門にした。高校三年生では、科学コンクールに参加して、地方審査では、まずまずの評価を得た。

行事が多い高校時代はとても忙しく、ケイナちゃんのことをはっきりと思い出したのは、たぶん、一度きりだった。

きっかけは父が見つけてきたネット記事だった。

北海道に住む高校生が、英語論文コンテストで最優秀賞を取り、アメリカに留学することになった、というローカル紙のニュースだった。

高校で留学する人は、わたしの身の回りでもいたので、別にびっくりするような話ではなかった。たぶん、記事になったのは、北海道のものすごい田舎町の高校生がいきなり英語論文コンテストで最優秀賞をとって、奨学金を得たというギャップが目を引いたからなのだと思う。実際、記事の見出しは「湿原から太平洋を渡って」だった。

そして、その高校生の名前が、佐川景那だった。よくある名前というわけではないし、写真までついていたから間違いない。そういえば、ケイナちゃんは、小学四年生の夏休みに北海道の親類のところで過ごした。その北海道で高校生になって、今や、アメリカに留学しようとしている。

わたしは、まずは元気そうなケイナちゃんの写真を見ただけでも、内奥から熱いものが溢れ出してくるのを感じた。孤独鳥は、「けっして飼い馴らすことはできない」ので、捕まえると「鳴き声を立てずに涙を流し、どんな餌も頑として拒む。そしてついに死んでしまう」という。でも、ケイナちゃんはきっと飼い馴らされないまま、あの天然の野生ぶりを立派に育てて、羽ばたこうとしている。そう考えると胸がぎゅっと締めつけられる気分だった。

「手紙を書いてみたらどうですか。新聞社が転送してくれると思いますよ」と父に薦められ、本当に手紙を出してみようかと考えた。なのに、いざ、書き始めようとしたら、筆が進まなかった。今さらわたしが手紙を出しても、もう忘れているかもしれない。覚えていても、歓迎してもらえないかもしれない。渡米に向けて忙しいだろうし、それどころか、もう日本にいないかもしれない……。そんなことばかり考えるうちに、やはりこのときも手紙を出しそびれた。

　結局、ケイナちゃんとの日々は、思い出としてしまっておくべきものだった。甘酸っぱい糖衣が施された記憶の塊として、腹の底のあたりに深く沈めておいて、新しい傷がついたりするのは避けたかった。わたしは、地味で不器用ながら、物理学に夢中になっている高校生であり、深いところにある大切な記憶の塊を意識することも減っていった。

第二章　近代の絶滅

ステラーカイギュウ――十八世紀の絶滅

夕方の支社報道センターで、カタカタとキーボードをたたく音が響く。記者たちは、翌朝の朝刊に向けての原稿をまとめにかかる時間帯だ。整理デスクと激しいやりとりをして唾を飛ばす同僚、事実確認のための電話でことさら元気な声を張り上げる新人記者、ばたばたと通路を行き交う足音。

喧騒と言ってよい状況なのに、わたしの耳には、キーボードの打鍵音ばかりが大きく響く。たぶん、雪のせいだと思う。

午後から降り始めた雪は次第に濃くなり、数百メートルも離れていない時計台が薄闇の中で霞んでいる。屋内のさわがしい音すらかなりの部分が雪に吸い込まれ、身の回りのわずかな音がむしろ際立って聞こえる。

粛々とした緊迫感、という言葉が似つかわしい。毎日、数百万部の紙面を刷る全国紙の札幌支社は、道内での発生案件がなくとも、常に気忙しく動き続けている。それでも、夕方の雪の中で流れる時間は、繭に包まれたような独特なものだ。

わたしは、さらにもう一重の繭を自分自身のために張り巡らしている。本日の出稿は済ませて一息ついた状況で、まったく異質な話題について深く思いをめぐらせているところだ。

わたし、望月環は、新聞社に就職してもうすぐ四年目になる、駆け出しの記者だ。入社以来ずっと、自分自身が子どもの頃から馴染みがあるテーマに取り組もうとしてきた。

「近代の絶滅」、つまり、人類史の中で比較的最近になって、人の活動の影響で絶滅した生き物について、掘り下げて伝えたい。もうこの世から去り、本来会えたはずなのに会えなかった、愛すべき、悼むべき絶滅動物たちを取り上げ、ちゃんと語り継ぎたい。北海道という自然が多く残っている地域に住み始めて、野生動物について見聞きすることが増えるにしたがって、その思いは強くなっていった。

もっとも、ことあるごとに出してきた企画は、ほとんど却下され続けてきた。それでもへこたれず、今は北太平洋の巨大な人魚とも呼ばれるステラーカイギュウに熱中している。

つい最近、この荘厳な生き物を目撃した唯一の博物学者が書いたラテン語の報告が英訳されているのに気づき、入手して読み込んだ。その内容は胸を熱くさせるものだったので、わたしは熱にうなされるみたいに企画書を書いた。しかし、例によって色よい返事がもらえず、いったん冷静になって自分が作ったメモを読み直しているところだった。

◎近代の絶滅をめぐるメモ　ステラーカイギュウ

一七四一年十一月、ロシアのピョートル大帝の命でヴィトゥス・ヨナセン・ベーリングが指揮を執った北太平洋探検航海の帰途において、ベーリングらが乗り組んだ聖ピョートル号は、カムチャツカ半島沖二百キロメートルに位置する無人島で座礁し、越冬を余儀なくされた。ステラーカイギュウは、その際に発見された巨大な海棲哺乳類で、二十七年後の一七六八年の捕獲を最後に絶滅したとされる。船医で自然史家だったゲオルク・ヴィルヘルム・シュテラー（ステラー）は、カムチャツカ半島に帰還した後、一七四六年、シベリアで亡くなったものの、遺稿から『海の獣』『カムチャツカ誌』『ベーリング島誌』などが刊行された。ステラーカイギュウについては、『海の獣』に詳しく記述されている。ラテン語版（一七五一年）からの英訳（一八九九年）をもとに一部抜粋して訳す。

その動物の上唇端から尾骨外端までの長さは、二百九十六インチ（七・五二メートル）あった。海辺の浅瀬の中でも、特に淡水が流れてくる河口の周辺を好み、常に群れていた。餌を食べる間、子どもや若い個体を前面に出すが、その側面と背面は成熟個体が取り囲むようにして気を配っていた。潮が満ちてくると、彼らは岸辺に近づいてくるので、棒や槍で狩ることができたし、ときには手で彼らの背中を撫でたりもできた。ひどい怪我をすると岸から離れたところに引っ込むが、しばらくすると怪我を忘れて戻ってきた。オスは成長したメス一頭と子ども十頭と一緒に、家族全員が一つに集まっていた。一夫一妻制のようだった。

この文書の中では、ステラーカイギュウ（Steller's sea caw）という言葉はまだ使われておらず、単にマナティー（Manatee）とされている。著者のシュテラーは、この生き物がマナティーやジュゴンなどと同じカイギュウ類であることをすぐに見抜いていた。

コンブなどの海藻をもっぱら食べる、いわば海の草食動物だ。マナティーやジュゴンが食べるのは海草だが、ステラーカイギュウは海藻だということは大きな違いではある。発見時からしばらく、遭難者たちはステラーカイギュウを食肉源と考えておらず、ラッコ、キツネ、アザラシ、漂着したクジラなどの肉で生命をつないだ。しかし、ひとたびステラーカイギュウの狩猟に成功すると、それが非常に好都合なものだと気づいた。つまり、「マナティー」の狩りは、比較的容易だったのである。

捕獲には、錨のフックに似た大きな鉄鉤《てつかぎ》が使われた。……屈強な男がこの鉄鉤を持ち、他の四、五人とともに舟に乗り込み、一人が舵を握っている間に三、四人が群れに向かって静かに漕ぎ出す。打ち手は舟の舳先に立ち、鉤を手に持って、近くまで来るとすぐに打った。

一頭が鉤で捕まり、激しく暴れ始めると、群れの中でその近くにいるものたちも騒然となり、彼を助けようとする。あるものは背中で船をひっくり返そうとし、あるものはロープを押し下げてそれを切ろうとし、あるいは尾の一撃で傷ついた仲間の背中から鉤を引き抜こうとし、何度かは成功した。彼らの性質と、夫婦の愛情について、非常に興味深い証拠がある。

メスが捕まった際、オスは私達が何度も殴りつけても全力でメスを逃がそうとし、それが無駄に終わっても、岸まで追いかけてきた。そして、メスが死んだときには、矢のようにメスに近づいてきた。翌日、早朝に肉を切り取って持ち帰ろうとすると、オスはまだメスのそばで待っていた。三日目、内臓を調べるために私一人で来たときにも、この光景を目にすることができた。

ステラーカイギュウについて語られるたびに、必ず引き合いに出される悲劇的なシーンである。群れで暮らし、外敵がほとんどいなかったステラーカイギュウは、常に家族を、仲間を思いやる生き物だったらしい。社会性が強すぎて、次は自分が標的になるかもしれないときですら「逃げる」ことよりも、仲間のそばにいることを選んでしまったのだろうか。

こういった特徴は、ゾウやチンパンジーを思い出させる。ゾウもチンパンジーも、仲間が死ぬと、その後、長い時間、近くにいたり、遺体を再三訪れたり、死を悼むような行動を取るという。かつては逸話的に伝えられていたものが、様々な野生動物のフィールドで観察されるにいたって、今では一つの研究対象となっている。

死を悼むというのは、高度な社会性と認知能力を持った動物であるがゆえの行動だと考えられていて、つまりはステラーカイギュウもまさにそのようなものだったのだろう。きっと、今の時代に生きていれば、多くの人が共感を抱くカリスマ的な海棲哺乳類になったかもしれない。

しかし、十八世紀における、人類とステラーカイギュウの出会いは、そんな平和なものではあり

Reconstruction of G. W. Steller's measuring a sea cow in 1742, *Steller's Journal of the Sea Voyage from Kamchatka to America,* Georg W. Steller, Leonhard Stejneger ed., 1925

えなかった。飢えた船員たちにとって、捕獲しやすい食料源はまさに渡りに船だった。それどころか、栄養たっぷりで、美味だったというのだから、遭難者たちは幸運に感謝しつつカイギュウを狩り、食べた。

肉は牛肉よりやや堅く粗く、陸上動物の肉より赤みがある。驚くべきことに、暑い盛りの日々に虫だらけになっても悪臭を放つことなく、非常に長い間野外に置いておくことができる。長く煮ると、牛肉と見分けがつかないほど素晴らしい味になる。仔の脂肪は新鮮なラードとほとんど見分けがつかないが、肉は仔牛と同じである。茹でるとすぐに柔らかくなり、茹で続けると若い豚肉のように膨らんで、鍋の中で茹でる前の二倍のスペースを占めるようになる。成体の体重は約八千ポンド（三・六トン）。島にはこの動物がたくさんいるので、カムチャツカのすべての住民を養うのに十分なほどだ。

メモを再読しながら、わたしはこのあたりで目眩《めまい》を感じた。

三・六トンの赤肉と脂肪が目の前にあるのを想像したとたん、前年の夏、道東の漁港で取材した、商業捕鯨の対象種ツチクジラの解体を、つい連想したからだ。白い脂肪層をバリバリと剝がされた後で露出した肉は、黒々とした赤だった。水中で活動する哺乳類は、筋肉中に酸素と結びつくミオグロビンが多く、肉が赤黒いのだと説明を受けた。

ツチクジラはイカなどを主に食べているので、内臓からは凄まじい臭いがした。ステラーカイギュウの場合、食べ物がコンブなどの海藻という点だけでも、ずいぶん処理が楽だったろう。しかし、わたしの頭の中で両者は混ざり合い、むわっとした臭気も一緒になって思い出されたものだから、この時点で、わたしを包んでいた静かな藹も一緒に破れた。

外はすでに真っ暗だ。ライトアップが始まった時計台はぼやけた光の塊にしか見えない。

「ハロー、タマキ、そろそろ夕食のデリバリーを頼もうとしているんだけど」と話しかけてきたのは、道東の捕鯨取材でも一緒に行動した仲の良い映像記者《カメラマン》だった。

大学時代に留学生として日本にやってきた北米出身者で、アニメで鍛えたという日本語は、読み書きともにハイレベルだ。

「あんまり、肉っぽくない方がいいな。ちょっと赤い肉を食べたくないんだよね」

「あれ、タマキってヴィーガンじゃなかったよね？」

「そうじゃなくて、ただ気分。魚とかならいい」

「じゃ、窯焼きピザで最近気になっている店の和風ペスカトーレは？　わたしはジビエの鹿肉で作ったボロネーゼが食べたい。ひき肉が大きくて美味しいという噂なんだよ」

映像記者は、アメリカ中西部の出身だということで、「カウボーイと保安官の子孫」を自称する。一緒にステーキハウスに行ったことがあるが、痩身なのにアメリカンサイズの巨大な肉塊をぺろりと平らげた。ピザを頼んだら、食が細いわたしは、たぶん一ピース食べてもらうことになるだろう。

注文を済ませ、またそれぞれ仕事をすすめるうちに、ピザのデリバリーがやってきた。

わたしが頼んだペスカトーレは、当然ながら魚介類のトッピングだ。「和風」である所以《ゆえん》は、香辛料に七味が入っていることと、肉厚のコンブを切ったものが、イカやエビやアンチョビに混ざって乗せられていることだった。

まいったな、と思いながら、コンブを頬張った。独特の磯の匂いと味を感じながら、自分自身が、カイギュウになった気分だった。


入社以来ずっと絶滅動物の企画にこだわっているものの、わたしの大学での専攻は、一見、まったく畑違いの物理学だった。

高校生の頃、科学部物理班に所属した流れで物理学科を選んだ。しかし、入学して、学科の同級生と机を並べて学び始めると、自分の数理的な能力がこの世界では凡庸なことに気づかされた。みんな、本当に数学のセンスがすごく、わたしは後からついていくのがやっとだった。

意欲が下がりつつあったとき、「絶滅動物」と再会した。統計物理学の教授が、講義の中で、いきなり生物の絶滅の数理的な解析について語り始め、わたしは思わず背筋を伸ばした。生物の個体群の消長や生態系の振る舞いは、うまくモデル化すれば物理学の方法で表現することができる。つまり、生物の絶滅も数式で表すことができ、例えば、個体群生存解析という単純な手法を使って、絶滅リスクを計算したり、過去の絶滅動物がたどった道を再現しうる。こういったことは、わたしにとって衝撃的であり、また、心惹かれるものでもあった。物理学の最先端についていけない不器用なわたしでも、基礎を学んで身につければ、応用分野で十分に役立つ道具を得られると確信できたからだ。

自分自身の深い部分に触れる感覚があった。小学生の頃、父が所蔵していた絶滅動物図鑑の美麗な博物画に見とれ、難しい本文をがんばって読んでいた時期がある。その頃、わたしは、滅んでしまったものたちとの絆を感じることで、日々の慰めを得ていた。大学でも、置いてけぼりをくらいそうになっていたわたしを、またも絶滅動物たちが救ってくれた。卒業研究では、生物物理学・数理生態学の研究室に属し、生態系を数式で表して、コンピュータでシミュレーションする卒論を書いた。

研究者を目指すには能力が足りないことは痛感していたので、わたしは学んだことを活かせるであろう大手メディアに就職することにした。科学報道という分野は、日本ではまだ未成熟だから、そこに自分の居場所を作れるかもしれないと考えた。対人関係が苦手なわたしに記者の仕事が務まるのかという懸念はあったけれど、インターンで地元紙の仕事を少し経験して、杞憂だとわかった。取材で人と会うことは、目的がはっきりしており話題も限定される。ましてや、テーマが自分の関心に沿っているものなら、まったく苦にならなかった。

初任地の札幌には科学部はなく、まずは事件事故を扱う社会部記者、次いで道政を扱う政治部記者としての実地訓練を受けた。それでも、科学的な知識が必要な取材には積極的に手を挙げるようにしていたし、いずれ本社勤務の際には科学部へ、というのは自他ともに認めるキャリアプランだった。

入社して初期の研修を終えた頃、自分のテーマの一つとして、「近代の絶滅」を掲げた。それは、わたしにとって必然的なことだった。

札幌にある北海道大学農学部植物園・博物館には、絶滅したエゾオオカミのオスとメス一対の剝製がある。ロンドン自然史博物館にある頭骨と並ぶ、わずかに残されたエゾオオカミの遺物だった。入社一年目、さっそくそれを紹介できないかと考えた。しかし、最初、どうやって扱えばニュースとして紙面に載せられるのか、さっぱりわからなかった。デスクには、「ただの懐古趣味じゃニュースにならないぞ」と言われて凹んだりもした。

転機となったのは、入社二年目のはじめに父が亡くなったことだ。前年、いったんは寛解していたはずのがんの再発がわかり、病状が悪化した。終末期ケアに力を入れている病院で、直前まで執筆の仕事を続けながら、比較的穏やかに息を引き取った。

遺品を整理していたところ、千葉での療養生活時代に父が集めた資料がごっそり出てきた。その頃から、父は、絶滅動物にまつわるエッセイを雑誌に発表しており、何年か後には本にもなった。たいへん好評だったようで、版を重ねたし、続編も出た。父の専門は歴史なので、生物学的なことはともかく、歴史的な話との絡まりが興味深く、多くの読者を得たのだと思う。

わたしは父の資料を丸ごと札幌に持ち帰った。父の関心の範囲は広く、地域絶滅したオオカミを他地域から再導入したアメリカの国立公園の取り組みについての本もあった。その本をぱらぱらとめくりながら、ふと気づいた。北海道でも、エゾシカの食害が近年、深刻化しており、野生動物管理の大切さが議論されていた。オオカミの再導入を主張するグループもあり、絶滅動物の話題は、ここでは現代的な意味を持っている、と。

実際にそれが突破口になった。エゾオオカミが、有史以前からの人との関係、開拓時代に徹底排除の対象となった経緯、現在のエゾシカの食害問題、オオカミの再導入を主張するグループなどの話題など、野生動物管理の新たな流れなどを概観する連載記事を入社二年目の秋に紙面に掲載できた。道内の様々な当事者にインタビューしたという意味で、かなり充実した特集記事になったと思っている。

これをきっかけに、さらに「近代の絶滅」にまつわるテーマを手広く扱っていこうとしていたところ、すべてを吹き飛ばす事態に直面した。翌年三月に起きた東日本大震災と原発事故は、被災地から離れた駆け出し記者にも大きな影響を与えた。わたし自身、現場を踏むことはなかったけれど、原発事故報道の科学面を追究するチームに呼ばれ、一時、札幌と東京を行き来することになった。とうてい別の取材に手を出す余裕はなかった。

ステラーカイギュウをめぐる企画を提出できたのは、事故から一年が過ぎ、やっと自分の本来の関心に即したテーマを考える時間ができた頃だった。巨大なカリスマ的海棲哺乳類で、発見から二十七年で絶滅してしまったという悲劇性からも、価値の高い記事になるとわたしは考えていた。しかし、デスクに言わせれば、やはり「懐古趣味」ということになる。それでは、どうすればいいのか。新たな切り口を見つけられないまま、わたしの三年目の記者生活は終わりに近づいていた。

「火山とか地震とか、気候変動とか、もっと大切なことがたくさんあるだろうってデスクに言われたよ」

大テーブルの上に置いたピザのピースをつまみながら、わたしは言った。わたしと相対している映像記者は、粒の大きな鹿のひき肉をパイ生地と一緒に頬張りながら、うんうんとうなずいた。

「そりゃあ、ぐうの音も出ないよね」

映像記者は日本語が流暢なだけでなく、繰り返しうなずくといった日本的な身振りも身に着いている。とはいえ、アメリカで生まれ育った視点の違いは貴重で、わたしは、時々意見を聞くことがあった。

「ステラーカイギュウがどれだけ素晴らしい生き物で、絶滅が悲劇だったとしても、ただそれだけだと、ただの懐古趣味《アナクロニズム》だって、デスクは言うんだよね」

「ステラーカイギュウが、生態系の中でどんな役割を果たしていて、いなくなったことによってなにが失われたのか、というのは大切なテーマだと思うけど。絶滅は環境の問題だから、災害や気候変動と同じくらい大切だよ。日本のメディアは、本来、人間が、管理者《スチュワード》として守らなければならない手つかずの環境について無関心だよね。様々な生き物が暮らす土地への倫理《エスィックス》の意識が低いというか」

映像記者は手に持ったピザを口に運ぶのをやめて、強い口調でわたしを支持してくれた。実は、自分自身のテーマとしても、環境問題や自然保護についてこだわりを持っている人物で、釧路湿原などの繊細な自然を撮影するシリーズで社内の評価も高かった。「食」についても意識が高く、ベジタリアンではないものの、例えば、この日のピザに使われている鹿肉は、野生動物管理の観点から駆除されたものを使った「責任ある肉食」なのだという。

「うーん」とわたしは小さくうなり声を上げた。

「たしかに環境の問題なんだけど、なぜ札幌支社の記者が書くのかという点も問題になるかも。ステラーカイギュウを、もっと自分たちに引き寄せるための仕掛けが必要なんだと思う」

「日本の人はステラーカイギュウをあまり知らないの？　ただロシアの島にいた動物というだけでなくて、もっと身近なものだというならいいと思う」

「身近な動物だと強調することは、もちろん考えたよ」とわたしは即答した。

「たとえば、日本人がステラーカイギュウを見た可能性はないかと考えて調べてみた。十八世紀、アリューシャン列島まで漂流して、シベリアを経由して、エカテリーナ二世に謁見した大黒屋光太夫という人がいるんだけど、彼がアムチトカ島に流れ着いたのは一七八三年だから、ベーリング島に立ち寄ったとしても、もうステラーカイギュウが絶滅した後なんだよ」

「個人ではなくても、北海道の歴史と絡めれば、札幌支社が取材する意味があるのでは？」

「あ、化石なら道内から出てくるんだよ！　札幌と千歳の間の北広島市で見つかった化石は数十万年前のもので、人類が来る前の北海道にいたことがわかってる」

「それだ！」と映像記者が膝を打った。

「北海道にもいたステラーカイギュウ！　たぶん昔の気候変動とか、環境の変化で、生息地を奪われたんじゃないかな。そのストーリーなら、いいセンいくんじゃないかな」

「なるほど」とわたしはうなずいた。

これなら、北海道の地元の歴史と、数十万年という時間スケールでの気候変動という一大テーマをうまく撚《よ》り合わせて描くことができるかもしれない。ステラーカイギュウは大型動物なので、生態系の中で大きな影響力を持つキーストーン種であったことは間違いない。一見、時代錯誤《アナクロニズム》な絶滅物語は、実は現代的なテーマなのだと強調できそうだ。

もっとも、現実は甘くなかった。

数日後、わたしが、持てる情熱と修辞をつくして仕上げて提出した新たな企画書は、やはりデスクには不評だった。

「趣味に走りすぎ。搦め手ではなく、メインテーマである絶滅種をとりあげる意義を深めて、説得力のある企画を！　人類がいなかった時代の化石のステラーカイギュウを取り上げるなら、せめて全身骨格が発掘されるくらいの大事件があったときに」と一刀両断だった。

「でも――」と食い下がろうとしたわたしに、デスクはさらに追い打ちをかけた。

「望月は、絶滅動物の魅力は自明だ、と思っているよな。こういった生き物にみんなが関心を持って然るべきだ、と。でも、決して、そうではないんだよ。だから、まず、自分がなぜ自明に感じるかを掘り下げてみるべきじゃないか。取材しながら考えを深めたいというのなら、もっと説得力のある企画を、だな」

言われていることはもっともだった。「取材しながら考えを深める」のが望ましいが、そのためにはまず企画を通す必要が……というふうに堂々めぐりする。わたしの記者生活は、中堅の自覚を求められる四年目に入ろうとしており、もう少しこの仕事に適応しなければならないのは明らかだった。

オオウミガラス――十九世紀の絶滅

アイスランドは、ヨーロッパといっても、はるか遠くの海上に浮かんでおり、むしろ、グリーンランドを介して北アメリカに近いくらいの島国だ。

夏は白夜で、陽の長い北海道からきたわたしにとっても、異次元の世界だった。日が沈むが遅いというのではなく、沈まない。これには体がなかなか順応せず、いつ眠ればいいのかわからない、というような状況に陥った。

はじめての海外出張がアイスランドというのは、相当、変わった経験だと思う。記者というのはあちこち行きたがる人が多いもので、わたしはみんなに羨ましがられながら旅立った。その直前は、日常業務に一応の区切りをつけた上で、出張の準備もしなければならず、ほとんど眠る時間がなかった。新千歳空港からまずは羽田空港まで飛んで、国際便の機内で自席に座った瞬間に睡魔が訪れた。気がついたときには乗り換えのドイツ・フランクフルトまでの三分の二くらいの距離をすでに飛んでいた。

アイスランドの首都レイキャビクで、「北方都市サミット」という国際会議が開催され、札幌市からも代表が参加する。わたしは代表団に随行しつつ、その周辺の取材をすることになっていた。国単位ではなく、都市の連帯を主旨とするもので、翌年のサミットは札幌で開かれることになっていたから、閉会式ではアイヌの古式舞踊を実演して、次回の開催に向けた札幌市長の挨拶も予定されていた。

今回のテーマの一つは、「気候変動と北方都市」だ。これはわたしが大学で学んだ物理学の応用ともいえる気候シミュレーションが活用される分野で、サミットでも地球物理学者のフォーラムがあった。サミットに帯同する記者として、「理数系」と思われているわたしに白羽の矢が立った。わたしは一週間にわたって開かれるこのサミットのニュースをきっちり一週間分、現地から送った。こんな地味なテーマでも、時宜を得て、適切な取り上げ方をできればシリーズ化できるのである。

せっかくここまで来ているのだからと、アイスランドをめぐる記事を要求され、さらにいくつかの取材を手掛けた。

ひとつは、日本でもファンが多い北欧神話の話だ。

世界の中心には巨大な宇宙樹ユグドラシルがそびえ立っていて、神々の世界アースガルズルはその上層にある。「神々の黄昏」とも訳される終末ラグナロクにおいて敗北が予言されながらも、その最後の戦いへと神々が向かっていく独特の終末観は、たぶん日本の文化にもフィットする部分があるのだろう。主神オージン、雷神ソール、愛と美の女神フレイヤ、いたずらものでトリックスターのロキ、戦闘の女神たちヴァルキュリア、始まりの巨人ユミルなどは、様々なマンガやアニメなどの中に翻案されて登場する。

その北欧神話が今に伝えられているのは、まぎれもなくアイスランドのおかげなのである。一方で、そういった神話的な世界を舞台にした物語が、日本のアニメやマンガを通じてアイスランドに逆輸入されている。そこで、アイスランドの日本文化研究者や、日本アニメのファングループを訪ねたりして、記事を書いた。

　さらにもうひとつ現地から出稿したのが、「オオウミガラス」だった。その示唆を与えてくれたのは、北欧神話や古い物語を今に伝える『エッダ』について教えてくれた国立博物館の学芸員だった。

「アイスランド人たちは、神話や伝承を誇りに思っています。国内で見つかりデンマーク王室が所有していた古い写本を、戦後の独立に際して取り戻したことは、国のアイデンティティにかかわる一大トピックでした。そして、もう一つ別に、取り戻したものがあるんです。ちょうど今、特別展を開催中の、こちらです」

　学芸員が館内を案内してくれながら指差した先には、黒と白のシンプルな模様で、すっと立っている鳥の姿があった。足元にはまだら模様の大きな卵がひとつ転がっていた。

「ペンギン？」と言いかけて、わたしははっと居住まいを正し、言い直した。

「グレート・オウク《オオウミガラス》ですね」

「そのとおりです。『ペンギン』の名のもとになった北大西洋の海鳥の剝製です。この鳥の最後の二羽は一八四四年にアイスランドのエルドエイ島で殺されました。最後のオオウミガラスが、わたしたちの土地にいたことは、国民の誰もが知っている事実です。しかし、国内にはひとつも標本がありませんでした」

「なるほど、それで、『取り戻した』わけですね」

「一八二一年、デーマークの伯爵がわざわざアイスランドを訪れて標本を入手し、その後、剝製と

Great Auk (*Pinguinus impennis*), *A natural history of uncommon birds,* George Edward, 1743

して伯爵の城にずっと所蔵されていたものです。一九七一年、ロンドンでオークションに出されると、我が国では、この標本の買い戻しのために、わずか三日間で九千ポンドの募金が集まりました。その金額での落札は、当時としては、鳥の剝製についた最高の値段だったそうですよ。アイスランドに戻ってくる際には、アイスランド航空のファーストクラスで運ばれ、空港にはレッドカーペットが敷かれました。また、小学校を半休にして歓迎したそうです。今、世界中に残されている八十羽のほど剝製のうち、かなりのところがアイスランドで捕らえられたものですが、現時点でアイスランドにあるのはこれだけです」

わたしは、その標本に目を吸い寄せられ、その場に立ちつくした。

アイスランドがオオウミガラスの終焉の地であることは薄っすらと意識していた。しかし、今、目の前にまぎれもない本物の標本があって、わたしに訴えかけてくる。かつて、オオウミガラスを、ステラーカイギュウなどとともに、自分の身近な自然の中に置く想像をしていた頃の記憶がうわっと押し寄せてきた。

はじめての海外出張をきちんとこなさなければならないという重圧から、自分のテーマだと思い定めていたはずの「絶滅動物」のことを棚上げにしていた。それが今、あっちから、わたしのところに来てくれたのである。

学芸員が立ち去ってから、わたしはその標本をしげしげと眺めた。

すっと直立した姿といい、白と黒のシンプルな模様といい、やや大きめのクチバシといい、目の間にある白い斑点《パッチ》といい、ペンギンを思わせる部分ばかりだった。南半球ではじめてペンギンを見た船乗りたちが、オオウミガラスを連想して、学名の*Pinguinus*から、ペンギンと呼んだという逸話は理解できる。強いて違いを言えば、オオウミガラスのクチバシには畝状の凸凹がいくつも連なっていることと、翼がペンギンのように一枚の板状になっておらず、ペンギンよりも鳥っぽい部分が残っていることだ。足元に置かれた卵の模型には、斑模様が入っていて、その点でもペンギンとは違った。

それにしても……と大きく息を吸って吐いた。目の前の剝製は、「本物」なのである。考えてみれば、小学生の頃に憧れと追慕の念を抱いていた様々な絶滅動物の中で、「実物」を見るのはこれが初めてだった。この個体は、一八二一年、つまり、二世紀ほど前には生きていたと思うと、胸にこみ上げるものがあった。

そして、もうひとつ、大切なことに思い当たった。北海道で暮らしてもう四年目だというのになぜ気がつかなかったのだろう。エゾオオカミの話と同じように、いや、それ以上に、オオウミガラスは北海道と密接な関係を持ち、ストーリーを作りやすい生き物だ。

わたしは、博物館のロビーの椅子に座りデスクに向けてメールを打った。「現地からのもう一つの出稿は、オオウミガラスにします。オオウミガラスは絶滅鳥類で、ウミガラス、つまり礼文島のオロロン鳥の親類です」と。

レンタカーを借りて、レイキャビクから南下する。

学芸員から聞いたところ、アイスランド国内でオオウミガラスにまつわる史跡は島の南西部に集中しているという。観光地として有名な温泉地帯ブルーラグーンをかすめるようにして、キルキュボルクという漁村まで出た。かつてオオウミガラスを組織的に捕獲していた村だ。

わたしは学芸員に紹介してもらった地元のナチュラリストと落ち合った。背の高い白髪の人物で、夏の間、世界中のバードウォッチャーを案内するのがメインの仕事だという。

ナチュラリストは、町から二十分ほどのところにある岬へとわたしを導いた。あちこちから立ち上る火山の噴気を縫いながら道路を進み、高台にある灯台の下の道を通り過ぎて少し行った先に、人影のようなものが見えた。

「あれは……」といいかけて、口をつぐんだ。

人ではなく、モニュメントだった。

オオウミガラスの像が、火山の噴出物で覆われた荒れた地面の上にすっと立っていた。深い緑のような灰色のような石でできており、どんよりした雲と黒々とした海に顔を向けていた。

わたしは、像に手のひらを押しつけて、その大きさを自分の肌の感覚に落とし込んだ。

幼い頃に百々《どど》谷の干潟の隣にあった磯で、わたしはこの鳥が巣を作るのを想像した。そのときの感情が腹の底からせり上がってきて……途中からは、別の鳥に姿がかぶさって感じられた。それは、この数年、わたしが北海道で働くようになってから、よく映像を目にするようになった鳥だった。

「オロロン鳥――」というふうに、日本語を口にした。

「オロロン・バードという意味で、オロロンは鳴き声からきた言葉です。ウミガラス《コモン・ギルモット》のローカルな呼び名なんです。つまり、オオウミガラス《グレート・オウク》に近いけど、少し小さな、スモール・オウクです。わたしは、グレート・オウクの悲劇的な運命を日本の人に知らせて、オロロン鳥、スモール・オウクの絶滅を防ぐためのメッセージにしたいと思っています」

一応、事前にメールで伝えたことをここでも繰り返した。

わたしがレイキャビクの博物館で剝製標本を見て気づいたのはまさにこの点だ。北海道の天売島で繁殖する絶滅危惧鳥類ウミガラス、つまり、オロロン鳥とそっくりだったのだ。系統的にもとても近く、違いはというと、オロロン鳥は少し小さいのと、飛べるということだった。

ナチュラリストは、ゆっくり深くうなずいて、まずは沖を指差した。

「少し斜めになった台形の、プディングみたいな島が見えますか。あれが、『火の島』、エルドエイ島です。エルデイ島とも呼ばれますが、それは英語読みです。十九世紀なかばまで残っていたオオウミガラスの最後の営巣地でした」

わたしは目を凝らした。

エルドエイ島は、ナチュラリストが手渡してくれた双眼鏡で見ると、たしかに言われたとおり、海面から突き出したプディング、日本語としてはプリンのような台地が、波に洗われて傾いているように見えた。

「エルドエイ島がオオウミガラスの営巣地になったのは、一八三〇年以降です。その前には、Geirfuglasker という岩礁があって――」

「なんて岩礁?」わたしはメモ帳を握ったまま聞き返した。それをわたしは、ゲイルフクラスケルのように聞き取ったけれど、正確に仮名で表記するのは難しい。しかし、意味するところは明確で、

Geirfuglが古いアイスランドの言葉でオオウミガラスを意味する、まさに「オオウミガラス岩礁」のことだそうだ。

「オオウミガラスは北大西洋で人の活動が多くなると、まずは食用や脂肪の採取、後には羽毛産業のために乱獲されました。十九世紀にもなると、もうその岩礁でしか繁殖が確認できなくなっていたのですが、一八三〇年の火山噴火で営巣地ごと沈んでしまったのです。オオウミガラスたちは近くのエルドエイ島に営巣地を移し、そこで繁殖し始めました」

メモを走らせながら横顔を見ると、ナチュラリストの表情は厳しく、憂いが深いものに変わっていた。

「その頃、世界中の博物館から、標本がほしいという注文が殺到するのです。剝製にする皮だけでなく、卵もです。オオウミガラスの卵は、まだら模様がひとつひとつ違って美しいんですよ。エルドエイ島はなかなか船をつけるのが難しい島なのですが、以前の岩礁よりはマシでした。漁師たちは海が静かなときを狙って、オオウミガラスを捕まえに行きました。営巣地が移った一八三〇年にさっそく二十羽ほど、翌年には二十四羽というふうにまとまった数が捕らえられました。しかし、三十三年に十三羽、三十四年には九羽というふうに数が減っていき、捕獲がない年もでてきます。最後の二羽が、一八四四年に捕獲されたのはご存知ですよね。これも、標本を求める商人からの依頼によるものでした」

ふうっ、とわたしはため息をついた。十九世紀に勃興したばかりの自然史博物館が標本を求めたことで、オオウミガラスが絶滅に追いやられたというのがなんとも言えず悲劇だった。

Variation of patterns on Great Auks' eggs, *Naumann, Naturgeschichte der Vogel Mitteleuropas,* J. A. Naumann, C.R.Hennicke ed., 1902, F. W. Frohawk, R. Dieck, H. Klönne and Bruno Geisler del.

「最後の二羽を捕まえたときの様子も、細かく記録されていると聞きました」
「一八四四年の捕獲に参加した漁師たちが生きているうちに、イギリスから調査に来た人たちがいたのです。ジョン・ウーリーと、アルフレッド・ニュートンです。ウーリーは当時、鳥類の卵の膨大なコレクションを持っていることで有名だった博物学者です。ニュートンは後にケンブリッジ大学の動物学教授になる若者でした。ニュートンは、さらに、ロンドン自然史博物館の初代館長リチャード・オーウェンにドードーの骨を横取りされた人としても知られています。弟のエドワード・ニュートンが、モーリシャス島の植民地行政官で、兄に化石を送ったのに、途中でオーウェンの手に落ちたんです。その後ニュートン兄弟は、ロドリゲス島のソリテア、つまりロドリゲスドードーに興味を移し――」

ドードー、ソリテアという言葉を聞いて、みぞおちのあたりの摑まれたような感覚を抱いた。ドードーとはドードー鳥のことだし、ソリテアは孤独鳥のことだ。わたしが絶滅動物を偏愛するに至った原点にいる鳥たちだが、絶滅時期も生息地も違うオオウミガラスと、意外な形でつながりを持っていたのである。

話に出てきたロンドン自然史博物館の初代館長リチャード・オーウェンは、ドードー鳥の全身骨格をはじめて組み立てて復元した人で、「恐竜《ダイナソー》」という言葉を作った人でもある。さらにニュージーランドの絶滅した大型鳥類モア類の骨を初めて研究し、記載した。最大の種であるジャイアントモアには「恐鳥《ディノルニス》」の名を与えたのもオーウェンだ。

一方、アルフレッド・ニュートンは、ドードー鳥の研究ではオーウェンの後塵を拝したものの、孤独鳥、ソリテアを報告し、また、オオウミガラスの絶滅の同時代人として、最後の二羽にまつわる現地調査を行った人物でもあった。オオウミガラスの現地調査の内容は、調査を主導したウーリーの手書きのノート「オオウミガラスの書（Garefowl Books）」としてケンブリッジ大学の図書館に収められている。このノートそのものは出版されることなくウーリーは夭折したが、代わってニュートンがノートを引き継ぎ、抜粋を論文として公表した……というふうな複雑な背景がある。

　ナチュラリストは、いったんランドクルーザーに戻って、クリアファイルの中にまとめてある紙の束を取り出した。

「ウーリーとニュートンが調査したときに聞き取った『最後の二羽』が、本当に最後の二羽だったのか、その時点ではまだわからなかったんですよ。絶滅ってそういうものでしょう。ほら、中国のイルカも――」

「ヨウスコウカワイルカ《バイジー》ですね」

「そう、バイジーも、絶滅したと言われていますが、まだ探していますよね。ニュートンによる『オオウミガラスの書』の抜粋が、一八六一年、英国鳥学会誌『アイビス』に報告されたのも、そんな時期でした。その部分を読みます」

　ナチュラリストは、息を深く吸い込み、手元の紙の束に視線を落とした。そして、腹の底から響くような、低いうねりのような声で読み上げた。アルフレッド・ニュートンの筆になる説明だ。

――アイスランドで最後に確認されたオオウミガラスは二羽で、一八四四年に捕獲、殺害されたものです。この鳥をこの種の最も新しい生存証拠と見なす人は多いでしょうから、私は、詳細について少し長めに説明してもよいかもしれません。捕獲に参加した一行は十四人で、このうち二人はすでに亡くなっていました。しかし、私たちは、残りの十二人全員と話すことができました。彼らは、先ほど述べたように、剝製を扱う商人によって命じられ、一八四四年六月二日から五日の間のある晩、キルキュボグルを八人漕ぎの船で出発しました。

ナチュラリストがわたしを見た。この白髪の人物の彫りの深い顔には、さらに深い陰影が宿っていて、神話的な世界から抜け出してきた人のように見え始めた。
さっきより空が重い鉛色になりこころなしか風も強い。わたしは、一八四四年、今から一世紀半以上も前のことをまるで昨日のことのように語る言葉に、吸い込まれるような力を感じた。

翌朝早く、彼らはエルドエイ島沖に到着しました。この島は断崖絶壁で、ほぼ垂直に立っています。高さは、九十〜百三十メートルとされていますが、低くなっている側には、険しい崖の麓に上陸できる場所があります。その上の波の届かない場所にオオウミガラスは巣を構えていました。この探索では、三人の男が登りました。以前の捕獲のリーダーの息子で、何度かこの岩場を訪れていたヨゥン・ブランズソンと、シグルズル・イースレイフスソン、ケティル・ケティルスソンです。彼らは岩によじ登ると、無数のウミガラスとオオハシウミガラスの中に二羽のオオウミガラスがいるのを見つけました。

途中で言葉を区切ると、ナチュラリストはわたしの方を見た。

「無数のウミガラスというのは、つまり、オロロン・バードと同じ種ですね。最後のオオウミガラスは、オロロン・バードの同種と一緒の群れの中で繁殖をしていたのです」

わたしは、力強くうなずいた。やはりオオウミガラスの物語は、今の北海道の絶滅危惧鳥類の話に直接的につながっている。

「オロロン鳥は、ウミガラスの中でも、特に体が大きな亜種なんです。体長が四十センチ、体重も一キロはあって、オオウミガラスにははるかに及ばないけど、今の鳥の中で、一番、オオウミガラスに近いものの一つと言えるかもしれません」

沖合で、エルドエイ島のあたりが薄暗く霞んでいた。あのあたりに雨が降っているのだろう。ちかちかと光るものがあり、稲光だと気づいた。すごく時間がたってから、ゴロゴロと空気が揺れた。

ナチュラリストは、また紙の束に視線を落とし、先を急いだ。

オオウミガラスは侵入者を撃退しようとする姿勢を少しも見せませんでした。すぐに高い崖の下の部分を、小さな翼を少し広げ、頭を立て、走りました。……ヨゥンは両手を広げて一羽を角に追いやると、すぐに捕まえました。シグルズルとケティィルは二羽目を追いかけ、シグルズルが岩の端の近くでそれを捕らえました。そこは、何尋もの高さの断崖絶壁の縁で直下は海でした。ケティィルが、鳥がいた岩棚に戻ると、溶岩の岩盤の上に卵が転がっていま

した。彼はそれがオオウミガラスの卵であると知っていました。彼はそれを拾い上げましたが、割れていることがわかったので、再び下に置きました。もうひとつ卵があったかはわかりません。

雨が降ってきた。エルドエイ島はもう分厚い雨粒のカーテンの向こうで見えない。わたしたちは、急いで車の中に退却した。

出発地の漁村へ帰るまでの間、オオウミガラスの絶滅をめぐる議論を続けた。

「わたしたちにとって手痛い、痛恨の喪失でした。最後のオオウミガラスがそこにいたのに、価値に気づくことなく殺してしまいました。今では、その二羽の標本がどこにあるのかもはっきりとはわかりません。内臓はコペンハーゲンの博物館に残っていますが」

「とはいえ、目の前で起きた絶滅をほぼ同時代に認識できた、最初の事例だったのではないでしょうか。十六世紀のドードーやソリテアは、知らない間に絶滅して、ずっと後になるまで、そう認識されませんでした。これは単純に、遠いインド洋で起きた絶滅と、ヨーロッパの中で起きた絶滅の違いだと思いますか」

「それだけではないでしょうね。絶滅という現象すらはっきり理解されていなかった十七世紀に比べて、十九世紀には生物学が大きく進展しました。ニュートンがアイスランドから帰国した一八五九年は、チャールズ・ダーウィンが自然選択による進化の概念を発表した年です。ニュートンは、出たばかりのダーウィンの論文を徹夜で読んで、『神の声のようだ』『すっかり謎はとけた』とまで絶賛しました。そして、さらに考えを深め、自然選択の結果ではない人為の絶滅は、悪いものだと考えました。ですから、後年、イギリス各地で行われていた繁殖期の海鳥の狩猟を禁止するための大演説を行い、海鳥保護法の制定を後押ししたんです。『撃ち落とされる鳥は親鳥であり、同時にヒナも飢えさせて殺すことになる』という名文句は今もよく引用されていますよ」

「きっとニュートンは、オオウミガラスのことを思い出しながら言ったのでしょうね。群れで営巣する飛べない鳥ほど捕まえやすいものはないわけですし、実際、オオウミガラスは二世紀以上、営巣地を狙われ続けたわけですから」

「まさにその通りだと思います……」

　そのような突っ込んだ話をするうちに、わたしたちは出発地の漁村に帰り着いた。

　別れ際、ナチュラリストは、わたしに握手を求めてきた。

「どういう理由かはわかりませんが、いろんな国に、絶滅に心を寄せる人たちがいます。アルフレッド・ニュートンは、オオウミガラスやドードーやソリテアへの、奇妙な情熱に取り憑かれました。きっとあなたもそうなのでしょう。そういえば、日本には、有名なドードー鳥研究者がいました。彼もまさに絶滅にとらわれた人でしたね」

　有名なドードー鳥研究者というのは、二十世紀の鳥類研究者、蜂須《はちす》賀《か》正氏《まさうじ》のことだ。最後の将軍徳川慶喜の孫で侯爵だった人物で、わたしが子どもの頃に読んだ本でもドードー鳥研究者として登場した。ケンブリッジ大学で教育を受け、学寮《カレッジ》もアルフレッド・ニュートンと同じだったので、孫弟子だと自称していたことを後で知った。ニュートンは学寮長を務め、彼自身が創設メンバーだった英国鳥学会の集会も、学寮で開いていたという。オオウミガラスや孤独鳥についての論文も、やはり学寮で書いた。一方、蜂須賀は、半世紀後、学寮に在籍していた時代にアイスランドへの探検旅行を行い、アイスランド鳥類の本を出版した。また、亡くなる直前にはドードー鳥についての英文書籍を著していることからも、確かにニュートンの孫弟子を名乗るに値した。

世界には、なにかの理由で「絶滅」とつながってしまう人がいる。

わたしは、父のことを、同時に思い浮かべた。歴史の研究者だった父も、ひょんな出会いから絶滅動物に関心を持ち、本を書いた。その思いが伝わったからこそ、今、わたしはここにいる。子ども時代からつながる細い糸を片手につかみながら、さらに大切なものを少しずつまた手繰り寄せつつある実感を、このとき、わたしは感じていた。

問題は、その実感はどんなふうに言語化できるかという点だ。オオウミガラスの記事は、結局、エゾオオカミと同じように、歴史、環境問題、野生動物の保全と管理といった切り口でまとめた。それはそれで好評だったのだが、本当にそれだけなのか、とわたしはもやもやしたものを抱えることになった。

リョコウバト――二十世紀の絶滅

入社五年目に東京本社勤務となり、科学部に配属されたときにも、心の中ではやはり絶滅をめぐるテーマを温めていた。しかし、それだけに集中する時間を取ることは、記者という職業上、無理だった。とりわけ、異動したばかりの若手には、どんどん仕事が振られた。

異動の際、科学部長からはこのような「訓示」をたまわった。

今の新聞、さらに科学部は、存在価値を問われている。東日本大震災とそれに続く原発事故で、いかに適切な科学報道が求められているかが浮き彫りになった。「科学的」であるとは、決して、白黒をはっきりつけることではなく、「どの程度確からしいか」を問うことだ。科学者共同体も常に一枚岩であるわけではない。放射線の健康影響について、楽観論から悲観論まで、様々な立場がある中で、報道はどうあるべきか。両論併記で終わるのではなく、建設的な合意形成の役に立つことはできるのか。つまり、科学部の記者には、科学の世界と、日常の世界を行き来して、翻訳者になることが求められる。などなど。

とにかく、物理学科出身のわたしには期待をしているので、次回のノーベル物理学賞の解説記事をまかせたいと言われた。ちなみに、その年のノーベル物理学賞は、「新しく存在が確認された素粒子、ヒッグス粒子に基づく、質量の起源を説明するメカニズムの理論的発見」だった。受賞者に日本人はいなかったものの、その存在を確認する実験には日本の研究者も多くかかわっており、関係者のコメントをとりつつ解説記事を仕上げた。物理学の基礎を学んだ者として、やりがいのある仕事ではあった。

さらに、火山、地震、気象災害などの科学面からの解説も、わたしが扱うことが多くなった。実際に災害が起きた際に、被害状況についての報道は社会部の担当だ。わたしたち科学部の役割は、ふだんから研究者を取材しつつ、災害のメカニズムについての理解を深め、科学解説を行うことだ。

いずれも最先端では、数理モデルに基づいたシミュレーションを多用するので、わたしはまたも出身学科のカリキュラムに感謝することになった。

そんな仕事をする中で、絶滅動物をめぐる探求を深める時間はなかなか取れないままだった。エゾオオカミの記事も、オオウミガラスの記事も、最後のところは、野生動物の管理や、絶滅危惧種の保護といった紋切型のテーマに終わってしまった。もう一歩、踏み込むためにはどうすればいいだろうという問題意識は、常に持っていたけれど、そこから進む糸口を見つけられなかった。

チャンスを感じたのは、東京に戻って年が明けた二〇一四年だ。

「近代の絶滅」について考えるにあたって、この年は特別な一年だった。リョコウバトの最後の一羽が、アメリカ・オハイオ州、シンシナティの動植物園で亡くなったのが、一九一四年九月一日なのである。だから、絶滅百周年にあたる二〇一四年九月一日に向けて、アメリカでは注目か高まりつつあるようだった。最後の一羽、マーサと呼ばれたメスの剝製は、今ではワシントンＤＣにある国立自然史博物館が所蔵していて、各メディアがすでに取材を始めていると聞いた。わたしは、ウエブサイトから広報のメールアドレスを見つけて、日本のメディアでも取材させてくれるかと聞いた。すぐにオーケイのメールが返ってきた。どうやら、リョコウバトの絶滅百周年を世界的イベントにしたいと願っているらしい。

というわけで、わたしは最後の一羽のマーサと対面できることになった。もっとも、それを実現するためには、まずは日本の紙面に掲載できるような切り口を考えたり、アメリカに出張するだけの理由を見つけ出してデスクを説得したり、これまで以上の手間が必要だった。

「気候変動は人類が直面している最大の問題です。解決のためには人類の叡智を結集する必要があります。今、わたしたちは自分自身の首を締めていますし、他の生き物たちをも絶滅へと追いやっています。はたして、リョコウバトのような人間による犠牲を新たに作り出してよいのでしょうか」

気候変動を評価する国連機関、気候変動政府間パネル《IPCC》の重鎮として知られるアメリカ人研究者にインタビューしたところ、いきなりリョコウバトの話が出てきた。

二〇一四年という年は、アメリカ合衆国にとって、四年毎の大統領選の間にあって、次の大統領選の行方を占う意味合いも大きな中間選挙の年だった。わたしが勤務する新聞社はワシントンDCにアメリカ各地の支局を束ねる総局があり、主にホワイトハウスや議会の取材をしている。わたしは出張でワシントンDCを訪ね、総局を起点にして様々な取材を行っているところだった。

なぜこういうことになったかというと、きっかけはワシントン総局にいる先輩記者からのメールだった。札幌と東京を行き来していた時代に、原発事故報道のチーフだった人物で、今はワシントン総局に移っていた。

「風のうわさに聞いた。北米での取材がしたいなら、手伝ってもらいたい件がある。そっちがメインで、リョコウバトが従。それでいいなら、推薦する」

先輩記者が出してきた条件というのは、「中間選挙取材の応援」だ。今回の選挙キャンペーンでは、科学政策が鍵になるという。気候変動をどれだけ織り込んだ環境政策を訴えるかというのが第一の対立点だった。それはエネルギー政策に直結しており、ソーラー発電などの再生エネルギーと次世代送電網、いわゆるスマートグリッドを組み合わせようとする計画と、オイルシェールと呼ばれる油分を含んだ頁岩《けつがん》から得る合成原油を増産する計画が対立していた。また、年々、増えている巨大なハリケーンや、西海岸やアラスカで一大問題となっている森林火災などの減災についての議論も密接にかかわっていた。科学者や技術者が論客として脚光を浴びることが多く、わたしには「科学と政治」というテーマで取材してほしい、とのことだった。

数日後、デスクに呼びつけられて、「おまえ、なにか手を回したのか」と聞かれた。

「望月環に来てほしい、とアメリカ総局から指名があった。どのみち、一名、出さなければならないから、行って来い。科学面にも後で載せられるような独自ダネをいくつか持って帰ってくればいい」

そんなわけで、わたしは晴れて、リョコウバトの取材のために、もちろんそれがサイドメニューであるにしても、ワシントンDCに向かい、その後、大陸を横断してカリフォルニアに至る取材計画のもと、海を渡ったのだった。

出張の友として、わたしは父が書いた絶滅動物についての本をリュックにしのばせた。

その本の中で、父が一番力を入れたのは、リョコウバトのエピソードだ。北米に西洋人がやってくる前には、三十億羽から五十億羽という破格の個体数を誇った鳥だし、それが十九世紀、壮絶な狩猟圧を受けて絶滅の淵へと転げ落ちていった歴史は、大きな悲劇だった。

実を言うと、わたしは、小学校の頃、想像の中で百々谷に絶滅動物たちを住まわせたとき、リョコウバトにはあまり熱心ではなかった。群れで巣を作り、あまりに数が多いために森を破壊してしまうと聞いていたからだ。しかし、父の心を捉えたのは、リョコウバトのそんな極端きわまりない振る舞いのようだった。

父は、古い記録を好み、鳥類学者の目で記述された最初のまとまった記録である、アレクサンダー・ウィルソンの『アメリカの鳥類学』(*American Ornithology*)の中に出てくる記述を多く引用していた。わたしは、最初、言及されている人物が「アメリカ鳥類学の父」とも称される偉人だとは知らなかった。むしろ、日本でも有名なJ・J・オーデュボンの『アメリカの鳥類』(*The Birds of America*)のことを言っているのかと思った。しかし、リョコウバトについての記述は、ウィルソンが一八一二年で、オーデュボンが一八四二年と、ウィルソンの方が早い。それどころか、父によれば「ウィルソンの記述の方が臨場感があり、一次情報が多いと思われる」「オーデュボンには明らかな間違いもあり、先行者であるウィルソンをなぞったと思われる記述も多い」そうだ。だから、父の引用は、多くがウィルソンの文章だった。

リョコウバトは体長四十センチ、翼の差し渡し六十センチ。クチバシは黒く、鼻孔は高く丸みを帯びた隆起に囲まれている。目は鮮やかな炎のようなオレンジ、眼窩とその周囲は紫がかった肉色の皮膚。頭部、首の上部、顎は、美しい灰青色で顎が最も明るい。喉、胸、脇、大腿部までは、赤みがかったヘーゼル、首の下と脇は同じ金色、緑色、紫がかった深紅に変わって

Passenger Pigeon (*Ectopistes migratorius*) with Blue-mountain Warbler and Hemlock Warbler, *American Ornithology*, Alexander Wilson, 1808-1814, John G. Warnicke del.

――いき、深紅が優勢になる。

この一文は、リョコウバトがただのハトではなく、特別感あふれる種だということを、一羽の姿から強烈に印象づける。「鮮やかな炎のようなオレンジ」というのはどんな目だったのだろう。博物館の剝製では、眼球は保存されないので、今ではもうわからないことだ。体長も四十センチと、ハトとしては相当な大柄で、見栄えのする鳥だったはずだ。

そして、リョコウバトは、巨大な群れとして行動した。一つの群れでも優に億の単位に達したと言われる。父がメモに書き出したウィルソンの記述はたしかに驚くべきものだった。ケンタッキー州での目撃談は、こんなふうだ。

ベンソンという小川の脇の開口部まで来ると、そこからは視界が開け、彼らの姿に驚かされた。銃弾の届かない高さで、何層にも分かれて、しかも互いに接近して、安定した速さで飛んでいる。右から左へ、限りなく、見渡す限り、どこもかしこも同じように密集しているように見えた。この光景がいつまで続くのか気になったので、私は腕時計を取り出して時刻を記録し、座って彼らを観察した。そのとき、午後一時半だった。一時間以上座っていたが、この凄まじい隊列は減るどころか、むしろその数と速さが増しているように見えた。夜までにフランクフォートに着きたいと思った私は、立ち上がって出発した。午後四時頃、フランクフォートに着いてケンタッキー川を渡るとき、私の頭上には、これまでと同じように夥しく広大な「生きた

——激流」が広がっていた……。

ウィルソンは、リョコウバトの飛行速度を推測した上で、群れに含まれる個体数を計算している。結果は、その群れにいたのは二十二億羽、というものだった。にわかには信じがたい数字だが、その後何度も、別々の科学者によって、複数の群れについて似た試算がなされ、最大三十七億羽という試算まで示された。

これだけの群れが真上にあるとき、「大粒の雨や雹が降り始めたかのように」糞が降ってきたという。同じことをオーデュボンは、「昼の光は日食のように遮られ、糞は雪解け水のように点々と落ちた」と少しだけ詩的に表現していて、父はここではオーデュボンも引いていた。

さらに、リョコウバトの営巣地について、ウィルソンは詳細に述べている。それによると、この時代においても、営巣地はすでに大きな狩猟圧を受けていた。

ヒナは、非常に太りやすく、先住民も白人の多くも、バターやラードの代用品として、その脂肪を溶かして家庭用に使う習慣がある。……（繁殖地は）数マイルの幅でほぼ南北方向に森を貫き、四十マイル以上続いていると言われていた。ほとんどすべての木のほとんどすべての枝にいくつもの巣があった。……ヒナが成長すると、巣立ちの前に周辺の地域から、人々が、荷車、斧、ベッド、調理器具を持ってやって来て野営する。ヒナを得るために木を伐採して、その結果、一本の大きな木から二百羽のヒナを得ることがあった。

その後、一八七〇年代、八〇年代にリョコウバトが受けた被害は筆舌に尽くしがたい。折から発達した電信網で情報が即座に伝わるようになり、鉄道によって狩猟者の素早い移動が可能になったことや出荷網が整備されたことも重なって、リョコウバトは一網打尽にされた。

営巣地でヒナを狩られるだけでなく、その周辺や渡りの途中、成鳥も巨大なネットで捕獲された。膨大な無駄を出しながら食肉として都市部に送られただけでなく、羽をむしられて羽毛布団などの素材にもされた。状態のよい生きた個体はクレー射撃の標的としても使われ、大きな大会だと一度に数万羽が消費されたという。父が本の中に掲載した十九世紀のイラスト新聞には、先に捕獲しておいた生きたリョコウバトをおとりに使って、群れを巧妙に引き寄せて網をかけ、クレー射撃大会用の生きた個体を確保する方法が図解されていた。

一八八〇年代には、保護の必要を訴える声が挙がった。しかし、この時点では億を越える個体数の群れが見られており、狩猟は続いた。一八九〇年代以降、州ごとに「最後の営巣」「最後の目撃」といった絶滅に向かうイベントが積み重なる。野生での「最後の一羽」の信頼できる記録は、一九〇二年にインディアナ州ローレルで撃たれて剝製にされたものだが、その標本はすでに失われている。

飼育下のリョコウバトは、シカゴ大学の動物学教授で、東京帝国大学の元動物学教授でもあったC・O・ホイットマンなどが維持していたものの、一九〇〇年代には死に絶えた。残るオハイオ州のシンシナティ動植物園では、一九〇九年と一〇年に相次いでオスが亡くなり、マーサと名づけら

Methods of trapping and transporting the pigeons for use in the contests. Note the incredible density of birds captured in the trap-net (center right), *Frank Leslie's Illustrated News,* 2 July 1881

れたメスが飼育下の「最後の一羽」となった。一八八五年生まれですでに老齢だったマーサは、その後、四年間を一羽だけで過ごした。そして、一九一四年九月一日、個体としての生命の炎を燃やし尽くし、同時に数十万年にわたる種としての寿命を終えて、冷たくなった。

マーサはすみやかに氷詰めにされ、ワシントンDCの国立自然史博物館に送られた。そして、すぐに解剖されて、皮は剝製師によって本剝製に仕立て上げられた上で、骨も内臓も保管された。解剖の詳細な記述は、翌一九一五年に公表されたので、今はインターネットで閲覧できる……。

父の本の特徴は、一次史料からの引用をもとに話が進むことだ。孫引きだとどんどん話に尾ひれがついてしまいがちだが、父は歴史研究者らしく、軽い読み物の中でもそのあたりはきちんとしようとしていた。わたしは父のそういう態度を好ましく思いつつ、そこからもう一歩、いや、二歩は、踏み出さなければならないと思っていた。史実に忠実でありつつ、今だから言えることとはなにか。今回の取材の中で、新機軸を打ち出したいと願っていた。


ワシントンDCのスミソニアン博物館群の一つである国立自然史博物館を訪ねたのは、非常に天気のよい午後だった。北米における近代の絶滅を象徴する鳥の最後の一羽に会うということは、わたしにとっては人生の中でも屈指のイベントで、遠足に向かう小学生のように胸弾ませて博物館に到着した。

ただ、わたしを待っていたのは、への字口をした鳥類キュレーターだった。

「マーサは決してよい状態の剝製ではないんですよ。見ても拍子抜けかもしれません」と気乗りしない口調で言い、わたしを収蔵庫まで導いた。

手回しハンドルを回して巨大なキャビネットを移動させて、隙間にできた細い回廊を通って進んだ。何重もの施錠を解いて、やっと実際にこの目で見たマーサについての感想は、たしかに「拍子抜け」だった。

「ちょうど、換羽《モールティング》の時期だったので、所々、剝げたような状態でした。それで、剝製師は、ケージの中に落ちていた羽毛《ダウン》や羽根《フェザー》まで使って、復元したそうです」

わたしは無言でうなずき、その情報をメモに書き留めた。全体的に地味な色合いで、首のあたりで乱れた羽根の内側に紫色の金属光沢が見えている部分が、唯一、ウィルソンが記述したようなきらびやかさをのぞかせていた。一方、「大柄でスリムなハト」という点については、この標本からも充分にわかった。流線型に近い印象で、遠くまで旅する力強い鳥だったのだろうと納得できた。

「最後の一羽として孤独に死んでいくって、どんな気持ちだったんでしょうか」とわたしはぽつりと聞いた。

鳥類キュレーターは、ふっと小さく息を漏らした。

「ここに取材に来るメディアの九割方が聞いてくる質問ですが――」と言葉を止めてから、今度はもう少し大きなため息をこれみよがしに漏らした。

「絶滅するからといって、特別な気持ちはなかったと思いますよ。最後の一羽でも、何億十羽のうちの一羽でも、マーサにとっては一緒だったでしょう。生き物のあらゆる個体は、生きて、自分の生命を全うして、死ぬだけです。それを種として認識したり、最後の一羽だとして特別視するのは、人の方です」

わたしは、なんと応答していいのかわからず、口を半開きにしたまま固まってしまった。

鳥類キュレーターは、さらに続けた。

「恐竜について考えてみてください。どんな恐竜も、種が途絶えたわけですが、それを残念だと思って死んだ個体はいるんでしょうかね」

「リョコウバトは、人類が絶滅させたわけですし……」

わたしはかろうじて、論点を見つけ出した。

「他の生き物を種として認識して、絶滅させたことを悔いるのも、地球の生命史上、人類がはじめてでしょうね。それは、わたしたち人類が到達した美徳でしょうかね。だとしたら、どのようにその美徳を発揮すればよいでしょうか」

鳥類キュレーターは皮肉屋で屁理屈をこねている。もしくは、機嫌が悪いか、だ。

「どうせあなたも、この後で、カリフォルニアの財団に取材に行くのでしょう」

見透かされたようで、わたしは肩をすくめる仕草をした。カリフォルニアの財団というのは、「スピーシーズ・リバイバル財団」といって、全米の絶滅動物、絶滅危惧動物の「遺伝的保存」を目的とする団体だ。西海岸の様々な研究室と連携して、絶滅種のゲノム解析に取り組み、絶滅種を復活させる、つまり、脱絶滅《ディイクスティンクション》させるとまで主張していた。ゲノム科学の最先端を駆使したその研究は、科学部が扱うのにふさわしく、この取材には欠かせないものだった。

鳥類キュレーターは、わたしの反応を見ると、さもありなんというふうに、またもため息をつき、言葉を続けた。

「マーサの写真を撮影して、リョコウバト復活を目標に掲げる脱絶滅の機関を訪ねるのが、最近の取材の典型的なパターンです。わたしにしてみれば、別の論点はないのかと言いたくなります」

「脱絶滅というテーマも、リョコウバトの絶滅百周年にあたって、考えておくべきものではないでしょうか。今やゲノム科学がそこまで進んでいるわけですから」

鳥類キュレーターがまたなにか口を開きかけたところで、背後に控えていた広報担当が、すーっと前に進み出た。

「撮影時間は十五分ほどでお願いします」

議論が変な方向に進みつつあることを感じ取って介入した、という雰囲気だった。わたしも時間が限られていることを思い出し、急いで写真を撮り始めた。


スピーシーズ・リバイバル財団の計画は、わたしにとって、今、リョコウバトについて書く以上、必ず触れなければならない話題だった。取材の方向性の新機軸になるのかもしれないと期待すらしていた。だから、財団の代表のインタビューを申し込むだけでなく、協力関係にある大学の研究室も訪ねることに決めていた。

一方で、正統派で伝統的な研究者はこの手の研究について、今のところ評価を保留しているらしい。わたしは、自分の考えがまだまだまとまっておらず、素朴《ナイーヴ》であると指摘された気がしてならなかった。そこで、博物館から総局に戻ると、もう一度、財団や大学研究室のウェブサイトを眺めた。

絶滅種のゲノムを解読して、最先端のゲノム編集技術を駆使し、その絶滅種を蘇らせることをde-extinction、脱絶滅と呼ぶ。脱絶滅研究の最先端は、この財団によって推し進められている。単なる計画というわけではなく、実際に研究の進捗が報告されている点でも話題性が高いから、わたしはそれを紹介したいと思ってきた。

しかし、鳥類キュレーターは、「別の論点はないのか」と問う。わたし自身が新機軸だと思っていたものを、紋切り型にすぎないと指摘されたようにも思う。

ウェブサイトを次々と開きながら、わたしは考えをめぐらせた。

財団の立場は、たしかにあまりに前のめりだし、性急にも思える。しかし、極端な立ち位置の人たちの活動を知ることで、この界隈にどんな問題が内在しているのか見取り図を描きやすくなることもある。たぶん、わたしはまだそれを十分に知らないから素朴なのだ。

一方で、財団を科学面でバックアップする大学の研究室はどうだろうか。すでに取材を申し込んでいる大学研究室のサイトを見ると、こちらは地に足がついた基礎研究を行っているようで、ほっとした。取材で訪ねる予定の研究室は、リョコウバトだけでなく、ケナガマンモス、ステップバイソン、オオナマケモノなど、様々な絶滅種の古代DNA研究を、その手法から開発した上で、自ら実施していた。こういった最先端の科学的探求を紹介することには、大いに意味があるはずだ。

ウェブサイトを隅々まで確認していたら、スタッフの紹介ページで、気になるものを見つけた。ラボメンバーは国際色豊かで、その中の、Ph.D.候補、日本で言う後期博士課程の学生に、日系と思われる名前もあったのだ。

リョコウバトの記事を、日本国内に向けて書くためには、やはり日本との直接的なつながりがあった方がやりやすい。日本語の記事を書く以上、それも「論点」の一つだ。わたしは、その和風の名前に反応し、しばし考え込んだ。

中西部では、イリノイ州シカゴを訪ねた。

シカゴ大学動物学部の初代学部長で、リョコウバトを飼育していたC・O・ホイットマンの業績を追った。ホイットマンは、当時、まだ論争中だった進化のメカニズムとして、「自然選択」ではなく「定向進化」を重視していて、それを示すために多くのハトを飼っていた。リョコウバトもその中の一種だ。

ホイットマンは、いわゆるお雇い外国人教師として、一八七九年から八一年まで、東京帝国大学の動物学教授として教鞭をとった人物でもある。日本人の手先の器用さを高く評価し、自分が雇用する生物画、博物画の描き手に日本人を起用し続けたことでも知られる。そのうちの一人である K. Hayashi は、生きたリョコウバトを見て描いたとされる唯一の絵画を残している。

また、ホイットマンのリョコウバトは、写真にも撮影されている。現在、残っているリョコウバトの写真の九割方は、ホイットマンの飼育個体を撮影したものだという。それらを見せてもらいながら、「唯一のヒナの写真」などには素直に興奮した。リョコウバトのヒナは、ずんぐりとして、もこもこで、脂肪豊かそうで、文献で読んだ通りの姿だった。

The only known illustration of passenger pigeon painted while observing the live bird, *Orthogenetic Evolution in the Pigeons,* Charles Otis Whitman, O. Riddle ed., 1920, K. Hayashi del.

Passenger pigeons bred by Dr. Whitman in 1890s. Side view (top left), the only known photo of a chick (top right), group of seven (bottom left), an adult and a juvenile (bottom right), photo by J. G. Hubbard, 1896. Courtesy of Wisconsin History Society

さらに、イリノイ州では、もうひとつ大切なイベントがあった。札幌支社時代に仲が良かった映像記者と再会したのである。

シカゴから南に車で一時間ほどの街に住んでいることを知り、連絡を取った。わたしは、その日の夜、ホテルではなく、映像記者の家に泊まらせてもらうことになった。

今ではフリーランスで活動しているそうで、報道写真だけでなくアート寄りの作品、空間芸術、インスタレーション作品まで幅広く手掛けていた。映像作家、それも自然環境をテーマした作品の作り手というのが今の立場だった。しかし、印象は変わっておらず、わたしたちはまずハグをして、家のテラスでお茶を飲みながら、昔話に花を咲かせた。

夕食の時間が近くなると、映像作家の友人たちが訪ねてきた。わたしが今回はリョコウバトの絶滅百周年の取材をしていると知って、話が合いそうなメンバーを選んだという。音楽家《ミュージシャン》、生態学者《エコロジスト》、環境活動家《アクティヴィスト》、倫理学者《エスィシスト》、狩猟家《ハンター》、オーガニック農家《ファーマー》といったふうに、バラエティに富んでいた。

「それでは、この場に相応しい音楽をかけましょうか」とまず音楽家が提案した。

「タイトルは、『コロンビヤード、あるいは野生のリョコウバトの渡り』という交響曲です。ボヘミア生まれの作曲家が、一八五八年、ケンタッキー州に居を構えて作曲しました。今わたしたちがいる地域から、車で半日くらいのところです。十九世紀半ばですから、まだ数十億羽の群れが見られました。作曲家は心動かされ、交響曲を書いたのです」

「ケンタッキー州といえば、ウィルソンやオーデュボンがリョコウバトを見た本場ですよね」と応答しつつ、わたしは小首をかしげた。

「タイトルのコロンビヤードって……ハト科《Columbidae》という意味ですか？　あ、そうか、ヨーロッパからアメリカへの航海を成功させたコロンブス《Columbus》と掛けているんですね」

「その通りです。アメリカという国にとって、リョコウバトという固有種が、旅をし続けるパイオニア精神を体現している、というふうに捉えられたのですね。実際、この交響曲は、旅するリョコウバトの本質を、楽曲の中で見事に表現していますよ。わたしたちがいるこの地域にも、巨大な群れが訪れた記録がありますから、今まさに頭の上を通り過ぎていることを想像しながら聞きましょう」

　スピーカーから流れてきた曲は、たしかにイメージの喚起力に優れたものだった。渡りのために集まり始めたリョコウバトたちが、やがて空をおおう生きた激流となり平原や農地の上を飛んでいく様。森ではブナの実を騒々しく争うように食べ、木々を揺らし、擾乱を加えて、さらに遠くへ進む様。ハンターによって撃たれたハトが地上に落ちても、巨大な群れは営巣地へと渡り続ける様……といったふうに。

　この物悲しくも荘厳な交響曲が流れる中、わたしたちは、みんなが持ち寄った食事とワインを楽しんだ。ワインはオーガニック農場を営む農家が作ったもので、メインのステーキ肉は狩猟家がみずから仕留めてきたジビエ、いわば「責任ある肉食」だった。

「この人の背には、翼が生えています」と生態学者が映像作家を評した。

「実は高校時代からの友人なのですが、日本の大学に行くと聞いたときには本当にびっくりしました。友人たちが作っていた生態系をバリバリと引き裂いて日本へ行ってしまったんです。リョコウバトも、同じところにいられない鳥だったでしょう。次から次へとねぐらを替えて、あたりの森の木の実を食べ尽くし、木々の枝を折ったり、木をなぎ倒したりしながら、旅をしました。樹冠が開けて明るい光が差し、林床に積もったフンが肥料になって、日差しを好む植物が勢いよく育つ。リョコウバトは当時の北米の生態系エンジニアだったのです」

生態学者が大げさな口調で語ると、映像作家は不服そうに口を尖らせ、わたしは大笑いした。札幌時代、同性にも異性にも人気があったこの映像作家によって人間関係の生態系がかき乱されたと言えなくはない。非常に目立つ存在だったので、帰国後、しばらくは職場の空気がうっすらと淀んで感じられたほどだ。

「リョコウバトは、もう今の時代には必要ないと思うんです」と環境活動家が言った。

「つまり、あなた方の友達は、もう必要ないということ？」とわたしは笑って聞き返した。

でも、環境活動家は真顔だ。

「本物のリョコウバトのことです、一九一四年に絶滅したリョコウバトを今、蘇らせても、生きる場所はありませんよ。だいたい、リョコウバトが好んだオークやブナの森がどれだけ残っていると思います？　彼らを育み、彼らが育んだ土地はもう過去のものなのです」

ここでもまたスピーシーズ・リバイバル財団が進める「脱絶滅」の批判だった。

「アルド・レオポルドというナチュラリストを知っていますか？」と倫理学者が矢継ぎ早に聞いてきた。

「環境思想の教科書には必ず出てくる人物で、原生自然を尊重し、人間中心主義を批判しました。

土地の倫理、ランドエスィックスというのも彼のアイデアです」

倫理学者は、まじめな口調で、タブレットに図を描きながら講釈してくれた。

「土地倫理で言う『土地』には、そこで育まれた生態系が含まれています。土壌、水、植物、動物、すべてを包含した意味での『土地』こそが護るべき価値であり、それは、便宜的には原生自然《ウィルダネス》と呼んでよいものです。レオポルドは、永遠に失われたリョコウバトのウィルダネスについてのエッセイを書いています。そして、リョコウバトはもはや博物館や本の中にしか存在しておらず、彼らはまったく生きないことによって永遠を生きていると表現しました。書籍や絵画の中に封じ込められたり、標本として残されたリョコウバトは、二度と現実世界で羽ばたくことはないかわりに、永遠となったのです」

“They live forever by not living at all”というのは強烈な表現だ。「まったく生きないことによって永遠を生きる」。つまり「絶滅によって永遠となった」というふうに解釈できるだろう。ここでわたしは、父のことを思い出した。旅の途中で読み直した父の本にも、似た表現があった。

「リョコウバトを蘇らせる計画にわたしたちは批判的で、カリフォルニアの仲間たちは抗議活動をしていますよ。一方で、今、わたしたちのグループが注目しているのは、リョコウバトではなく、クロアシイタチです」と環境活動家が話を引き継いだ。

クロアシイタチは、その名の通りイタチの一種で、英語ではBlack-footed ferretだ。ペットとして飼われることがあるフェレット、つまりヨーロッパイイタチよりも少し小さく、顔つきも幼く見える。単純にかわいいと思う人も多いかもしれない。かつて絶滅したと思われていた時期があるほど数を減らしており、野生のものを一度すべて捕獲した上で、飼育下繁殖させていると聞いている。

「絶滅ぎりぎりのところをなんとか持ちこたえさせようとしているのですが、わたしたちはやりすぎだと考えています。最近では、遺伝的多様性を維持するために、何十年も前に死んだメスの体細胞からクローンを作って繁殖に参加させようとしているんです。そこまでするよりも、むしろ尊厳死を迎えさせるべきです」と環境活動家は続けた。

「尊厳死って、つまり、種を護る努力を放棄して、絶滅するに任せるということ？　たしか、今、生きている個体は、野生で生き残った何頭かの子孫でしたよね」

「七頭ですね。すべて捕獲して、飼育下繁殖させて増やしたわけですが、もうクロアシイタチは、機能的には絶滅していますから」と生態学者。

「たしかに、創設個体が七頭だと、個体群生存分析をしても、十中八九、絶滅することになりますよね。絶滅の渦、“Vortex of Extinction”っていう言葉を、大学時代に数理生態学の講義で知りました。ひとたび数が減ると、その渦から逃れられないと。でも、だからこそ、全頭捕獲して飼育下繁殖させるという判断だったのでは？」

「そこが間違いなのです」と倫理学者。

「すべての野生生物は、土地、環境との相互作用によって形作られたものです。いったん生息地から引き剝がされれば、もう別のものです。繁殖計画では、遺伝的にも様々な地域の個体が混ざりあって地域差を失います。野生動物はその土地の中で長い年月をかけて進化したものなので、その遺伝子のコードも、土地の歴史を反映した、ひとつの結晶だと考えるべきでしょう」

Black-footed ferret (*Mustela nigripes*), *The Viviparous Quadrupeds of North America,* J. J. Audubon and J. W. Audubon, 1849-1854, J.T. Bowen del.

飼育施設で生まれた野生動物は、すでに野生ではない。生息地内での様々な生き物との相互作用のネットワークを失うだけでなく、腸内細菌叢など共生している微生物も置き換わる。野生での選択圧がかからなくなって遺伝的に変質していくし、遺伝子のオンオフを担うエピジェネティックな情報も変わっていく。ましてや、「脱絶滅」など、不健全で醜悪な死せる動物相《ネクロフォウナ》を作り出すだけだ……。

生態学者、環境活動家、倫理学者が口々に語る言葉に耳を傾けながら、国立自然史博物館の鳥類キュレーターのことを思い出した。絶滅した種を悼むことができる美徳を持った人類が行うべきことに、「別の論点」はないのかと問いただしたが、こういった議論はそれに足るだろうか。たぶん、鳥類キュレーターはこれも極端すぎて気に入らないだろう。しかし、わたしにとっては、知っておくべき観点だった。

「まあ、この人たちに語らせると長いよ。今はこういう意見があることを知ればよいとして、たくさん食べて飲もう！」と映像作家が言い、狩猟家とオーガニック農家が、それぞれが提供した食材について、あらためて薀蓄《うんちく》を傾け始めた。

映像作家には、本当に華がある。口を開けば、みんなが注目する。ここに集まったメンバーからなる生態系の中心にいて、会話も、笑いも、その一言によって形作られた。

将来、作るつもりの映像作品についての話題で、部屋が大きな笑い声に包まれたとき、ちょうど、リョコウバトの交響曲も佳境を迎えた。ハンターたちに出会ってしまった群れが、多くの犠牲を出しながらも、力強く飛び続ける情景を描写した部分だ。

「わたしは、このパートを聴くたびに、絶滅という大きな喪失を繰り返し経験するような気持ちになるんです」と隣に座っていた音楽家が静かな口調で言った。

「わかります。本当にそうですよね」

わたしはその点については、実感を込めてうなずいた。アメリカでの取材を始めてから、これまで以上に、絶滅という現象を多角的に考える必要に迫られている。それは、とても勉強になる、ということなのだが、その一方で、絶滅の喪失を繰り返し経験することにも近かった。

父の本にも、やはり似た表現があったことを思い出した。勉強熱心で、多くの文献を読んでいた父も、きっとこういうことを考えたのだろうと、曲が終わった静寂の時間に思いを馳せた。


その夜、寝室に引きこもってからメールをチェックすると、カリフォルニアのスピーシーズ・リバイバル財団の広報からメールが届いていた。

「取材を延期してほしい」と書いてあった。

「どうして……」とわたしはこぼした。

メールには「すべてのメディアの取材を一時停止する」とあり、その理由は「セキュリティ上の理由」だとしていた。賛否両論ある団体だというのはこの数日でよくわかったけれど、一度決まっていた約束を取り消されるのは相当のことだ。あらためてスケジュール調整するとしても、わたしのように海外から来ている取材者にとっては、キャンセルに等しかった。

いろいろ検索してみると、計画に反対する人たちが、「非暴力直接行動」を行ったというニュースを見つけることができた。財団の研究所の出入り口に自らを手錠で固定して動けなくした上でシュプレヒコールをあげる様子が、動画サイトにアップされていた。夕食で会った環境活動家が言っていたのはこのことだったのだろう。

さて、どうしたものか。この数日で財団への批判が大きいことを知り、それはそれで、絶滅をめぐる現代的問題の核心に迫る部分があるのではないか、という気がしてきていた。しかし、その取材が流れたわけで、次善の方法を考えなければならない。いや、むしろ、このキャンセルを奇貨として、「別の論点」を見つけることにつなげられないだろうか。

わたしは、このところ何度も見ている例の研究室のウェブサイトに立ち返った。ここでは、絶滅動物のゲノムを読む古代ＤＮＡユニットに加えて、絶滅動物固有の遺伝子を近縁種に導入する技術開発を目指すゲノム編集ユニットが編成されている。つまり、一つの研究室で、リョコウバトのゲノムを解読し特徴的な部分を見つける研究と、それをゲノム編集技術で他のハトに導入する研究、両方に取り組んでいる。脱絶滅のサイエンスの見取り図の中では、入り口と出口に相当するものだ。ならば取材対象として、適していると言える。

あくまで基礎研究だが、今はむしろ、そちらの取材の方が望ましいのではないかという気がしてきた。前のめりになって、倫理的な対立を引き起こしている「財団」の現状を追いかけるのは、ひとつのトピックとしては面白いし、絶滅動物をめぐる問題の一面を強く照らすだろう。しかし、それによって、むしろ、リョコウバトの物語の本質をぼやけさせてしまう可能性がある。今回は、話題を脱絶滅にかかわる基礎科学に留めて、いずれその先に進めばいい……。

取材の方針の修正ができてほっと一息ついたものの、払拭できない不安をわたしは感じていた。研究室のメンバーリストをあらためて見た。この研究室の取材の比重が大きくなった今、Ph.D.候補の学生の中にある日系の名前を持つ人物にアプローチするべきだろうか。そもそもこの人は、日本の読者と研究をつないでくれる役割を担ってくれそうな日本出身者なのだろうか。教授に聞けばいいのだが逡巡する。

いや、わたしは、その点を大きく気にしていたわけではない。むしろ、掲載されている名が、わたしがかつてよく知っていた人物に似ていて、とはいえ同じでもない、という微妙な状況に心乱されている。確認するのをためらうまま、取材の日時が迫っていた。

ドードー鳥――十七世紀の絶滅

早朝、映像作家の家を出発したので、空港に到着してもまだまぶたが重い。チェックイン後に入ったラウンジのビデオ通話用ブースで、わたしはコーヒーの紙コップを片手に持ちながら、パソコンの画面と相対している。画面の中にいるのは、ワシントン総局の先輩記者だ。

これから飛ぶカリフォルニア州では、わたしは、例によって、中間選挙にかかわる数人の政治家にインタビューをする。「気候変動と政治」というのが通しテーマで、カリフォルニアでは、特に、近年、激増している山火事対策などを中心に聞くことになっていた。

一通りのことを再確認した後で、先輩記者が、ふと思い出した、というふうに画面を共有した。

「望月は、このニュース、見た？　リサーチャーが、伝えた方がいいんじゃないかって教えてくれたんだけど」

「なんですか。ロンドン自然史博物館のウェブサイトですよね？」

Natural History Museum の三語をあしらったロゴが見えた。日本での呼称には、慣習的に「ロンドン」がつくが、英語の本来の名称としては、一般名詞でもある「自然史博物館」を固有名詞として名乗る、世界でたった一つの博物館のウェブサイトだ。

「そう。ちょっと待って——」と先輩記者が画面をスクロールした。

クリックして飛んだ先の画面で、わたしは、「おっ」と声を出した。

「ドードー鳥ですね。有名な絵です。実物を見たことがある十七世紀の画家が描いた数少ない絵画で、イギリスの博物学者が入手したものを、ロンドン自然史博物館に寄贈したんです」

神聖ローマ帝国の皇帝で、驚異王の異名を持つルドルフ二世の宮廷画家、ルーラント・サフェリーの作だ。サフェリーは、プラハの宮廷に仕えた時代にドードーを見たはずだが、この絵はその後十年から二十年たってから描かれたもので、写実的とはいえない。しかし、そのでっぷりした姿は非常に有名で、典型的なものともいえる。ロンドン自然史博物館のウェブサイトで、ドードーについてのコラムが出たりするときには、必ずといっていいほどこの絵が一緒に掲載される。

「さすがに細かいこと知ってるんだな。でも、そこじゃなくて、ちゃんと見出しを読んで」

わたしは、画面に視線を落とし、思わず息をのんだ。

トップに大きな文字で、DODOと書かれており、その隣には同じ大きさでJAPANという文字があった。

「十七世紀の日本に生きたドードー鳥が送られていた……研究者が文献調査で確認」

自然と、声がかすれた。

「望月は、リョコウバトと日本とのつながりを探していただろ。日本に来ていた大学教授とか、日本人の鳥類画家とか。だから、ドードーでこういうことがあるなら、きっと喜ぶんじゃないかと……」

先輩記者の言葉は、最後まで聞こえなかった。

呼吸さえしたかわからないほど息を詰めて、その短い記事を最後まで読んだ。

その内容はというと——

江戸時代の初期、一六四七年に、生きたドードー鳥が、原産地のモーリシャス島から、日本の長崎に連れてこられていたことがわかった。オランダ船が将軍への贈り物として長崎の出島に持ち込んだもので、オランダ商館長の日誌と、送り状や、帳簿などに、「ドードー」の名があった。日本の大名や、長崎奉行が、姿を見たことも記録されている。しかし、その後の記録は途絶え、行方は判然としない。論文著者の研究者は、「日本で新たなドードーの記録が見いだされない限り、ここから先はわからないままだろう」としている。

「おい、望月……」と先輩記者に呼ばれ、わたしははっと居住まいを正した。少しの間、完全に自分の世界に入り込んでいた。

One of the most well-known portrait of Dodo (*Raphus cucullatus*), which was painted by a court painter of Rudolf II around 1626, Roelandt Savery del.

「すみません。ドードー鳥には、ものすごく思い入れが深くて。これはちゃんと調べてみます。論文著者に連絡したり、関係者に意見を聞いたり……とにかく、ドードー鳥は、絶滅の象徴なんです。わたし、子どもの頃から……」

言いかけて、言葉を飲み込んだ。

子どもの頃──

わたしは、自分のことをドードー鳥だと思っていた。不格好で、不器用で、変わりもので、十分に知られることもなく消えていったドードー鳥とそっくりだ、と。

そのドードー鳥が、わたしが生まれ育った日本に来ていたというのだから、感無量だ。

いや、それだけではない。

もちろん、感無量であることには違いないのだけれど、わたしが考えていたのは別のことだ。もっと孤独で、もっと変わっていて、もっと人知れずに絶滅してしまった鳥が、モーリシャス島の隣の島にいた。

孤独鳥、ソリテア、だ。

かつてドードー鳥だったわたしは、隣の島の孤独鳥に深く心を寄せていた。

心の奥に沈んでいたその姿が、ふいにはっきりとした輪郭を持った。

実を言えば、絶滅動物の取材を始めて以来、わたしの中でそれは淡い陰影として、頭の中で浮かんでは消えていた。特に、リョコウバトの取材対象の研究室メンバーに、似た名前の人物が在籍していることを知ってからは、はっきりと意識するようになった。

先輩記者とのビデオ通話を切った後、眠気は完全に吹き飛んでいた。

さっきの記事の元論文がダウンロードできることに気づき、息を整えてていねいに読んだ。新たに見つかった文書の当該部分の写真がすべて出ていて、わたしも「ドードー鳥」に相当するオランダ語を判読することができた。

それから、論文はいったん置いて、このところ何度も見ているカリフォルニアの研究室のサイトを確認した。所属メンバーの名前をひとつひとつ上から確認していき、Ph.D. 候補のところで目を止めた。

わたしが日本人だろうと思っている名前は、Keina Tatsuno と英語表記されているだけで、特に他の説明はない。

Tatsuno、つまり、「タツノ」を漢字で書くならば、立野、龍野、竜野、辰野、といったあたりだろうか。Keina、つまり、「ケイナ」も、日本の姓と組み合わさっている以上、漢字の表記がある日本人の名である可能性は高い。

わたしは、心の中にきつく蓋をされていた部分があることを自覚している。

さっき「ドードー来日」のニュースを聞いて、思いがけず回路が開いた。今にして思えば、この名前が他の人であるはずがない。

ウェブサイトに掲載されているのは、ケイナちゃんだ。この名前の人物が絶滅動物の研究室にいて、日本人である可能性も高いなら、佐川景那ちゃん以外の誰だろうか。姓が変わる理由など、いくらだってある。

搭乗の時間になって飛行機が離陸すると、腹の深いところに沈んでいた記憶の塊が、甘酸っぱい糖衣の内側のひりひりした面まで含めて、せり上がってきた。

絶滅動物の物語に感じる魅力が、わたしにとって「自明」だったわけ。

それはとても単純なことだ。わたしの胸の中、いや腹の底には、幼い頃、カタワレだとまで思ったケイナちゃんとの記憶が、ぎゅうっと凝縮されて沈んでいたからだ。そんな当たり前のことに、なぜ今まで気づかなかっただろうと思う。

はっきりと意識したとたんに、指の震えが止まらなくなった。呼吸が浅くなり、口の中が乾いた。

ケイナちゃんは、そもそもわたしのことを覚えているのだろうか。覚えていたとしても、再会を喜んでくれるのだろうか……。

いずれにしても、わたしは、大好きだった孤独鳥に、これから会うことになる。

第三章　堂々めぐり

北カリフォルニア

一六四七年は、日本の年号では正保四年で、江戸幕府第三代将軍、徳川家光の時代だ。一六三七年から三八年にかけての島原の乱の後でポルトガル船の来航が禁止され、「鎖国」が完成しつつある時期に、唯一、交易が許されていたオランダ船によって、ドードー鳥が日本にもたらされた。

オランダ東インド会社の拠点は、ジャワ島のバタヴィア、現在のジャカルタにあった。ドードー鳥は、モーリシャス島からまずはジャワ島に入ってから、台湾を経て、長崎の出島に至ったという。当時の出島商館長は、ヴィレム・フルステーヘンという人物で、ドードー鳥や多くの商品、さらには後任の商館長となるフレデリック・コイエットを乗せた船を迎えたときの様子をこのように書いている。

八月二十九日　ヨンゲン・プリンス号が出島から見える。
八月三十日　ヨンゲン・プリンス号は港の外に停泊したまま、コイエット閣下が上陸。
九月一日　生きた動物たちを陸に上げてよい、という許可を得て、それに喜んで従った。

このときに上陸した「生きた動物たち」の中にドードー鳥がいた。船に載せた物品の「目録」と、後に商品が売られた際の「会計帳簿」の双方に、オランダ語でドードー鳥を意味するdodeersの記述がある。いずれの箇所でも、ドードー鳥は他の一般的な荷物とは別枠として扱われており、「白い鹿」などと一緒に「価格がつけられないもの」とされていたそうだ。おそらくは将軍など有力者への贈り物にするものだったという。

さらに、その後、商館長フルステーヘンの日誌にも、ドードー鳥が登場する。

九月二日　知事の求めにより、鹿とドードー鳥は、見物のため、奉行所へ連れていかれ、それから再び戻された。その後、夕刻近く、博多の領主が両奉行と大人数の配下の一団とともに、前述のものをさらに詳しく見るために、出島に現れた。彼らは相当満足して、その鹿はもし博多の領主が求めれば、それに応じて遣わすように、等々と命じた。

三百五十年以上前に書かれ、今もオランダの古文書館に保管されている日誌の中に、このような記述がある。ドードー鳥は、出島から、「本土」の奉行所にまで一度連れて行かれただけでなく、出島に戻った後に、「博多の領主」つまり福岡藩の黒田忠之が見に来たとまで書いてある。そして、黒田はドードー鳥ではなく白い鹿に関心を持った。

このとき、なぜ、有力な大名である黒田忠之がここにいたのかというのは、歴史の数奇なめぐりあわせと言える。来航を禁止されていたはずのポルトガル船が突如やってきたために、長崎には九州四国の諸大名が集結し一触即発の危機にあった。ドードー鳥を載せたヨンゲン・プリンス号はそのさなかに入港した。

そのとき、長崎に結集していた有力者には、福岡藩の黒田忠之の他にも、長崎探題としてポルトガル船対応の最高責任者だった伊予松山藩の松平定行、福岡藩とともに長崎警備の役割を担っていた佐賀藩の鍋島勝茂、そして、幕府の大目付として外交において重用された下総国高岡藩の井上政重などがいた。井上政重は、日本のキリシタン史の中で非常に有名な人物で、キリシタンたちを収容し、取り調べた悪名高い江戸の「切支丹屋敷」の主《あるじ》だった。

結局、論文の著者たちは、ドードー鳥のその後の行方を確定することができなかった。黒田忠之が白い鹿に関心を示した他は、松平定行が「オウムと何羽かの鳥」を贈られたり、井上政重が「地球儀」を欲したというようなことは書かれているものの、ドードー鳥についてはもう記述がない。また、この年、江戸に出向いたオランダ商館長たちは、来航したポルトガル船に便宜供与した嫌疑から将軍への拝謁を拒否されており、贈り物がなされたかもわからない。著者たちは、日本で別の証拠が出てこないと、ドードー鳥のその後は解明されないだろうと結んだ。

わたしは以上のようなことをイリノイ州シカゴからカリフォルニア州サンノゼまでのフライト中に再確認した。本来なら、その日の取材先である大学研究室についてもっと調べ、質問を整理しておくべきだったのだが、日本のドードー鳥のことを理解する方が最優先だった。

なぜか。理由は単純だ。わたしは、その日、ドードー鳥の話をすることになると予感していたからだ。取材としてというよりも、もっと個人的で、しかし、こういった取材に惹きつけられた一番根っこに近いところに、わたしはふたたび近づきつつあると確信していた。

ハイテクの都シリコンバレーから数十キロ離れた海沿いに、巨大な観光桟橋を持つ美しい街、レナシメントがある。その名は、宗教的な意味での「復活」をあらわすスペイン語で、北カリフォルニアの開放的な雰囲気に反して重々しい響きを持っていた。

午後一番、キャンパスに到着したわたしは、指定されたビルの中にあるラボを訪ねた。まずは研究室の主宰者《PI》の教授にあいさつし、その流れでラボの様子を見せてもらうことになった。

「わたしたちが研究室の一番大切にしている仕事は、古い時代の動物標本などから得たＤＮＡ、つまり古代ＤＮＡから遺伝情報を読み取って全ゲノムを再現することです。ケナガマンモスやリョコウバトの標本を任せてもらい、一通り試みてきました。まだ発表できていませんが、ステラーカイギュウなどにも取り組んでいますよ」

そう言いながら、教授は「古代ＤＮＡ実験室」というプレートが掲げられたガラス張りの部屋を指差した。中はクリーンルームになっていて、作業している人たちはみんな白衣、グローブ、ヘアネットを着用していた。大きなテーブルの上には、清浄環境を保つ卓上クリーンベンチや、透明な筐体の中の試料を手袋つきの作業窓から扱うグローブボックスなどが置かれており、それらを使って試料を調製している様子が見られた。

「ここでの作業が一番繊細な部分ですね。汚染《コンタミネーション》があると正しい結果が得られませんから。わたしの研究室では先史時代の人類の古代ＤＮＡを扱うこともあるのですが、その際は特に気を使います。一万年以上前の北米大陸の先住民のゲノムを見ているつもりが、実は自分や同僚のものを見ていたことにもなりかねないので」

そのようなわけで、わたしも教授もクリーンルームは入らずに、外から見るだけに留めた。一方、「古代ＤＮＡ解読室」には、特に着替えることもなく入ることができた。そこには、やや大きめの操作パネルがついたプリンタのようにも見える筐体が並んでいた。

「ゲノム解読に欠かせない、次世代シークエンサーです。最近はものすごく性能が上がっているんですが、古い標本に残されているＤＮＡは断片的なものなので、いずれにしても、読んだ後で生物情報学《バイオインフォマティクス》の力を最大限活用することになります。マッピングといって、すでに全ゲノムがわかっている近縁種のゲノム配列を参照しながら、対応する部分を探していきます。もっとも、このやり方で全ゲノムを決定できるかは、標本の保存状態によります。一万年前のものでもシベリアの永久凍土の下で凍結していたマンモスではうまくいくことがありますし、十九世紀から二十世紀の標本が残っているリョコウバトでも条件が悪ければ失敗します」

「例えば、十七世紀のドードー鳥などはどうなのでしょうか」とわたしは聞いた。

「核ＤＮＡよりもミトコンドリアＤＮＡの方が読みやすいのは、ご存知ですよね。核は一つの細胞に一つだけれど、ミトコンドリアはたくさんあります。ドードーのミトコンドリアＤＮＡを読むのはわたしが学生だった一九九〇年代後半にもできました。それで系統関係が明らかになったわけです。今のチャレンジは核ＤＮＡを読んで、それも全ゲノムを決定することなので、ハードルが上がっています。ドードーの全ゲノム解読は、いつか実現したいですね。保存状態がよい標本が少なくて苦戦してきましたが、遠からず可能になると思っています」

教授はそんなふうに言いながら、停止中の次世代シークエンサーの下部の扉を開いた。さきほどのクリーンルームで調整された試料を入れるカートリッジ、試料を流し込んで塩基を読み取る場となるフローセルなどをセットする部分だ。

「次世代シークエンサーの中で唯一ウェットな過程、言い方を変えれば、「試験管内《イン・ヴィトロ》」な部分ですね。その後はデジタル信号の「電算機内《イン・シリコ》」になって、結果は別の部屋で生物情報学者《バイオインフォマティシャン》が処理します。彼らがやっているのは、断片をつなぎ合わせる作業なんですが、外から見るとパソコンでオフィスワークをしているようにしか見えませんよ」

わたしは、それらの言葉をなんとかメモして、ふうっとため息をついた。クリーンルームこそ若干ものものしい雰囲気だったけれど、次世代シークエンサーは、その機能を教えてもらわなければ、ただの箱だ。それでも、ここで多くの古代種や希少種のＤＮＡが読まれて、ゲノムが決定されてきたのである。

「古代DNA解読室」を出ると、教授は腕のスマートウォッチを気にする仕草を見せた。

「ここまでがわたしたちの研究の核心です。あくまで古代DNAを読んでゲノムを決定するのが本業なのです。それに加えて、ゲノム編集を施した鳥の発生技術を確立しようとしているチームもありますが、こちらはスピーシーズ・リバイバル財団の資金で運用するまだ萌芽的な研究です。きょうは、実働しているPh.D.候補の学生に案内させようと思います。よろしいですか」

「もちろんです」とわたしは応じた。

教授はおそらく会議かなにかの予定があって、できるだけ早く自由になりたがっているのだろう。あるいは、リョコウバトの復活計画は、この研究室の徒花《あだばな》のような位置づけなのかもしれない。あちこちで賛否両論が渦巻く研究であることには違いないのである。

教授に導かれるままに廊下を歩き、渡り廊下を渡った別の建物端のあたりで、立ち止まった。

「今から紹介するPh.D.候補は、獣医としてすでに研究歴を持っている人物です。元々は、さきほどのクリーンルームでDNAを抽出してゲノムを決定するチームにいたのですが、今は、ゲノム編集を施した鳥の発生の研究を手掛けています。あなたの国の出身なので、コミュニケーションが取りやすいはずよ」

わたしの心臓は、トクン、トクンと高鳴った。

教授がノックして開けたドアの先の小部屋は、白衣を着たほっそりしたシルエットがあった。

「あなたの研究に関心がある、日本のライターを案内してきました」と教授が言い、

「はい、お待ちしておりました」とそのシルエットの人物が返答した。

心臓が、もっと強く、ドクッ、ドクッ、ドクッと脈打った。

「ケイナは、獣医ですし、古代DNAを抽出して読む技術も習得しています。さらに今は、鳥の発生に詳しいわけですから、リョコウバトの脱滅絶の研究を一通り経験しています。非常に手先が器用で、精密な動きが必要な手技《テクニック》では、研究室のエースですね。研究室の全体ミーティングにも常に参加してもらっていますから、わからないことがあったらなんでも聞くと良いでしょう」

教授が出ていくドアの音すら、わたしの耳には届かなかった。

ただ、目の前にいる人物を見つめた。

ケイナちゃん、現在は、辰野景那ちゃんとの、二十年近くを隔てた再会だった。


ケイナちゃんとは、その夜、いや明け方まで、場所を移しながら話し続けた。

わたしのことを忘れてしまっているかもしれないと思っていたのは、ただの杞憂だった。ケイナちゃんにしても、何度か連絡を取ろうとしたという。例えば、わたしの父が亡くなったのを知ったとき、アメリカから手紙を出そうと考えた。なのに、「もう覚えていないかも」と思い、結局は出すのをやめた。わたしと同じだった。それで、再会はこんなにも遅れてしまった。

ケイナちゃんは、獣医の学位《D.V.M.》と資格を持っている。その上で、分子生物学的な研究に進んできた変わり種だ。今はまだPh.D.候補、つまり日本で言えば後期博士課程の学生だけれど、すでに獣医としての実務や研究経験もあるということで、教授からは全幅の信頼を得ているようだった。

「百々谷を離れてからもずっと思ってたんだ。やっぱり自分は、生き物の声を聞きたいんだなって。

それで獣医になったら、とうとうゲノムの声も聞きたくなったんだよ」

ケイナちゃんは控えめな笑顔を浮かべながら言った。

あいかわらず突拍子もない表現で、わたしはぐいっと小学生時代に引き戻された。でも、以前と違う部分もあった。静かな熱を感じさせる語調で、言葉を選びながら話す様は、ずっと滑らかで地に足がついていた。つまり、わたしたちは、大人になったのだ。

もっとも、こういった感慨を抱くのは、再会から少し時間がたってからのことだ。教授に引き合わされて、ふたりきりになってしばらくは互いにぎこちなかった。でも、ひとたび打ち解けると、わたしたちはそれぞれの成長を寿《ことほ》ぎ、別々に歩んだ日々について時間を忘れて語り続けた。この日の夜は、生涯、忘れられないものになるに違いなかった。

でも、まずは、「復活」の名を持つ大学町のラボで、白衣を着たケイナちゃんと再会したところから始めなければならない。それが、科学部記者としての訪問の目的でもあったわけだから。

ラボの「インキュベーション室」で、ケイナちゃんは研究内容の概略を伝えてくれた。

ここで行われているのは、「ゲノム編集によるニワトリのキメラ個体の作出」だという。ニワトリは実験科学の世界では一番研究が進んでいる鳥類で、先端技術もまずはニワトリで確立するのが常道だそうだ。ハトで研究を進めているというのは、わたしの誤解だった。鳥類の脱絶滅の研究は、哺乳類で言えばマウスでの研究の域を脱していないようだ。

ケイナちゃんの細い指が、インキュベーター、「培養器」に相当するものの中に並んでいるディスポーザル・シャーレを指差した。また、別のインキュベーター、こちらは、日本語で言う「孵卵器」に相当するものの中には、いくつもの白い鶏卵が並べてあるのが見えた。卵殻のてっぺんをカットされて、ラップをかけてあった。

小学四年生の時に、理科室で卵から出てくるヒヨコを観察したよね……と思い出したけれど、この時点では口に出さなかった。わたしたちの間にある空気は、まだ硬かった。

「ここでやっているのは、ゲノム編集済みの始原生殖細胞を移植したキメラ個体を作る実験です」

ケイナちゃんのぎこちない口調のおかげで、専門的な内容がむしろ聞き取りやすかったかもしれない。

「哺乳類の脱絶滅計画の話などで有名な手順とかなり違います。例えば、マンモスの計画でよく語られるのは、マンモスに一番近いアジアゾウをベースにするものです。まず、アジアゾウの体細胞の核を、ゲノム編集技術で、マンモスに寄せる形に編集します。もっとも、現在の技術ではそんなにたくさんの部分は同時に編集できないので、せいぜい数か所くらいに留めます。そして、そうやって編集したアジアゾウの体細胞の核を、同じくアジアゾウの成熟卵から核を取り除いたものに入れると、すでに分化している体細胞の核が初期化《リプログラミング》されて、胚になります。その胚を、アジアゾウの子宮で育てていくというのが基本的な考えです」

要するにこれは、体細胞を使ったクローン技術の応用だ。クローンの場合は、採取された体細胞の持ち主と遺伝的に同一な個体が発生することになるが、脱絶滅の技術では、その体細胞の核の遺伝情報に編集をほどこし、絶滅動物に寄せた個体を作る。

「本物のマンモスではないのに、なぜ作るかというと、それは、かつて生態系の中でマンモスが果たしていた役割を果たす代理種《プロキシー》とするためです。アジアゾウが寒冷地にも強ければ、連れてきてそのまま代理種にできたかもしれませんが、実際にはアジアゾウは熱帯の生き物ですよね。復活するマンモスは、寒冷地対応のアジアゾウだとも言えます。そして、寒冷な森林やツンドラ地帯に放って、かつてマンモス時代に広がっていたマンモス草原《ステップ》を取り戻す計画です。草原は、多様性にとぼしい針葉樹林やツンドラよりも多くの生き物を育むことができますし、永久凍土の保持に役立つことがわかっています。永久凍土が溶けると膨大なメタンが放出されて気候変動が加速しますから、マンモスの代理種が必要だというロジックです」

ほうっと、わたしはうなずいた。一応のところ理屈は通っているように思う。今、大部分が森林やツンドラになっているシベリア北部が草原になったら、夏は暗い緑の針葉樹林より多くの太陽光線を反射し、冬は極寒の空気が樹木などの緩衝物なしに直接的に地面を冷やすため、地下の永久凍土をより低温に保てるというシミュレーションをわたしも見たことがあった。

「というわけで、他所から代理種を連れてこられない場合、ゲノム編集で代理種を作ることが考えられるわけです。ただし、鳥の場合、哺乳類でのやり方が使えません。鳥の卵は不透明で、また、卵黄が付着しているので、核の場所を特定できず、どうやって除核すればいいのか技術が確立していないんです。また、それに成功して、ゲノム編集済みの胚を作ることができたとしても、鳥には哺乳類のような子宮がないわけですから、戻せる場所がありません。そこで考えられたのが、始原生殖細胞、いわゆるPGCを使った方法です。あ、始原生殖細胞ってわかりますか？」

「調べてきましたけど、説明していただいた方がいいと思います」

わたしも、また、ケイナちゃん同様、ぎこちなく言った。

目の前にいるケイナちゃんとの間に、薄紙一枚分の断層があって、そこに実在しているのだと今ひとつ、信じきれなかった。でも、今は取材として、ちゃんと理解しなければならないことが山積みだ。

「ＰＧＣというのは、Primordial Germ Cells の略です。生殖細胞のもとになる細胞のことで、だから日本語では始原生殖細胞と言いますね。メスなら卵子のもとに、オスなら精子のもとになる細胞です。実はＰＧＣは、産卵直後の受精卵にはすでにあって、孵卵を開始して二日ほどの時点では、『生殖三日月環』と呼ばれるあたりに集まっています。その後、胚発生が進んで血管が形成されると、血流を介して生殖腺に移動するので、当ラボでは、血管から血をとって始原生殖細胞を得ています。いずれはｉＰＳ細胞のような万能細胞から始原生殖細胞を導くことができるようになると思いますが、その技術は少し先です。今は天然の始原生殖細胞を取り出して、培養していて、それがこのインキュベーターのシャーレにあります――」

ケイナちゃんは、培養器の扉を開いて、手前のシャーレを傾けて見せてくれた。透明プラスチックのカバーの上から覗き込むと、培地の上にうっすらとしたシミのようなものがあった。それが始原生殖細胞のコロニーなのだった。

さらに、もうひとつのインキュベーター、孵卵器の方の蓋を開いて、中身を見せてくれた。鶏卵の上の部分をカットして、ラップをかぶせたものが並んでいた。

「今、発生中の胚は、ゲノム編集されたＰＧＣを移植したものです。無事に発生が進めば、ヒヨコになって出てきます。ただ、忘れてはならないのは、この時点で孵化したヒヨコは、成長しても見た目が普通のニワトリだということです。移植したＰＧＣは、卵巣や精巣の中で成熟して、卵子や精子になります。つまり、次の世代ではじめて、ゲノム編集した結果が体細胞に反映された個体が生まれてくるんです」

これはものすごくややこしくて、ウェブサイトにあった解説記事を何度も読み直しところだ。哺乳類でのやり方なら、子どもの最初の世代でいきなり「編集済み」の体細胞を持った個体を得られる。しかし、始原生殖細胞を使う鳥類の場合は、生まれてくるヒナたちは表向き、少なくとも体細胞はすべて「編集されていない」ままだ。しかし、生殖細胞は「編集済み」になっているので、さらに次の世代が生まれると、そこではじめて「編集済み」の体細胞を持った個体があらわれることになる。

もしもリョコウバトを復元したいなら、一番近縁だと分かっているオビオバトの始原生殖細胞を得て、その遺伝情報をリョコウバトに寄せる編集をほどこした上で、発生中の胚に戻すことになる。すると、孵化する子は、表向き親と同じオビオバトのままだが、生殖細胞だけは「編集済み」のものに置き換わっている。そして、さらに次の孫世代になってやっと、リョコウバトの遺伝的要素を体細胞に宿したハトを得ることができる。

そのような遠大な計画を、まずはニワトリを使って実験しているというのが現状だった。テーブルに開いてある実験ノートには、小さな文字でびっしりと日々の作業内容が書き込まれていた。ニワトリの胚から何ミリグラムの血液を採取したか。その後、ＰＧＣを得るために使った薬剤の濃度や、それに晒す時間。そして、顕微鏡下で見た細胞の写真、などなど。

ノートに記録するのは、研究者として当然のことだとは思うのだが、それにしてもものすごくきちんと整えられており、圧倒されるくらいだった。わたしは、ケイナちゃんが百々谷で出会った生き物やその環境について、ていねいに記述し、スケッチも残していたことを思い出した。

「ハトを使った研究は、財団の方ではもう始めているんです。ただ、いきなり核心に飛び込みたがる傾向があるので、学術側の基礎研究としては、ニワトリから地道に進めているわけです」とケイナちゃんは言った。

「そういえば、ドードー鳥も孤独鳥も、ハト、だよね」とわたしがぼそっと言うと、ケイナちゃんが笑った。

「そうだよね」とはじめてくだけた口調になった。

ドードー鳥と孤独鳥。

魔法の言葉で、わたしたちの間にあった薄紙の断層がふいに消え去った。目の前にいるのは、十歳のときのケイナちゃんがそのまま成熟した姿だった。

「ケイナちゃんは、ドードー鳥と孤独鳥の全ゲノムを決定する研究はしたくはないの？」

「もちろんやりたいよ。でも、試料の保存がよくないんだよ。ドードー鳥は十七世紀に生きていた個体の標本があるけど、それでも今のところ難航している。孤独鳥は生きて島を出たものが知られていないから、結局、洞窟から見つかるような古い骨を使うことになって、それって下手をすると何万年も前のやつなんだよね。お金も時間もかかるから、ボーちゃんがいい記事を書いてくれて、もっと注目されて研究費がついたらできるかも」

わたしたちは、はじめてちゃんと目を合わせて、小学四年生のときの懐かしい名で、互いを呼びあったのだった。

ここから先、時間の感覚が圧縮されて、ものすごく濃密に感じた。

「じゃ、ボーちゃんに手技を見てもらうね」と準備をし始めたとき、わたしはその様子をこれまで何度も見てきたような気がして、鼓動が早くなった。

かつて百々谷で過ごした日々でも似たことがあったのではないだろうか。わたしは、幼いケイナちゃんの白い指先を思い出す。繊細で正確で、汚れ仕事をいとわず、どろんこになっても、いや、だからこそ、その白さや繊細さが際立った。湧水の流れ道を作るため、地面に細い轍をつけたり、湿地の窪みの葉っぱを裏返してサラサヤンマのヤゴを探したときの、あの白い指先だ。

この日も、わたしはケイナちゃんの指先の動きに惹きつけられた。

顕微鏡を覗きながらの、精密な手技だった。シャーレの上の卵黄には二・五日齢の胚の血管がうっすら浮かんでいる。ケイナちゃんの指は、髪の毛ほどに細いガラスチューブを操って血管を流れる血液を吸い出した。一連の作業には一切、淀みなく、教授がケイナちゃんの手技を激賞したのも納得できた。

「ガラスチューブの内径は五〇ミクロンくらい。それ以上だと胚の血管にうまく刺さらないんだよ。

それに対して、吸い出したい始原生殖細胞は直径二〇ミクロンほどだから、これより細くもできないんだよね。採血できる血管領域は限られているし、どれだけ深く刺すかは指先の感覚が頼りだね」

それは、つまり、おそらく一〇ミクロン単位の正確な動きが必要だということを意味している。

わたしはケイナちゃんの指先をあらためてまじまじと見た。

一方、ゲノム編集を施した始原生殖細胞を、胚に戻す手技も実演してもらった。それは単純に、逆の操作だ。胚の血管に始原生殖細胞を注入して、あとは卵黄ごと卵殻に戻す。出し入れのために卵殻のてっぺんがカットされていても発生には影響なく、ラップをかけておく程度で孵化するというのは、きょう知ったことだった。

「これ、最初の頃にやった実験で——」とケイナちゃんがパソコンに表示した写真を見せてくれた。

脚に羽毛が生える脚羽品種の特徴を、ゲノム編集で、標準的な白色レグホン種の始原生殖細胞に入れたのだという。いよいよ脚羽品種の特徴を持った個体が誕生する世代の胚の発生を時系列で追っていくと、孵卵十日目、本来は鱗状の皮膚で覆われるはずの後肢に、ぽつぽつした羽芽が形作られた。そして、孵卵十六日後以降、しっかりとふさふさしたものが生え揃った。羽毛恐竜を思わせる、ある意味、格好良い胚だった。

「本当に回りくどいでしょう」とケイナちゃんは笑った。

「作出したキメラ個体の次の世代でやっと目的の表現型にたどりつくんだから、手間も時間もかかる。でも、今ある技術で一番、実現性が高いのがこのやり方で、それでも、クリアしなければならない課題は山積みなんだよね」

　リョコウバトの全ゲノムが読めればそれですぐに「復活」できるわけでない。生命を扱う技術は、時々、一足飛びに発展することがあるものの、基本的には地道な積み重ねだ。「リョコウバトの近縁のオビオバトをゲノム編集してリョコウバトを復活させる」とひとことで言っても、そもそも「リョコウバトに似たオビオバトを作り出す」にすぎないし、それでも、実現するために必要な技術は困難な部分だらけだということが、ケイナちゃんの説明で嫌というほどわかった。

　と同時に、ふと思いついたことがあった。

「ケイナちゃんは、やっぱり全部できるってことだよね」

　ケイナちゃんは小首をかしげた。

「さっき教授も言っていたでしょう。この研究室では、絶滅動物の古代DNAを読んで全ゲノムを復元できる。それでわかった古代種の特有の遺伝子を、ゲノム編集技術で近縁種に入れることができる。そして、古代種の遺伝子を持った胚を発生させられる。それを全部、ケイナちゃんはできるんでしょう」

　ケイナちゃんは、曖昧に笑った。

　その細かな表情までは、読み取れなかった。ふいに後光が差したみたいに、輪郭がぼやけた。強い西日が窓から差し込んでいるのだった。

「きょう、うちに来る？」とケイナちゃんは言った。

　時計を確認すると、もう午後七時を過ぎていた。教授も他の研究員も学生も、とっくに姿を消していた。わたしたちは文字通り時間がすぎるのを忘れて話し続けていたのだった。

友愛《フラタニティ》

ケイナちゃんが暮らしていたのは、大勢の学生が入居する自治寮のような建物だった。

「学生が代替わりしながら何十年もずっと自主管理している寮で、男子寮をフラタニティ、女子寮をソロリティって言うんだよ。たぶんアメリカ特有のものだと思う。うちはフラタニティなんだけど、ずいぶん前に、ジェンダー、エスニシティ、宗教にかかわらず入居できる方針になったから、今はもう男女の区別なく、いろんな人がいるよ」

フラタニティはもともと「友愛による連帯」を意味する言葉だ。わたしはその建物に入ったとき、目が回るような感覚を抱いた。巨大な一軒家をまるまる使って、入居者が勝手に改造、増築を繰返した結果、立体の迷宮になっていた。男性と女性、様々な肌の色、服装の人が混ざっていて、国際色はとても豊かだ。こういった多様な人たちが友愛の名のもとに、一つ屋根の下に住んでいるということだろう。すれ違う人たちに「ハイ！」と挨拶するケイナちゃんは、昔みたいな孤独鳥の印象は薄かった。やっぱり人は変わるのだと思う。

ただ、ケイナちゃんの部屋は、迷宮の中でも奥まった他からは切り離された一角にあって、わたしはそれをケイナちゃんらしいと感じた。百々谷のお化けトンネルや笹トンネルの途中に、いきなり小部屋があるような印象だった。そして、大人になったわたしたちは、もうお化けトンネルも怖くないのだった。

小部屋は、質素だった。デスクを兼ねたテーブルがあり、壁のディスプレイ棚には、いくつかの本と動物のフィギュアが置いてあった。本の中には、父が書いた絶滅動物についての著作も含まれていた。わたしが旅のお供に持ってきたのと同じものだ。「ボーちゃんのお父さんの本は、だいたい取り寄せたんだよ」とケイナちゃんは言った。

ケイナちゃんの部屋は奥まっているのに、他の部屋の住民が立てる物音は、建物の振動と一緒に伝わってきた。深夜になってもあちこちで集まりがあるようで、大きな笑い声が湧き上がったり、ギターやシタールのような楽器の音が聞こえてきたりした。わたしたちは時々目配せをし合った。わざわざ言葉にはしなかったけれど、この雰囲気はなにかに似ていた。

姿の見えない、わたしたちよりも大きなもの。つまり、この場合は、いろんな人たちが暮らす多様な生活の気配をきっかけに、遠い夜の百々谷で、かつて存在したあらゆる生き物たちの息吹を感じ取ったことを思い出したのだ。

やがて、わたしたちを包む笑い声が弱々しく静まり、ギターが鳴り止み、シタールが細く湿った音色でむせぶだけになった頃、ケイナちゃんは立ち上がった。廊下の奥にある細いはしごをいくつも上り、日本なら間違いなく違法建築の屋上バルコニーに出た。空気がキリッとしていて、星がずっしり重たかった。部屋から持ってきた大きなブランケットを抱きしめるみたいにして、わたしたちは肩を寄せ合った。

ここでもわたしたちは、気配を感じ取った。夜の百々谷では秋蛍がわたしたちを照らしてくれたけれど、今この場所では何万光年も離れた星々が、ふたりの輪郭を際立たせるくらいの光を投げかけた。

それぞれの息遣いを近くに感じながら、長い時間、話し合った。互いに知っていることはごくごく限られていて、今、言葉で埋められるものも限られている。だからこそ、話し続けずにはいられなかった。

わたしが、まず伝えたのは、ケイナちゃんが小学校から去った後のことだ。わたしは小学校を卒業するまで百々屋敷で過ごし、中学からは東京に戻った。高校生の頃から物理学に夢中になり、百々谷や絶滅動物のことから遠ざかったくせに、物理学で落ちこぼれそうになったとき、また絶滅動物に出会った。そして、就職してからは一番のテーマに据えた。やはり、わたしは、その方向に導かれていたのだろう。

一方、ケイナちゃんは、まず、父の晩年のことを知りたがった。百々谷で遊んだ頃、自分にとっての家《ホーム》はむしろ百々屋敷にあったと感じていると告白し、大人になったら会いに行こうとずっと思っていたのだという。だから今も、父の本を書架の目立つところに置いている、と。その話を聞いたとき、わたしは目頭が熱くなった。

あの頃、父は大きな手術の後で、メンタルの調子が落ちていて、仕事をスローダウンさせる意図があったということを、わたしははじめて話した。小学校四年生だった当時は、そんな話題は出なかったし、言われてもよくわからなかっただろう。でも、今、わたしたちの精神の器は、それを充分に受け止めることができる。

ケイナちゃんは、つくも谷の土砂災害で自宅を失ってから、すぐ北海道の祖父母の家に引き取られたそうだ。霧竜町という名前の田舎町だった。当時、両親の夫婦関係は破綻していて、それどころかケイナちゃんは夜を一人で過ごすことも多かった。今なら児童福祉の観点からもっと早く行政が介入したに違いないケースだった。その後、ずいぶんたってから、両親の離婚が正式に決まり、名字が変わった。ニュースにもなった例の奨学金を得た前後だという。その時の新聞記事を父が見つけていたことを知って、ケイナちゃんは少し涙ぐんでいた。

　ケイナちゃんは、カリフォルニア州の大学で四年間を過ごして、その後、ミシガン州の獣医学大学院で獣医学博士《D.V.M.》の学位を得た。長期休みのインターンでは、カリフォルニア州サンディエゴのNPOで、絶滅危惧動物の飼育下繁殖の仕事に携わった。やはり小学生のときにむさぼり読んだ絶滅動物についての物語が、忘れられなかったからだという。

「最初は、カリフォルニアコンドルで、人に馴れないように親鳥の形をしたパペットを使いながら人工育雛するのもやったよ。次にクロアシイタチにもかかわって、そこでは人工授精とか獣医らしい仕事もした。それから、ニュージーランドのカカポの回復プログラムも手伝いに行ったこともあるよ」とケイナちゃんは自分の経歴を簡潔に述べた。

　カリフォルニアコンドルとクロアシイタチは、深刻な絶滅の危機に瀕した種で、すべての野生個体を一度、飼育下に置いて繁殖させてから、野生復帰させようとしている。ニュージーランドの飛べないオウムであるカカポは、二十世紀末から人の積極的な介入で回復が図られていて、野生のすべての個体をすべて一度捕獲した上で繁殖計画が実行されてきた。つまり、カリフォルニアコンド

California Condor (*Gymnogyps californianus*), *American Ornithology*, Alexander Wilson and Charles Lucian Bonaparte, 1801-1814, Thomas Brown del.

ルやクロアシイタチの計画の先輩格だ。ケイナちゃんは、こういう経験の中で、動物たちとたくさん会話した。

「カカポって本当におしゃべりなんだよ。こっちがカカポ語を覚えようとがんばったら、それに応えていろいろお話してくれるんだよね」とケイナちゃんは思い出し笑いのような表情を満面に浮かべながら言った。

と同時に、ケイナちゃんは絶滅危惧種のお世話をする中で、新しい景色を知ってしまった。

「ゲノムの声を聞きたくなった」とケイナちゃんは言った。

「絶滅危惧種の飼育をしていると、ゲノム解析のためにサンプルを取ることが多かったんだ。糞とか尿とか、ときには血液も。その結果を教えてもらううちに、分子生物学が見せてくれる景色がものすごく壮大だと気づいたんだよね。植物も動物も含めて、いや、細菌やウイルスまで含めて、地球の生態系は、ゲノムの巨大なネットワークなんだなって、うわっと景色が広がったんだよ」

ゲノムには何億年、何千万年にもおよぶ進化の記憶が刻み込まれている。遺伝子や制御領域として意味のある部分だけでなく、機能が特定されていない領域に積み重なるランダムな変異も、様々な種の系統や分岐の時期を知る分子時計として使えたり、多くの情報を引き出せる。二十一世紀はゲノム科学の世紀だと言われるけれど、本当に、ゲノムは多くを語りたがっているとケイナちゃんは力を込めて言った。

「そういえば――」とわたしは、イリノイ州での映像作家と夕食の会話を思い出した。

「今回の取材で、『土地倫理《ランドエスィックス》』や『原生自然《ウィルダネス》』の尊重が、アメリカの環境思想にすごく力がある概

Kakapo (*Strigops habroptilus*), *Birds of New Zealand 1st edition,* Walter Lawry Buller, 1873, John Gerrard Keulemans del.

念だと実感したよ。人類が、自然の支配者ではなく、対等の関係だというふうに考えるのはよく分かるんだけど、生き物固有のゲノムは、その生き物が進化した土地の景色《ランドスケープ》の一部だから、切り離したら無意味だとまで言うんだよね」

「土地倫理や原生自然については、ボーちゃんのお父さんの本棚にあったアルド・レオポルドの『野生のうたが聞こえる』に書いてあったよ。リョコウバトについてのエッセイも入っている本だった。絶滅動物は『まったく生きないことによって永遠を生きる』とか、『標本は二度と現実世界で羽ばたくことはない』とか、記憶に残るフレーズがたくさん入っていて、よく引用されているよね」

「あ、そうか！」とわたしは大きくうなずいた。

わたしには難しくて歯が立たなかった父の蔵書も、ケイナちゃんは片っ端から手を出していたし、その中には、この取材で話題になった本もあったのだ。それどころか、父の文章の中に似たフレーズが出てくるのは、要するに父も同じ本を読んで、いわば本歌取りしていたのだと今さら気づいた。

「ケイナちゃんは、とっくにそういう考え方を知っていたんだね」

「原生自然というのが、手つかずの自然だというのはともかく、土地倫理は、小学生のときには、意味がほとんどわからなかった。けれど、こっちに来てから読み直したら、かなりしっくりきたよ。つまり、地域の生態系を大切にしようというのと、だいたい同じ意味なんだよね。生態系って、生き物たちが、捕食したり捕食されたり、分解したり分解されたりしながら、物質やエネルギーをやりとりするネットワークのことだよね。そのものは目に見えないけど、ある土地には、その諸条件に応じた生態系が必ずあり、土地倫理はそれを守ろうと言っているんだ。それが二十世紀前半の提案だったわけだから、二十一世紀の今ならば、土地とゲノムの関係まで踏み込むのは自然な発想だと思う。だって、生き物のゲノムは、その土地の中で相互作用し、選択圧を受けて、より適応的なものに進化してきたんだから」

「それ、もうちょっと具体的に言える？　もやーっとしかわからない」

「うーん、例えば、ドードー鳥のことを考えよう」とケイナちゃんは、口元に少し笑みを浮かべながらわたしを指さした。

「ドードー鳥の翼が小さくなって飛べなくなったゲノムの変化は、その土地に由来するものだよね。熱帯で、草木がよく育ち、地面に落ちる果実がたくさんあったこととか、他の陸地から切り離された絶海の孤島だったから、捕食獣がいなかったこととか。そういうモーリシャス島の土地に培われた生態系の中で、様々な選択圧を受けて、飛べなくなるゲノムの変化が起きたはずなんだよ。土地を守ることと、その土地で進化した生き物のゲノムを守ることとは、スケールが違うだけで、同じことを言っているのかもね」

「ああ、なるほど、そういうことか！」とわたしは膝を打った。「つまり、景色《ランドスケープ》には、土地の環境や生態系が表現されていて、その条件の中で、生き物は、ゲノムを変化させ、形や生き方を変えていくわけだよね！」

「そういうことだと思う」

ケイナちゃんはうんうんとうなずいた。

「じゃあ、ケイナちゃんも、同じような考え？　その種が進化してきた土地から切り離されたら、意味がないのかな」

　ケイナちゃんは、今度は、うーん、というふうに顎に指をやった。そして、慎重に言葉を探した。

「たしかに、その土地で進化した生き物をその場で守ることはすごく大事だと思うよ。でも、土地から切り離されたら存在価値がなくなるとは思わない。土地倫理は、土地と景色を守ることの大切さを強調するけど、だからといって、切り離された生き物がその先で意味を失うとまでは言わない。だって切り離された先でも、生き物は新しい場所に適応するわけだし、そういったことが長い目で見ると進化につながるわけだし。ボーちゃんが会った活動家は、拡大解釈してるんだと思う」

　わたしは、またもなにを言われているのかわからず、小首をかしげた。

「わかりやすいのは日本だよ。まずは百々谷を思い出して」

　ケイナちゃんの顔が、思いのほか近くて、わたしは思わず息を詰めた。

「あの森の中に、日本にずっとあって、独自に進化したものってどれくらいあった？　湿地はもともと水田だったけど、稲は日本産じゃないよね。おまけに人が手を入れているよね。セイタカアワダチソウが生えていたよね。あの花の蜜をアサギマダラが吸って旅に出たよね。森は放っておいたらツル植物が絡まって歩けなくなって、湿地もササだらけになっていたよね。それをみんなで刈り込んだら、いろんな生き物がやってきたよね。どれが元々いた生き物かわからないくらい、短い間にも谷は変わっていったよね。ああいうのを知ったら、切り離された生き物は無価値だなんて言えないよ」

わたしはこっくりとうなずいた。たしかに、百々谷は、人の手が入った自然だった。まったく手つかずの原生自然について、日本のほとんどの地域では「そんなものはない」と言い切れる。どこにでも人がいて、常に人の手が入ってきたのだから。そして、多くの場合、生き物たちは、元いた環境と多少違ったとしても、その場で持てる能力を発揮して、新しい景色を作る。侵略的外来種とされがちなセイタカアワダチソウですら、アサギマダラに蜜を提供して、新しい百々谷の一部になった。

「北米では、結局、穏健な人も、過激な人も、原生自然にとらわれていると思う。原生自然には、それ自体として《イントリンシック》の価値があると、みんな言うんだよ。でもね、原生自然を認識するのはやっぱり人間の側だよね。レオポルドも、リョコウバトのエッセイの中で、『ある生き物の種が他の種の死を嘆き悲しむことは、太陽の下において、新しいことだ』とか言って、それが人類の優れたところなのだから、土地倫理を遵守すべきだと訴えたわけだしね」

「あ、それって」とわたしは割り込んだ。

「絶滅種を悼むのは、人類がはじめてだ、というのは、そこで出てきた話なの？」

つい先日、わたしは国立自然史博物館の鳥類キュレーターからその言葉を聞いたのだった。

「人類がはじめてというよりも、二十世紀以降の人類がはじめて、ということだね。同じ人類でも、クロマニョン人はマンモスを狩りながら肉のことしか考えなかったし、オランダ人の船乗りはドードー鳥を追いながら『絶滅』のことを知らなかったし、オオウミガラスの最後の二羽を殺したアイスランドの漁師たちも目先の利益以外のことは考えていなかっただろうって……」

「なるほど……」

妙に腑に落ちる感覚があり、わたしはうなずいた。

国立自然史博物館の鳥類キュレーターの発言の背景には、おそらく、オオウミガラスの絶滅の際、標本を残しておきたいという願いから行動した自然史博物館によって最後の個体群が壊滅した苦々しい記憶があるのだろう。では、原生自然を尊重し、生き物を絶滅させてはならないと願うこの美徳を、適切に使うにはどうすればいいか、というのが鳥類キュレーターの問いだ。おそらく自分自身、明確な回答がないのだと思う。

一方で、イリノイ州の映像作家の友人たちは、同じ著者の影響を受けて、土地から切り離されたものは無価値だと言い放った。しかし、よくよく考えてみたら、土地から離れたリョコウバトが無価値ならば、北米の生態系に強い影響力を持っていたリョコウバトが去った後の森も、無価値なのではないだろうか……。素朴な疑問だが、わたしの思考はこのあたりでぐるぐるまわった。

ケイナちゃんは、話を続けている。

「……そもそもこの国の人たちは、人の手が入っていない原生自然があると思いがちだけど、それも実はよくわからないんだよ。例えば、人類が来る前の北米って、つまり氷河時代《アイスエイジ》ってことでしょう。その頃の自然って、今とは全然違うよね。当時に戻そうとしても無理だし、かといって、ヨーロッパ系の移民がやってくる前を基準にすればいいかというと、もうネイティヴ・アメリカンがかなり土地を変えてしまっていたし……」

「……レオポルドが言っていたことで、胸に響いたのは、地球の生態系は一つの船のようなもので、人類はその船長を気取っていたけれど、実際には船員の一人にすぎなかったというたとえなんだよ。でも、ボーちゃんはどう思う？　一人の船員にしては影響力が強すぎない？　ドードー鳥や孤独鳥みたいな絶滅動物は、人間が船の甲板の縁に追いやったことで、波にさらわれてしまったわけだよね。その力を正しく使えればもっと安全な航海ができると思うんだけど……」

ケイナちゃんは、途中で言葉を止めた。そして、大きくのびをしながら、あくびをした。わたしもつられて、あくびをした。

それが、ひとつの区切りだった。

さて、わたしたちはなにを話し合っていたのだろう。

北米の環境思想について理解することは、もちろん大切なことだけれど、別に今でなくてもいい。たぶん、ふたり同時にそう思ったのだった。

少し間があって、話題が変わった。

「寂しかったよね……」とケイナちゃん。

「そうだね。寂しかった。百々谷を離れて」とわたしは答えた。

そこから先、わたしたちは小学四年生の頃の話題に終始した。いつか百々谷でもそうしたように、肩を並べて同じ方を向いて、とりとめなく話し続けた。

結局、わたしたちの間にある共通の体験は、それにつきた。ぎゅうっと凝縮された半年間は、それぞれの中で結晶化して、消えることはないと今さら確認しあった。

夜も更けた頃、いや、明け方が近くなった頃、最後までむせび鳴いていたシタールの音も途切れた。今や自治寮《フラタニティ》は完全に寝静まっていた。

その頃になって、やっとわたしたちは、同じ話題を口にしたのだった。

「そういえば、ロンドン自然史博物館が――」とわたしが言い、

「日本にドードー鳥が来ていたんだってね。あれはすごいことだよ」とケイナちゃんがうなずいた。

ふたりとも同時に笑い、すぐに真顔に戻った。わたしたちは、遠く離れていても、やはり互いにカタワレなのだ。

「ドードー鳥はどこにいったのかな」

「本当にね」

「それ、探すよ。記事にできると思う。日本に来ていたなら、リョコウバトよりずっと、自分たちに近いんだから!」

わたしは、絶滅動物にまつわる記事を書きながらも、これまで、ドードー鳥や孤独鳥をテーマにすることは避けてきたのかもしれない。日本との関係が薄いというのはもちろんなのだけれど、ケイナちゃんとの大切な記憶の塊に傷をつけることになりはしないかと、意識せずとも恐れていた。でも、そんなことは、心配する必要ないと分かった。わたしたちはやはり分かちがたく結びついている。ドードー鳥が、むこうのほうからこっちに歩いてきた今、力を入れるべきときが来たのだ。

「つまり、これって結局、自分探し?」と言ってわたしは笑った。

なぜって、わたしはドードー鳥なのだから。

「うん、たしかに自分探し《セルフ・ディスカバリー》だね。いや、それぞれ自分たちを探しているんだろうね。ボーちゃんが、

日本のドードー鳥を追いかけるなら、こっちも早く今の研究を完成させて、次は孤独鳥の試料を扱えるようにがんばってみるよ。教授も関心があると思うから、きっと実現させる！」

「すごい！　がんばろう！」

そう言いながら、わたしは、自分自身がまったく至らないと痛感した。

百々谷でケイナちゃんと同じ時間を過ごし、父の資料まで受け継いだのに、大切なものを長い間、腹の底に沈めすぎていた。その間、ケイナちゃんは、動物の声に耳を傾け、獣医の学位と資格を得て、今は脱絶滅の科学の最先端にいる。ケイナちゃんに比べたら、わたしはまだスタートラインに立ったばかりだ。

「日本のドードー鳥だけじゃだめだね」とわたしは自分に言い聞かせるみたいに言った。

「ドードー鳥の過去と現在と未来、全部知りたい。絶滅した動物の未来を見たい、というのは変な話だけど、今、本気でそう思ったよ。帰国したら、まず、リョコウバトの過去と現在と未来の話を書く。新聞記事だから、きゅうくつだけど、書く。それで、日本のドードー鳥を追う。日本でのことだけではなくて、ドードー鳥がどんなものだったのか、過去も現在も未来も知る。ドードー鳥の祖先がどんなだったとか、ヨーロッパでどんなふうに受け入れられたとか、野生のドードー鳥がいたモーリシャス島や、孤独鳥がいたロドリゲス島も全部、行く。日本のドードー鳥を追いかけるといっても、そこまでやらないといけないと思うんだ。アメリカで絶滅動物の取材をしてたら、全ゲノム解読や脱絶滅の話ばかり気になってしまうけど、それだってほんの一部のテーマなんだよ」

わたしが深夜の不思議なテンションで熱弁すると、ケイナちゃんは大きな声を出して笑った。ケイナちゃんがたまにしか見せない、大きな笑顔《ビッグ・スマイル》だった。

「それこそ、『ドードーをめぐる堂々めぐり』になってしまうかも」

「覚悟の上だよ。ちゃんと見てて」

興奮してしばらく話し続けると、ケイナちゃんの返事が、次第に眠たげなあくび混じりになり、やがて途絶えた。ケイナちゃんはもうわたしの肩に顔をあずけて寝息を立てていた。わたしも、瞼が重いことに気づいて、そのまま眠気を受け入れた。

うつらうつらする間、わたしはすっかり夜の百々谷にいる雰囲気に浸しこまれた。それは、久しぶりに抱く、心底、満ち足りた感覚だった。

やがて、かすかな振動に気づき、薄目を開けた。明けの空が焼けていた。大きな空が群青からオレンジに至るとてもダイナミックな朝の景観だった。

その空を背景にして、人のシルエットがあった。ケイナちゃんがいつの間にか起き上がって、バルコニーの上に立っているのだった。

いや、ただ立っているわけではなくて、体を動かしている。その動きは、踊っている、と言ってよかった。

相変わらず、ぎこちないけれど、同時に優美な、あの夜を思い起こさせる動きだった。

孤独鳥の踊りだ。わたしも加わらなければと思いながら体が動かなかった。

次第に輝きを増す東の空を背景に、ただうっとりと見つめていた。そうするうちに、ケイナちゃんの姿は、かつてわたしが感じていたような孤高の雰囲気をまとっていくのだった。

旅するハトからドードー鳥へ――堂々めぐりの始まり

帰国したわたしは、まずはリョコウバトの記事に取り掛かった。

「旅するハトの世界」というタイトルで、一九一四年の絶滅から百年たった今、リョコウバトを見つめることで描き出せる「過去と現在と未来」というテーマを自分に課した。

記事は、対になる二つの物語、「絶滅の物語」と「復活の物語」からなる。

前者、「絶滅の物語」では、かつて数十億羽の個体数を誇った繁栄の時代から、わずか一世紀、実質、二十年の乱獲の末に、ゼロにまで落ち込んでしまった経緯をまとめた。絶滅に至る歴史については、もう調べ尽くせないほどの史料があるので、むしろ情報を厳選することに苦労した。これは、科学的な記述がほとんどないドードー鳥と孤独鳥とは、根本的に違う部分だった。

空を渡るリョコウバトが、終わらない「生きた激流」となって空をおおう様は、ウィルソンやオーデュボンから引き、狩りの様子は、最後の大規模な営巣地の一つ、一八七八年のミシガン州ペトスキーでの記録を引いた。地元で描かれた狩猟の絵画には、巣の上のヒナを落とすために、先端が平らな弓や槍を使ったり、木を切り倒す様子が描かれていた。

営巣地が見つかると、このような狩猟者が、地元だけでなく中西部、東部から集結し、群れの営巣そのものを失敗させたという。巣を放棄した親鳥たちは、ふたたび空をおおう生きた激流となって飛び去った。

わたしは簡単な仮定をいくつか置いて、個体群生存分析のシミュレーションを自分のパソコンで走らせてみた。

具体的には――

スタートの時点での個体数は二十億羽とする。野生での寿命は二十年とし、一歳以降に繁殖に参加、毎年、九割の確率でつがう相手を見つけて、一卵を産むとした。また、集中的な狩猟のためにすべての営巣地が発見され、毎年、一千万羽が捕獲などで直接的に死亡するとした。さらに、営巣地を荒らされたリョコウバトは、その年の営巣を放棄するので、巣立つヒナの割合は五パーセント、その後、性的に成熟するまで生き残る者はその半分と仮定した。

こういった条件で、シミュレーションを繰り返すと、だいたい三十年ほどで絶滅に至ることがわかった。現実には、二十年ほどで一気に野生絶滅したとされるので、もっと苛烈な狩猟だったと考えるべきだろう。わたしのシミュレーションには、営巣地以外の、渡りの中での狩猟が考慮されていない。とにかくリョコウバトは、一年の三百六十五日、北米の東部から中西部にかけてのどこかの地域におり、見つけられると常に狩られたのである。

リョコウバトが野生絶滅したのは一九〇〇年代のはじめとされる。そして、一九一四年九月一日、最後の飼育個体が亡くなったとき、人類の到来以前より永きにわたって北米に存在し続けた一つの系統がついえた。

絶滅という現象は、生命の歴史の中で常に起きてきたことで、それ自体は「正常」なプロセスだ。それなのに、リョコウバトの絶滅がかくも悲劇的に感じられるのは、人が滅ぼしたという明らかな事実があるからだ。人さえいなければ、リョコウバトの種としての寿命はもう少し長かっただろう。しかし、永遠でなかったことも間違いない。では、「良い絶滅」というものはあるのだろうか。リョコウバトの絶滅は、明らかに「悪い絶滅」だったのだろうか。そもそも、わたしたちは、絶滅という現象をどう考えればいいのだろうか。

記事の締めへの持っていき方は、新聞記事らしからぬ哲学的な話に踏み込む。それは、自分が感じている「自明な」部分を発展させて、言語化しようと努力した結果なのだが、あまり成功しておらず、結局、紙面では大きく削ぎ落とさざるを得なかった。

一方、リョコウバトをめぐる未来、「復活の物語」は、つまり、「ゲノム編集技術を使ったリョコウバトの復元」の、現在進行系のプロジェクトの話だ。

冒頭で、これが本当の意味でのリョコウバトの復活にはなりえないことを述べる。今、計画されているのは、リョコウバトの近縁種であるオビオバトのゲノムを編集して、リョコウバトに似せること、つまり「リョコウバトに似たオビオバト」を作ることだ。これはリョコウバトの復活というよりは、代理種《プロキシー》を創り出すに留まる。

というようなストーリーを、例のややこしい始原生殖細胞を使った技術の解説とともにまとめて、デスクに見せたところ、渋い顔をされた。

「これ、まったく復活じゃないよね」と。

「ゲノム編集技術を使って、生態系の空白を満たす代理種《プロキシー》を作るという話ですからね」

「復活とか言っちゃっていいのかな」

「その違和感が、では、種とはなにか、絶滅とはなにか、という問いかけにつながると思うんです」

そんなやり取りを繰り返しながらも、「リョコウバトの未来」にかかわる物語をなんとか紙面に掲載することができた。最終回が掲載されたのは、二〇一四年九月一日、つまり、リョコウバトの最後の一羽マーサが亡くなった百周年の日だった。

これでいよいよ「日本のドードー鳥」をめぐる取材をする準備が整った。

わたしは、その月のうちに企画書を書いて新たなシリーズを提案した。

「旅するハトの後は、ドバト、じゃなくて、ドドバトかよ」とデスクにギャグなのかもよくわからないことを言われながらも、「お、『アリス』と『ドラえもん』か！」「わたしは好きだなあ」という上席者が何人もいて、これまでとは少し違った展開になった。やはり、ドードー鳥は、物語の鳥として別格だ。

わたしとしては、そういう文化的にふくよかな部分をうまく使って、日本の読者にアピールできればとまずは考えた。それもドードー鳥の「過去と現在と未来」の一部であることは間違いないのだから。

その年と翌年にかけて、通常業務をこなしながらも、わたしの頭の中は、日本に来ていたドードー鳥の追跡で占められていた。

日本のドードー鳥についての文書記録があるのは、長崎出島におけるオランダ側のものだけだ。商館長だったフルステーヘンが日誌に書き、また、長崎に到着した品の目録や、取引記録といった記録にも、ドードー鳥を意味するdodeersが記されている。

最初に気づいた重要事項としては、『長崎商館長日記』は、何度も邦訳されており、その都度、「ドードー鳥」の部分も日本語になっていたということだ。にもかかわらず、日本の動物伝来史の研究者は見逃した。その年は、江戸で将軍との拝謁が拒絶されたため、贈り物もなかったと理解されていて、研究者の関心のエアポケットに入ってしまったのかもしれない。

だから、ここから先、わたしは、自分の足と頭で探求していかなければならない。

まず、ドードー鳥の行き先として可能性がある場所をリストアップした。来航したポルトガル船への対応で集結していた有力者として追いかける価値がある人物・場所としては、まず、唯一、ドードー鳥を見たとされる大名、福岡藩の黒田忠之が挙げられる。また、福岡藩と一年交代で長崎の警備を行っていた佐賀藩の鍋島勝茂、長崎探題として総指揮をとった松山藩の松平定行、対外関係の専門家でキリスト教の禁教「担当」でもあった大目付、井上政重といった人たちにも注意を払っておくべきだろう。教訓としては、生き物を探して文献を読む人はそれほど多くないので、今も主要な史料の中に、人知れず「ドードー鳥」が埋もれている可能性はあるかもしれない、ということだ。

意気揚々と各地に連絡をし、休みの日まで利用して自腹で出張して、専門家に会い、編纂されている史料については自分自身でも確認した。得た結論はというと、残念ながら、既知の有名史料の中には、ドードー鳥と思われるような記述は見当たらないという、素っ気ない事実だった。

福岡では、福岡藩士だった本草学者の貝原益軒がまとめた『黒田家家譜』、松山では明治時代にまとめられた藩史『松山叢談』、佐賀では鍋島勝茂の生涯を記録した『勝茂公譜考補』がそれぞれ編纂されているけれど、それらしい記録はなかった。大目付の井上政重はあまり自らの記録は残しておらず、業績をまとめた『幽山年譜』の正保四年、つまり、一六四七年の項目は、ポルトガル船への対応についてが中心だ。

さらに、動物考古学の専門家にも取材して、見解を問うた。動物考古学とは、遺跡などから出土した動物の骨を、形態、組織、DNA、コラーゲン、安定同位体比など、様々な面から読み解いて、人と生き物の関係に別の方向から光を当てる学際的な研究分野だ。日本に来ていたドードー鳥の遺物が、今後、見つかる可能性はどの程度あるだろうか。

わたしの素朴な質問に対して、動物考古学者はこんなふうに強調した。

「まず、ドードーが来ていたということをわたしたちが知っておくことに、意義があります。今後、少し変わった鳥類の骨が発掘されたときに、『ひょっとすると』と思えるかどうかが大切です。西洋に『驚異の部屋《ヴンダーカンマー》』があったように、日本でも珍しい鳥獣の遺物を収集した大名や裕福な町人はいました。また、神社や寺院が、社宝、寺宝といった形で、動物の遺体、科学的に言えば標本を保存していることもあります。古代のゾウやクジラの骨が竜骨として奉納されていたり、人魚だとされるキメラが作られて保存されていたりするわけですから、大きな頭でがっしりしたクチバシの鳥の骨が、どこかに残っている可能性は常にあります」

数々の古い鳥類標本と出会ってきた動物考古学者の発言は、わたしにとっては力強く感じられるものだった。

比較的早い時期に、こういった取材の内容を、日曜日の特別紙面に掲載することができた。担当者が、たまたま『不思議の国のアリス』ファンで、ドードー鳥に愛着があったため、素早く実現したというのが真相だ。物語の鳥であるドードー鳥の場合、こういうことが起きるのだと、わたしは感じ入った。

日本の堂々めぐり

特別紙面での記事は、始まりの合図だ。

日本に来ていたドードー鳥を追うならば徹底的に、とわたしは思い定めた。カバーすべき範囲はあまりに広く、思うように前に進まず堂々めぐりになるかもしれないが、それも覚悟の上のこと。同じところをぐるぐる回っているように見えても、螺旋を描きながら少しずつ進もう。それは、わたしにとっては、自分自身を知ることにもつながっているに違いない。ケイナちゃんの再会で決意したことを、何度も頭の中で繰り返しながら、わたしは次の一歩を踏み出す方向を探した。

特別紙面の記事が掲載されたのは、ちょうどゴールデンウィークの時期で、その後、一週間、二週間たった五月なかばには、記事を読んだ読者から手紙やメールなどで情報が届くようになった。

例えば、埼玉県川越市の住民からは、こんな情報提供があった。

「大きな頭の鳥の骨が地元の神社の社宝にある。ドードー鳥ではないか」と。

写真を送ってもらったところ、あきらかにドードー鳥ではなかったけれど、大きな頭の鳥であることは間違いなかった。それほど遠いところではなかったので、実物を見せてもらいに訪ねた。箱書きに「大頭鳥」とあり、東南アジアのオオサイチョウの頭部のようだった。それも時代的に、出島のドードー鳥よりも少し前で、島原の乱を鎮圧した幕府軍総大将、松平信綱が九州で入手し、後年、川越藩に移封されてから、地元神社に奉納したものとされていた。

この時点で、ケイナちゃんと再会して一年あまりが過ぎていた。わたしは、ドードー鳥にかかわる取材が進展するとその都度、連絡するようにしており、ケイナちゃんとのやりとりのタイミングを理解するようになった。メールしておくと、即座ではないけれど、早ければ数日中に、遅くとも二、三週間内に返事があって、じゃあ、ビデオ通話で顔を見て話そうか、ということになる。

「十七世紀に生きていた鳥の頭なんだよ！」

写真を共有して見せながら、わたしは誇らしげに言った。

「画面でも分かると思うけど、ミイラになって、食道とか気管もカリカリになって保存されているんだよ。日本で十七世紀の鳥の標本がちゃんと残ることがあるとわかったよ」

「すごいね！　北米では十七世紀の標本が残っているなんてありえないからね。日本から十七世紀のドードー鳥の四つ目の標本が見つかったら、『やっぱり！』って思うよ」

ケイナちゃんが言わんとするところを、わたしも理解できた。

三世紀半以上も前の「標本」が今も残されている可能性があるのは、それなりに文化が成熟し、

A bird of the hornbill family, *Satsuma Choufu Zukan,* Late Edo period

博物学やら、本草学やら、珍奇なものへの関心を持った人たちがある程度いる地域だ。だから、西ではヨーロッパ、東では日本や中国ということになる。日本では、様々な種類のサイチョウが江戸時代にはもたらされていて、鳥類図譜にも描かれている。

「ドードー鳥が図譜に出ていたらすごいのに、って思うよ」とわたしが言うと、

「それなら、骨や剝製《タクシドミー》が出てほしい！」とケイナちゃんは、生物学的な試料になるものを期待しているのだった。


他にも、雑多な情報提供があり、わたしは余裕があるときに情報提供者と連絡を取って、ひとつひとつ吟味していった。

例えば、関西の名家に残された掛け軸に描かれた鳥がドードー鳥に似ているとか、四国の名刹の天井に描かれた頭でっかちの鳳凰が、実はドードー鳥を見て描いたのではないかとか、宮城県の伊達藩に伝わっていた江戸時代の鳥類図譜の中で、明らかにドードー鳥が描かれているとか、といったものだ。

これらはすべて、「想像力豊か」なもので、ちょっとした類似性を拡大解釈していた。とはいえ、いずれも興味深く、特に宮城県からの情報は、江戸時代屈指の鳥類図譜に掲載されているものだったから、それがもしも本当に「見落とし」だったらと思うと、最初、胸が高鳴った。

その図譜とは、寛政年間から文政年間にかけて成った『観文禽譜』だ。「本文」と「図譜部」に分かれ、後者は『堀田禽譜』と呼ばれることもある。編者の堀田正敦は、伊達本家が治める仙台藩

出身で、幕府の若年寄として重用された人物である。松平定信の寛政の改革を補佐し、いわゆる「異学の禁」を推進する立場にありながらも、諸学を広く見渡し、本草学・蘭学にも通じていた。そして、質量ともに江戸時代最高峰の鳥類図譜を編み上げた。宮城県に残っているのは、正敦が伊達家に贈った最終稿本だと言われている。

その『禽譜』の中で、ドードー鳥かもしれないと問題になったのは、「駝鳥」とされる一葉だった。たしかに、それは、頭でっかちでがっしりしており、ダチョウには似ていなかった。しかし、ドードー鳥に似ているとも言い難かった。クチバシの内側から鋭い歯がのぞく怪鳥で、そもそも、他のどんな鳥とも違う風体だった。ワニの腹から出てきたヒナだという但し書きがあるが、だからといって、こんな姿になるはずもない。

それでふと思い出した。『禽譜』には、日本で最初期のペンギンの図が「北海人跡断タル島」にいる鳥として描かれている。「南海」ではなく、「北海」というのが、『禽譜』においてオランダ商館医のシーボルトから得たとされる情報だ。

父の収集資料の中にもその絵があったので、あらためてしげしげと眺めていると、これはオオウミガラスに似た翼の特徴、つまり、ペンギンのように翼が一枚板になったフリッパーではなく、縮退した翼の状態に描かれていることに気づいた。文中には、キングペンギンの学名である「アプテノデイテス」と表記されているので、やはりペンギンのようなのだが、オオウミガラスだった可能性はあるだろうか、などと考察させられる点で、『禽譜』は日本で絶滅鳥類を考えるときのひとつのトピックかもしれなかった。

Strange bird described as a chick of ostrich, *Kanbun Kinpu, picture book part,* Masaatsu Hotta ed., around 1831

Penguin (*Aptenodytes*), *Kanbun Kinpu, picture book part,* Masaatsu Hotta ed., around 1831

正敦は、若年寄として、ただ一人、蝦夷地に赴いた経験から『松前紀行（蝦夷紀行）』を著した人物でもあり、海鳥エトピリカなどの記述では、北方の知見が直接的に活かされている。北方の鳥であるオオウミガラスについての記述は知られていないが、今後もしも、伝聞だとしても書き記した稿本が発見されたりすると、江戸時代に知られていた別の絶滅鳥として面白いことになる。

また、絵画ではなく、文書記録でも、ドードー鳥が来日する前年の正保三年、つまり、一六四六年に捕らえられ、死ぬまで江戸の切支丹屋敷で過ごした宣教師の記録の中に飛べない鳥が出てくるといった類の情報もあった。切支丹屋敷は、もともとドードー鳥来日時に長崎にいた大目付、井上政重の下屋敷だったものだから、そういう意味では興味深い。しかし、こういった情報も、ほとんど「想像力豊か」なものだと判断できた。

さらに、古い鳥の遺物が、社宝、寺宝、家宝、そして、蔵の中の打ち捨てられた一角から見つかったというような話は、どんどん湧いてきた。それも、南は沖縄から、北は北海道までだ。

本当に笑ってしまうのだが、沖縄では新石器時代の人骨やヤンバルクイナの骨が出た洞窟で頭の大きな鳥の骨を見たので、実は日本にも野生のドードー鳥がいたのではないかと大真面目に書いてきた人がいた。

これは実際に骨が見つかって、調べてもらったところ西アフリカ原産のヨウムだということになった。これまた、江戸時代の日本に連れてこられたことがあり、鳥類図譜にも残されている、ある意味で由緒正しい、外国の珍しい鳥だった。

Grey parrot, *Gaikoku Chinkin Ichouzu,* around 1834

ただ、発見された骨の年代は、数万年前でも、数百年前でもなく、ここ数年のうちに死んだものらしかった。ヨウムは、CITES《サイテス》、いわゆるワシントン条約の対象種だが、国内で飼育している人は多く、国境を越えない範囲での売買はさかんにされていた。附属書Ⅱから附属書Ⅰへの変更を受けて、二〇一七年からはすべてのヨウムは登録が必要になったのだが、骨が見つかった個体はそれ以前のものとおぼしく、出自はたどれなかった。

一方、北海道からの情報提供者は、七十代の矍鑠《かくしゃく》とした高校の元歴史教師で、みずから、山の中腹にある石灰岩の洞窟の中に案内してくれた。道南の日本海側から急峻に立ち上がった山肌を、張られたロープをつたって上り、最後は鎖場を命綱もなく五、六メートル登攀する。

山頂近い洞窟に入ったとき、思わず目を見開いた。山の中とは思えないほどの立派な拝殿がそこにあったからだ。地元で「山乃神社」と呼ばれているその神社は、山そのものが神体なので、洞窟内の建物はあくまで拝殿なのだそうだ。わたしたちは、なにはともあれ、「ドードー鳥発見」の祈願をかけた。

「わたしは若い頃にクリスチャンになったのですが、父は神職でした。わたしが子どもの頃、建て替え前の古い拝殿に連れてきてもらって、社宝を見せてもらったんですよ。クチバシも頭も大きな鳥の骨で、鳳凰の一種なのだと聞かされました。でも、その後、すぐに父は亡くなりましたし、拝殿が建て替えられた後のことは知りません」

ということである。

元歴史教師は、「その頃の蝦夷地には、西洋由来の珍奇なものが持ち込まれた可能性がありま す」と強調した。一六一三年、江戸幕府によってキリスト教の禁教令が発せられた後、当時「日本ではない」という認識だった蝦夷地には多くの切支丹が移り住んだ。宣教師もやってきた。

「あっちの方に――」と石灰岩の洞窟がある山の向こう側を指差した。

「砂金が採れる金山がありました。一六三九年に、幕府の取締令を受けて百人以上の切支丹が処刑されたんですが、その後、ドードー鳥が来た正保の時代にも、何人か捕らえられ、江戸の切支丹牢に送られた記録があるのです」

一六三九年といえば、九州で島原の乱が終結した翌年だ。禁教を強化する動きが蝦夷にまで波及するまでにそれくらいの時間差があったのだろう。日本という国がまだ今の形ではなかった江戸時代の初期にも、緩やかとはいえ、「全国的」な情報伝達と意思統一があり、「鎖国」はゆっくりと完成しつつあった。そういう景観の中に、ドードー鳥がいたかもしれないと考えると、やはり感慨深いものがあった。

もっとも、わたしが近隣のいくつかの神社に連絡して確認してみたところ、特にそのような記録は知られていないとのことだった。また、元歴史教師に描いてもらった絵は、頭が扁平で、クチバシが大きいとはいえ華奢で、あきらかにドードー鳥とは違うものだった。元歴史教師が信じるような可能性は薄いように思えた。

そのようなことをビデオ通話でケイナちゃん伝えた感想はというと――

「沖縄や北海道から出てくるならいいなあ。日本って火山性の土壌が多いから、埋まっている骨はすぐに溶けちゃうでしょう。でも、沖縄や北海道には石灰岩のところも多くて、良質な古代ＤＮＡが採取できるかもしれない」という科学的欲望にまみれたものだった。

記事を書いた年から翌年にかけて、わたしの手元には、ドードー鳥になんらかの思い入れが深い人たちの連絡先リストができていった。

面白いのは、「ドードー鳥好き」とはいっても、みんな関心の中心は違うということだ。『不思議の国のアリス』が大好きな人もいれば、歴史・考古学好き、自然史好き、好きが高じて創作をしたい人など、様々な人たちがいた。そして、それぞれの関心の中でそれぞれの「自明さ」を持って、ドードー鳥を探したいと思っているのだった。

そんな人たちが、ソーシャルメディアで言及してくれたり、ブログ記事を書いたりしてくれたものだから、その都度、まったく別方面の人たちに話が伝わっていき、結果、さらなる情報が集まり続けた。ただし、多くの人の目に触れるほど、集まってくる情報は、聞いた瞬間に「想像力豊か」だとわかるものが増えていった。

ちょっと困ったなと感じていたところ、ドードー鳥好きの一人から質問された。

「じゃあ、どういうものを探せばいいのでしょう。これでは、堂々めぐりするみたいです」と。

「まさにそれですよ。堂々めぐりしているんです！」とわたしは思わず我が意を得たりというふうに返した。

わたしは、この頃までにはかなり英文資料も読み込んで、欧米のドードー鳥研究者たちも、自分たちの研究のことをドードロジー（Dodology）と呼ぶことがあるのを知っていた。同義反復を意味するトートロジー（Tautology）とかけていて、つまり、「堂々めぐり」ということだ。また、日本語の「堂々めぐり」には、「お堂」をめぐる「聖地巡礼」のような意味も感じられる。

つまり、わたしたちは、日本のドードー鳥について、それぞれが感じる「聖地」を胸にいだきながら、堂々めぐりをしているのだった。

でも、その贅沢な彷徨を少しだけ効率的に、焦点が合ったものにする必要があるかもしれない。なにを探せばいいのかわからないままでは、結局、本当らしい情報も「想像力豊か」なものに埋もれてしまうかもしれないからだ。

いろいろ思案して、わたしは、紙面に書けないマニアックなことを思う存分掲載できる個人ウェブサイトを作ることにした。寄せられる情報を紹介したり、絶滅動物をめぐるトリビアを紹介したりしつつ、わたしのまわりにできつつあるドードー鳥をめぐる堂々めぐりコミュニティの交流の場にもなればよい。この時点で、わたしの取材のほとんどは、休日に私費を投じて行うものになっていて、社に気兼ねする必要も感じなかった。

最初の記事のテーマは、「堂々めぐりのために、なにを探せばいいのか」だ。

考えてみれば、こういったことは早めにまとめて公開しておくべきだった。

わたしが、その記事で伝えたのは、ドードー鳥の痕跡にまつわる、二つの系統のことだった。一つは、生体の遺物、例えば骨やミイラが見つかる場合で、もう一つは、絵画などが見つかる場合だ。

文書記録については、少し難しい部分があるので扱わず、目で見てすぐに伝わるものを厳選した。まず、もっとも残りやすいものとして、頭骨がある。

これについては、一八四八年にケンブリッジ大学の解剖学者・地質学者だったヒュー・エドウィン・ストリックランドが著したドードーの論文《モノグラフ》を繙《ひもと》けばよい。ストリックランドは、ドードーがハト類であると看破した人物で、『不思議の国のアリス』にドードー鳥が登場するきっかけともなった、いわゆるオックスフォード標本をつぶさに観察して、細密な図版をつけて出版した。その頭部は、皮膚がついたままのミイラのような左半面と、皮膚を剥がして骨を露出させた右半面、二通りの姿を見せてくれる。

一方、頭骨以外の骨で特徴的なものは、一八六六年にロンドン自然史博物館の初代館長であるリチャード・オーウェンが著した、ドードー鳥の全身復元の論文《モノグラフ》が大いに参考になる。オーウェンは、モーリシャス島ではじめて発見された数千年前のドードー鳥の骨を使ってこの全身骨格を組み上げた。十七世紀に生きていた個体由来の標本は、頭骨や脚だけだったので、オーウェンの論文はドードー鳥の全身を復元した最初のものになった。

ぱっと見る限り、頭骨以外で大きくて残りやすい骨はといえば、胸骨板が挙げられるだろう。盾のような形をしていて、中央には翼を動かす筋肉が付着した竜骨突起がある。ドードー鳥の場合、翼を羽ばたいて空を飛ぶ鳥よりもこの竜骨突起がゆるやかなのが特徴だ。また、腸骨、坐骨、仙椎、腰椎などが融合した複合仙骨も大きくて目立つ。これはなにかの仮面のような相貌をしている。他にも上腕骨、大腿骨、跗蹠《ふしょ》骨といったあたりはよく化石が見つかっている。

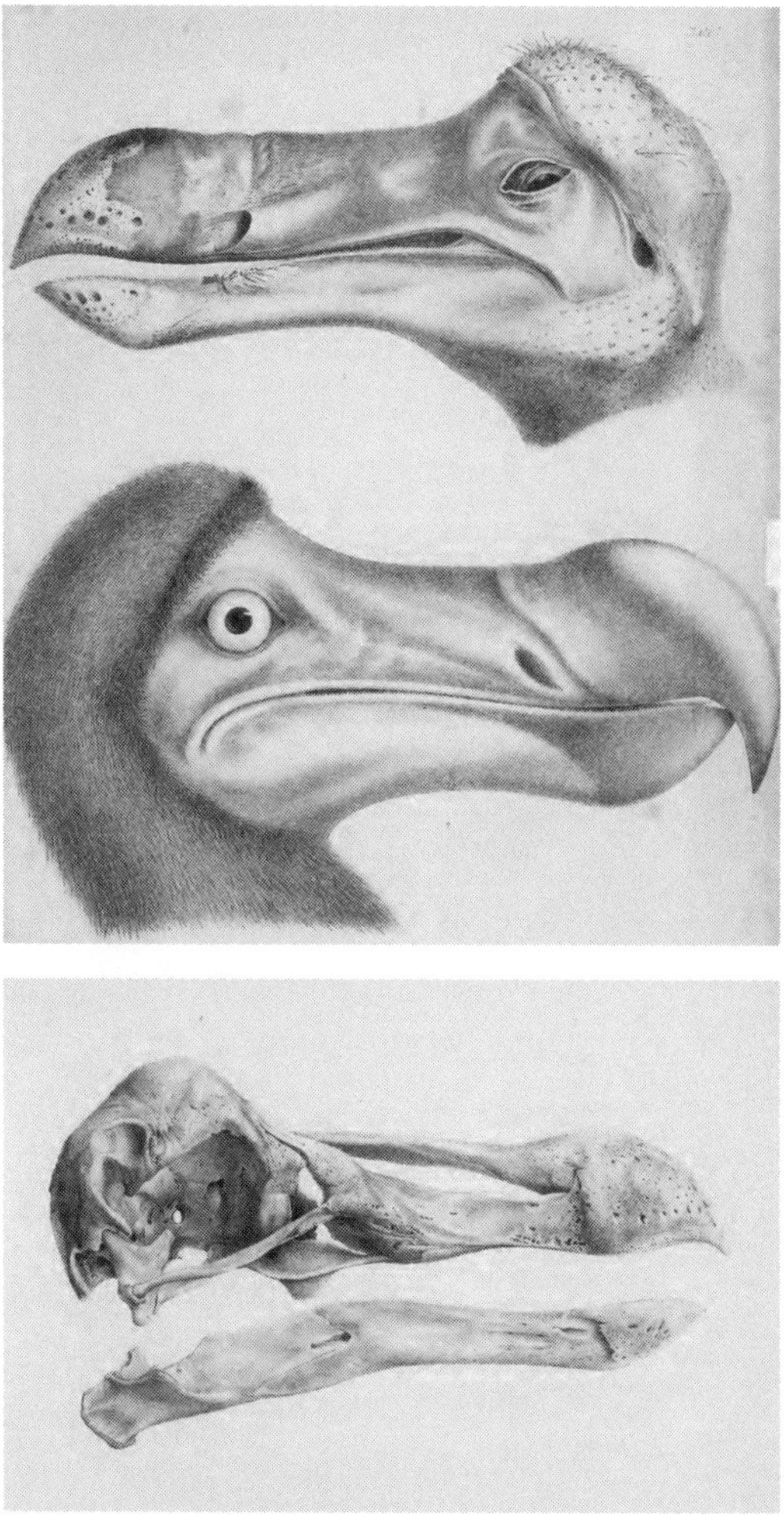

The head of Oxford Dodo, *The Dodo and Its Kindred; or the History, Affinities, and Osteology of the Dodo, Solitaire, and Other Extinct Birds of the Islands Mauritius, Rodriguez, and Bourbon,* Hugh Edwin Strickland and Alexander Gordon Melville, 1848

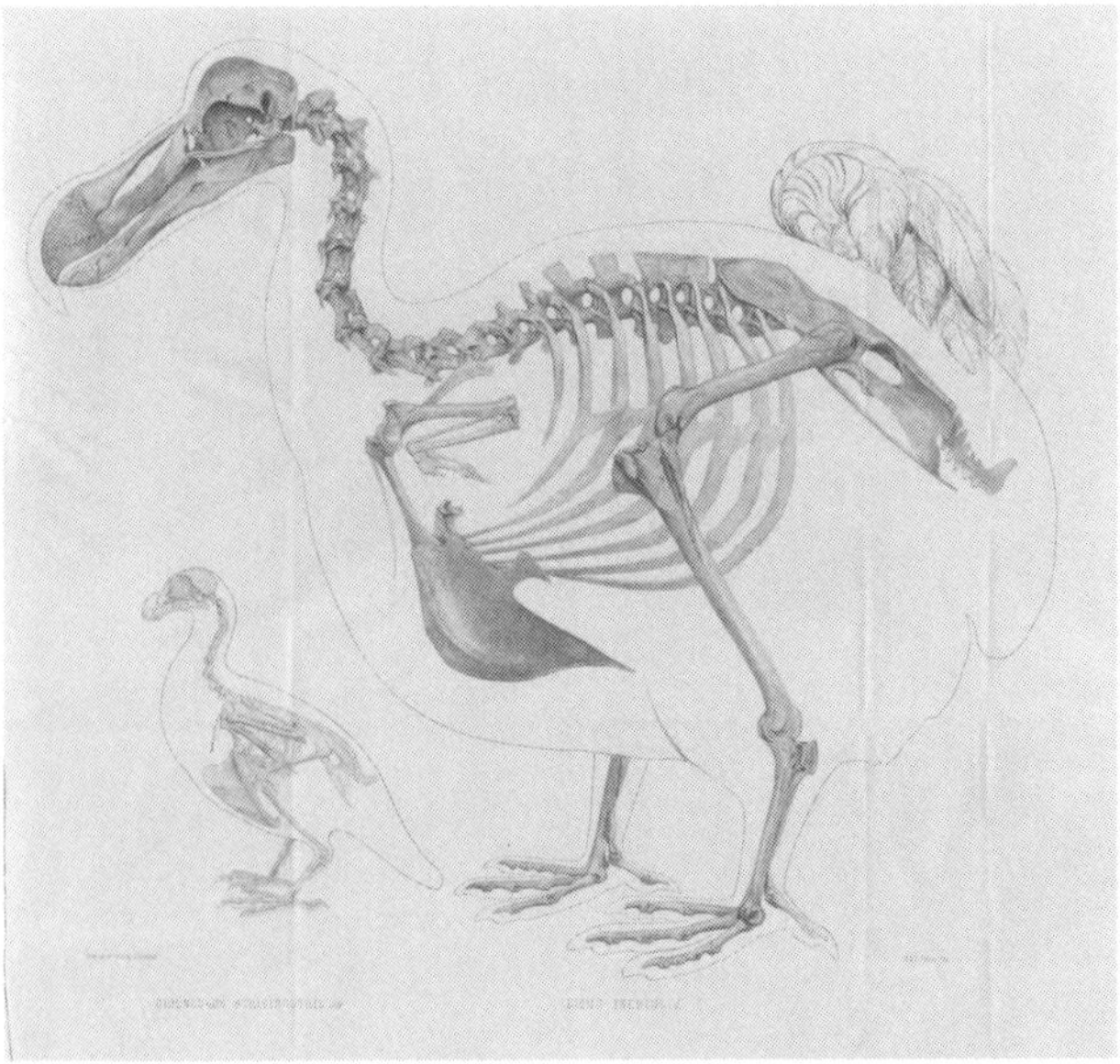

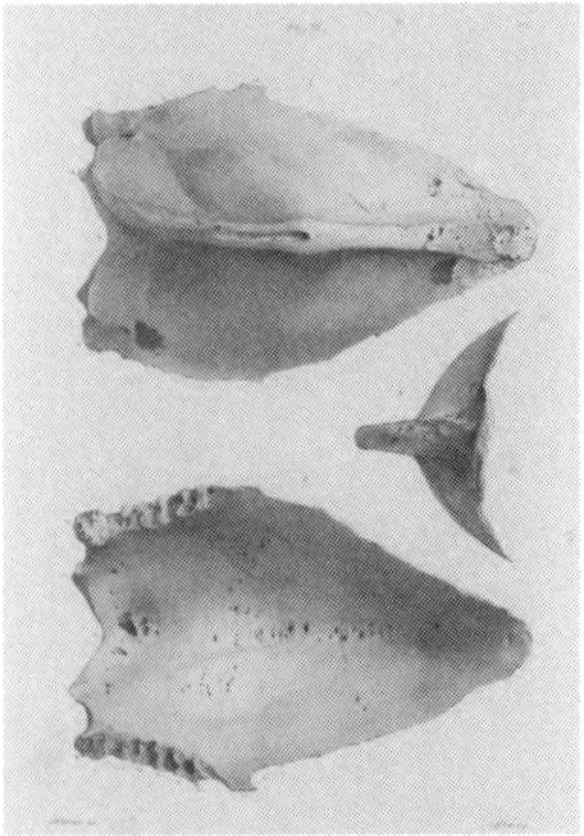

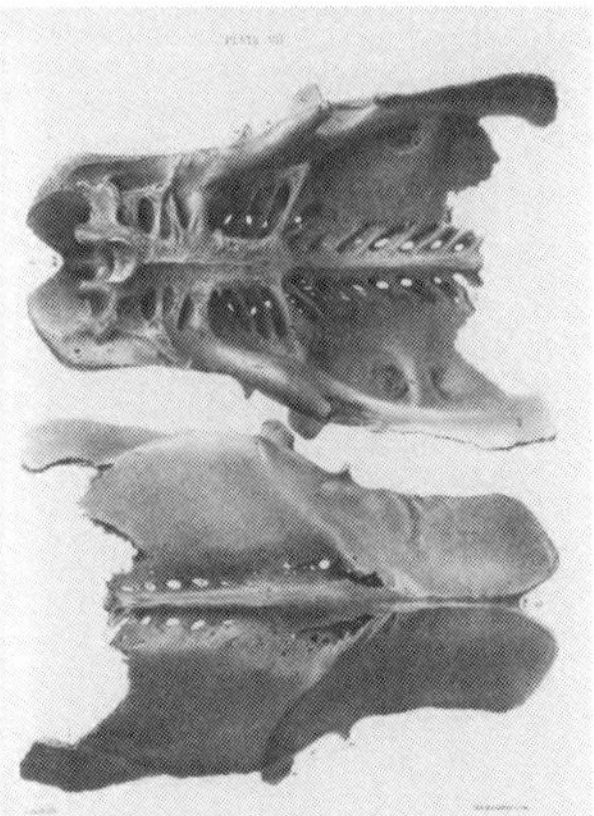

First reconstruction of Dodo (top), sternum (bottom left), synsacrum (bottom right), *Memoir of the dodo* (*Didus ineptus, Linn.*), Richard Owen, 1866

では、絵画はどうだろう。

実物を見て描いたとされる絵は極端に少なく、また、個々の画家の画風の影響も大きいため、ヨーロッパのドードー画はむしろあまり参考にしない方がいいかもしれない。本来の姿に近いと思われるものをしいて挙げるなら、一六〇一年にモーリシャス島に寄港したオランダ船の航海日誌に登場する一群のスケッチだ。これらは、現地で野生のドードーを見て描いたとされている。とりわけそのうちの一つは、たくましい脚の上に筋肉質の身体をほぼ直立させたポーズを取っており、わたしたちが知っているドードーのイメージとはかけ離れている。時期的に他の影響を受けようがなかったものだという意味でも、頭に入れておくべきだろう。

さらに、インドに渡ったドードー鳥を描いたものも、参考にすべきだとわたしは指摘した。一六二〇年代に、ムガル帝国の第四代皇帝で博物趣味があったジャハーンギールが所有していた個体を、宮廷画家が描いたとされる一葉だ。ヨーロッパで描かれたものと比べると、格段に野鳥らしく、たぶん、これが一番、生きていた姿に近いだろうと多くの研究者が認めている。かつて、ドードーの体色は灰色に再現されることが多かったのだが、今、褐色にすることが増えたのも、この絵画が再評価された影響だ。

以上のようなことを個人サイトに掲載したところ、よく読まれた。これまで個別に応答していた多くのドードー鳥ファンに一括して情報を伝えられることは効率的だった。いや、それどころか、コメント欄を使ってドードー鳥ファン同士が交流を始め、日本中でドードー鳥探しをする機運がにわかに盛り上がった気すらした。

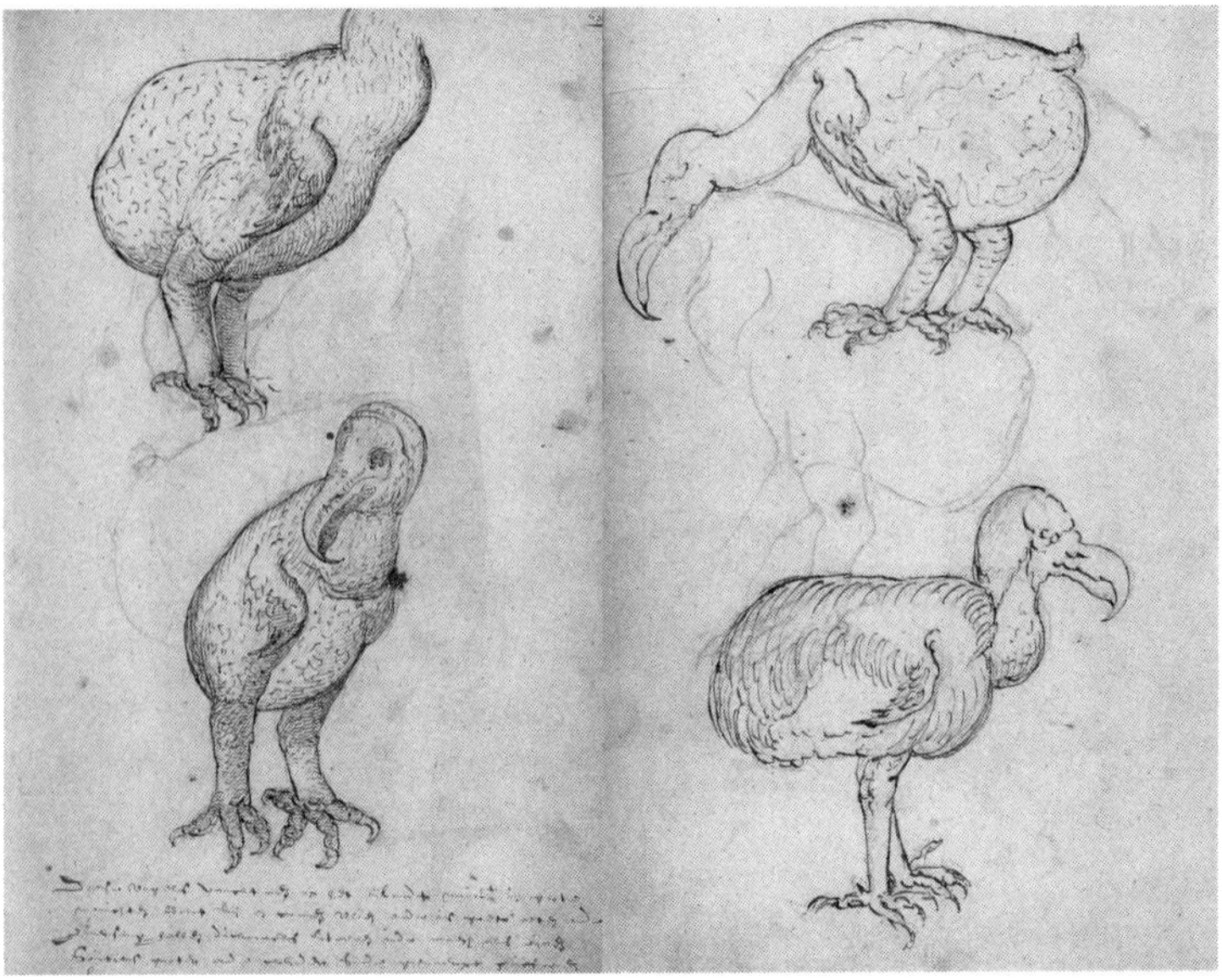

Drawings of wild Dodo from the journal of VOC Gelderland, 1601, Joris Joostensz Laerle del., Nationaal Archief, Den Haag, Archieven van de Compagnieën op Oost-Indië

Dodo in captivity in the menagerie of Jahangir I (4th Mughal Emperor), around 1620, Ustad Mansur del., Hermitage museum in St Petersburg

ドードー鳥関連ネットワーク「Ｄ《ド》ｏ《ー》Ｄ《ド》ｏ《ー》Ｄ《ド》ｏ《ー》」が、結成されたのは、そんな頃である。これは、「ドードー鳥をめぐる堂々めぐり」を略したもので、「ドードー道」とも響くことから、いつのまにか、求道者めいたドードー鳥ファンの総称として使われるようになっていた。

それぞれの地域や関心分野で集まった小集団が情報交換するネットワークで、わたしは「総代表」というお飾りのような肩書をもらった。わたしがした仕事といえば、日本国内での歴史や動物考古学の専門家に声をかけて、文献や史料の扱いの助言をもらうことくらいだった。実際にそのおかげで当初の「想像力豊か」な調査は、より精緻なものになった。ドードー鳥ではなくとも、江戸時代の鳥類標本が新たに見つかったり、思いもしない文書記録が発掘されることもあった。日本のドードー鳥をめぐる「堂々めぐり」は、ちょっと一突きしただけで自律してぐるぐる回り始めた感がある。

ならばどうしようかと、わたしは思案した。

わたし自身の堂々めぐりは、もう少し大きな輪を描くべきだとまずは思った。

とするなら、今はいったん日本を離れて、ドードー鳥と孤独鳥をめぐる旅をしよう。そして、その取材の結果を、ウェブサイトに書いていけば、日本語でのドードー鳥情報は広く分厚くなる。

螺旋を描く堂々めぐりへ！　わたしは自分自身を鼓舞した。

西パプアの堂々めぐり――カンムリバトの島

ジャカルタからの深夜便で西パプア州の窓口であるソロン空港に到着したのは、まだ夜が明けきらない早朝だった。税関を出るとすでに現地ガイドが待っており、車寄せに停車していたランドクルーザーでソロン近郊の低地林へと直行した。

ランドクルーザーには、すでに先客が四組、八人いた。オーストラリアから来た五十代、六十代のカップルたちで、みんな巨大なレンズをつけたカメラか、大口径の双眼鏡を手にしていた。ニューギニア島の西側はインドネシア領であり、さらにその西端に西パプア州がある。そこまで足を伸ばす人たちの目的は、たいていバードウォッチングだ。わたしも、小ぶりな双眼鏡と、一応、望遠ズームをつけたミラーレスカメラを持ってはいた。しかし、同乗者たちの重装備と比べると、かなり見劣りがした。

わたしの存在は異質だった。全員がヨーロッパ系の外見をしている中で、唯一のアジア人で、かつ、単身だった。休暇で来たと言うと、さらに不思議がられた。本格的なバードウォッチャーではないのは一目瞭然だったし、「仕事ではないなら、なにをしに来たのか」ということになる。

「日本には、三百年以上も前の、サムライの時代から、このあたりの鳥が持ち込まれていたんですよ。ヒクイドリは何度も来て見世物になりました。ゴクラクチョウも日本に来ていて、絵に描かれています。さらに、オオサイチョウは、ミイラが残っていますね」

わたしは、車中で席が隣だった弁護士カップル（二人とも弁護士だそうだ）に言った。

「つまり、あなたは歴史家なんだね」

カップルのうちの一人が、納得したというように手のひらを上に向ける仕草をしてみせた。

「いいえ、大学での専攻は物理学でした」

「なんということだ。物理学者《フィジシスト》で、歴史家《ヒストリアン》とは！」

今度は額に手をあてる大げさな身振りをしながら、結局、怪訝な顔をされるのだった。

しかし、わたしにしてみると単純明快な理由があった。

ドードー鳥をもっと深く理解したい。より正確にはドードー類（Raphinae）に属する、モーリシャス島のドードー鳥と、ロドリゲス島の孤独鳥について、だ。

ドードー類はハトの仲間で、数千万年前というかなり昔に他のハト類と枝分かれして、のちにドードー鳥と孤独鳥になった。他のハト類の中での一番の近縁はインドのニコバル諸島にいるミノバトで、それに次いで、ニューギニアのカンムリバトやオウギバト、さらにサモアのオオハシバトなどが挙げられていた。

わたしは、それらの中でも、江戸時代から日本に多く入ってきて、鳥類図譜などでも描かれるなど、ゆかりの深いカンムリバトを、まずは見に行くことにしたのだった。

トンッと肩を叩かれた。弁護士カップルのもう一人の方だった。

「カソワリー！」と押し殺した声で言った。

「ワオ」とわたしは小さく口を開いた。

　森の切れ間に日が差し込んだあたりに、大きな鳥の全身が浮かび上がっていた。首から上にある皮膚が裸出した部分は、鮮やかな赤、黄、青で、頭の上にはモヒカンのような犀角が乗っている。太くたくましい脚の印象と相まって、小さな恐竜のようだ。

Cassowary《カソワリー》、つまり、ヒクイドリだった。これも、古くから何度も日本に渡来している、馴染み深い異国鳥のうちのひとつである。

「……アンド、チックス」とわたしは小さな声でつけ加えた。

　ヒクイドリのたくましい足元をちょこまかと走り回るのは、ウリボウのような縞々模様を持ったかわいらしいヒナ《chicks》たちだ。

　空港を出てせいぜい一時間なのに、道路脇の疎林でいきなりヒクイドリの親子と出くわすとは！　わたしは意表を突かれ、結局、カメラではなにも写せなかった。それでも、鮮やかな色に縁取られた輪郭が、目に焼きついた。

　江戸時代に日本に来たヒクイドリたちは、オランダ人たちの交易の範囲から考えて、おそらくはこのあたりのものだったろう。ドードー鳥が日本にやってくる伏線となったとも言える鳥だから、わたしはこの出会いを心のなかで大いに喜んだ。自分が正しい方向に進んでいると確信できた。わたしは江戸時代の人たちが見た、舶来の鳥たちの世界に少しずつ足を踏み入れているのである。

　猛烈な日差しの中、波しぶきを浴びて、クルーザーが青い海を渡っていく。

　そんなステレオタイプな表現がむしろしっくりくるのは、ソロンの北側に広がる海がまさに絵に

Cassowary (described as an ostrich), *Satsuma Choufu Zukan,* Late Edo period

描いたような「熱帯の海」だったからだ。この海域には、いくつもの石灰岩の島々が点在している。島々の周囲にはサンゴ礁も発達しており、ジンベエザメにも会えるというので、ダイビングスポットとしても人気がある。日本からも訪れるダイバーがいるようだ。わたしは島の周囲に停泊しているダイビングボートから日本語が聞こえてくるのに気がついた。

それでも、わたしたちの目的はあくまでも鳥だ。桟橋《ジェティ》を離れて、内陸の森林へと足を進めた。村人たちが枝打ちするなどして適度に利用しているがゆえに、林床まで光が届き、踏み分けられた小道は、とても歩きやすかった。

多くの参加者にとって、ニューギニアを訪ねる最大の目的は、極楽鳥《バード・オブ・パラダイス》として知られるフウチョウを見ることだ。その日、わたしたちは幸運に恵まれた。ベニフウチョウの踊り場の近くに設けられた観察小屋《ハイド》で待っていると、すぐに何羽も立て続けにやってきて華麗なディスプレイを見せてくれたのである。

弁護士カップルは、口々に言った。

「なんて美しいのでしょう！　赤、黄、緑、茶！　それにムチみたいに長い羽飾りがあるなんてこの世のものとは思えない。まさに、パラダイスの鳥です」

「男たち《ボーイズ》は、いつだって、女の子《ガールズ》の気を引きたいものだよ。それに見ろよ、やっぱりフウチョウには脚があったんだな。はじめて野生で確認したぞ！」

ベニフウチョウは、クチバシは黄で、体の上半分に黄の部分がある。胴は明るい茶だが、頰の周りは緑、尾は赤とカラフルだった。かつて、海外に送られたフウチョウの標本の多くは脚を切り取られたものだったことから、当時のヨーロッパの鳥類学者は、しばらく「風にのって生涯漂い続ける鳥」だと思っていたそうだ。

「日本では、サムライたちの時代にもう、フウチョウの脚がある絵が描かれていましたよ」

わたしが、ネットで検索して、江戸時代のフウチョウ図を見せると、弁護士カップルは「ワオ」と声を上げた。

「あなた、やっぱり、歴史家《ヒストリアン》なのですね」

「いや、わかったぞ。歴史《ヒストリー》でも、自然誌《ナチュラルヒストリー》の方だ。サムライは、自然誌に詳しかったのか！」

と口々に言った。

夕方、メンバーたちは、ベニフウチョウと過ごした時間を祝して、船の冷蔵庫で冷やしておいたオーストラリアワインを開けた。海に面したテラスで、わたしもまずは乾杯に参加し、夕日に白ワインをかざした。

しかし、一緒にはしゃぐ気分にはなれなかった。ベニフウチョウと出会えたことは、わたしにとってもうれしいことだったけれど、本来の目的ではなかった。一人で席を外して、木製のベンチに腰掛け、海と森の対照的な景色を交互にながめてはため息をついた。

わたしが会いたいドードー鳥の親類たちは、どこにいるのだろう。そんなに見つけにくい鳥ではないはずなのに、きょうに限って出てきてくれなかった……。

真昼の強烈な暑さはおさまり、心地よい微風のせいでずいぶんすごしやすい。潮騒を聞きながら、森の樹冠が風に揺れるのを見ていると、だんだん眠たくなってきて、わたしは目を閉じた。

Bird of paradise, *Satsuma Choufu Zukan,* Late Edo period

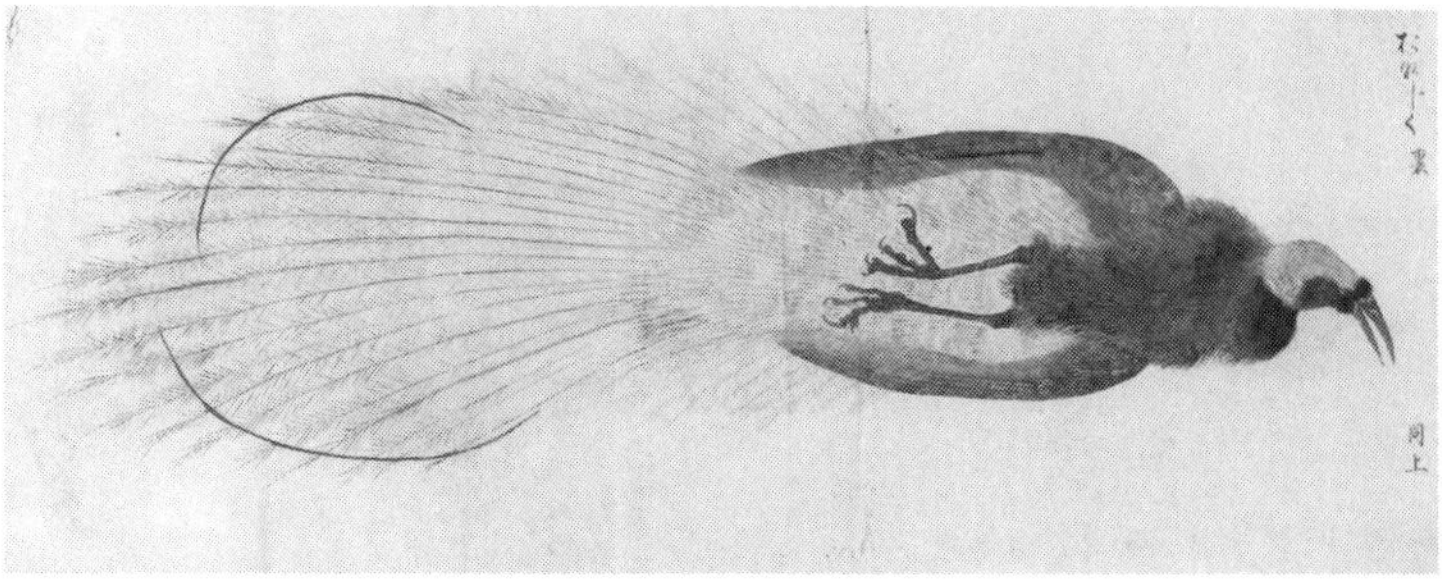

Bird of paradise with legs, *Kanbun Kinpu, picture book part,* Masaatsu Hotta ed., around 1831

「カモン、カモン」とガイドの声がした。

次に、「タマキ!」と押し殺した声が続いた。

はっとして立ち上がったわたしは、言葉を失った。

ガイドはわたしが探していたものを知っている。普段はすぐに出会えるのに、今回のフィールドトリップで出会えなかったことを気に病んでいた。

グループから押し出されるように、わたしは森の際へと進んだ。

「ああっ」とわたしはやっと小さく声をもらした。

足元、ほんの数メートル先に、薄い青灰色の塊がある。それも、一つ、二つではなく、まだ森の中にいるものも含めて十くらい数えることができた。

カンムリバトの群れだった。

最初の印象は、大きい、だった。

体長は、七十センチくらいだから、大きな鳥だということはわかっていたのだけれど、こうやって実地に見ると、少なくともメスのキジよりずっと大きいし、オスのキジにすら匹敵するのではないかと思えた。真っ赤な目をこちらに向け、円を描きながらゆっくり近づいてくるのは圧巻だ。

地面から種子を拾い上げ、飲み込む。前後の首を動かしながら、ぶこっぶこっと鳴き声をあげる。カメラを向ける同行者たちが近づくと、尻尾をぴこぴこ振りながら逃げた。その様子が滑稽《こっけい》で、思わず笑いがもれた。

これがドードー鳥と孤独鳥の一番近い親類のひとつなのである。同じ属のムネアカカンムリバト、オウギバト、さらには別属のミノバトなどと並んで、近縁だとされている。十七世紀に潰えたドードー鳥の遺伝的な特徴は、今もこの近縁種の中にいくばくかは残されているはずだ。わたしは、感極まる部分があって、しばらくその場を動けなかった。

やがて、群れの個体のほとんどすべてが、わたしたちのいる空き地へと出てきた。中には、わたしたちがテーブルに出していたクラッカーを食べようとするものもいた。

そんな中で、一番大きな個体が、わたしの前で立ち止まった。

燃えるような赤い目が、わたしを射抜いた。

身じろぎもできなかった。

もっと知りたいと願った。

その目の向こうにドードー鳥と孤独鳥の秘密が隠されていて、ケイナちゃんとわたしを結びつける秘密にも通じているのだから。

夕日を受けてさらに燃える鮮やかな目に、わたしは手を差し出した。

ぶわっと、風を感じた。

まずは正面から強く。引き続いて、周囲からもそよ風のように。

カンムリバトたちが羽ばたき、浮き上がっていた。

そう、カンムリバトはドードー鳥と違って飛べるのだった。

複雑に渦巻く一陣の風を残して、カンムリバトの群れは樹冠へと消えた。

炎のような赤い目が、森の中からこちらを見ている気がしたけれど、もうそれが本当のことなの

Crowned pigeon, *Baien Kinpu,* Baien Mouri, 1839

か、夕日を浴びた森がもたらす光の幻覚なのか、わたしにはわからなかった。

インド太平洋の堂々めぐり——原《プロト》ドードー

インド洋と西太平洋。アフリカ西岸からベンガル湾を経てインド亜大陸。さらにはインドシナ半島とその南に連なるインドネシアの巨大な島弧からニューギニア島、サモア諸島までの島々の連なりを描いた地図を、タブレット端末に表示している。

窓の外は夕日だ。熱帯の島々で見た鮮やかな生命力を感じさせる赤ではなく、もっと彩度が低く、どんよりした東京の落日だ。

わたしはタブレット用のペンを握っており、まずは地図を拡大した上で、ソロモン諸島に丸をつけた。ソロモン諸島は、「小さなドードー鳥」という意味の学名を持つ、オオハシバト（*Didunculus strigirostris*）の生息地だ。そして、そのすぐ西にあるニューギニア島と周辺の小島にも丸。こちらはカンムリバトやオウギバト、つまり*Goura*属の生息地である。

ドードー類に近いとされるこれらの鳥たちが、このあたり、つまり、オーストラリアの北側の多島海に棲息しているのは興味深い。

わたしはふたたび地図を拡大し、今度は数千キロ北西、インドシナ半島とインド亜大陸に囲まれたベンガル湾の西の三分の一を区切るような位置するアンダマン諸島、ニコバル諸島に大きな丸をつけた。南北につらなるこの長大な列島に、ミノバトというやや大型のハトが生息している。現生の鳥の中では、ドードー類と一番の近縁だとわかっている種だ。

わたしはミノバトも、野生のものを見に出かけた。インド経由での渡航で、旧宗主国のイギリスからの参加者が多いバードウォッチングのツアーがあるのを知って、申し込んだ。例によって、わたしはミノバトに特化した特殊な参加者だったが、イギリス人たちがかなりの「ドードー鳥好き」でもあることをそのときに知った。『アリス』のお膝元であるイギリスでは、チェシャ猫やら、ハンプティダンプティやら、代用ウミガメやら、たくさん出てくる変な生き物たちの存在が、社会の中に織り込まれていて、出典への言及がなくても、そのまま通用するという。それらの中でも、ドードー鳥は一二を争う人気だそうだ。

野生のミノバトとの出会いは、カンムリバトとの出会いに比べてまったく遜色ないすばらしいものだった。いや、もう少し、ドードー鳥に「近い」感覚があった。わたしはこの鳥を、昔読んだ『スイスのロビンソン』の挿絵で見たことがあったからだ。スイスの牧師の家族がオーストラリアに向かう途中で難破して、南海の孤島で生活することになる、いわゆるロビンソン変形譚で、多くの動物が登場する。わたしは、その島がどこにあるのか知らないままに熱中して読んだ。だからミノバトは、『不思議の国のアリス』や『ドラえもん』のドードー鳥と同じような、物語の鳥でもあった。

ミノバトは、首周りに「蓑《みの》」のような長く伸びた羽を持っていて、それらが青から緑にかけてのメタリックカラーに光る。さらに「蓑」より下の背中の部分は、青、緑に加えて、赤っぽいメタリックカラーも加わるので、光を浴びる角度によれば虹色に見えた。ドードー類が、こんなふうに派

Nicobar pigeon (*Caloenas nicobarica*), The Swiss Family Robinson (English edition), Johann David Wyss, 1891

手な色だったということはありそうにないけれど、ミノバトとドードー類の共通祖先は、こんなきらびやかな色を持っていたのだろうかとふと思った。

ミノバトとの出会いが、少し森の奥に入った林床だったことも自分としては印象深かった。ミノバトは飛べるのに、地面を好む。そして、落ちている種子や果物をついばむ。それはカンムリバトも同じで、ドードー類に近い鳥たちは、地面を好むことが共通していた。

帰国後の東京で、そんなことを思い出しながら、わたしは地図を拡大したり、縮小したりを繰り返す。そして、一番、広域を表示して太平洋まで見渡す状態で、ニューカレドニア、トンガ、タヒチにも丸印をつけた。実は、ミノバトの仲間である *Caloenas* 属は、ポリネシアの島々にもいたことが分かっている。

これは非常に広範囲な分布だ。たとえば、ニコバル諸島からトンガの本島までの距離を地図上で測ったら、なんと一万キロを超えた。ドードー鳥の近縁種をめぐる地図は、昔、ケイナちゃんと描いた百々谷の地図と比べると、もう空間的にも時間的にも桁が違うスケールになってしまった。

わたしは、地図をあらためて見ながら、心を遠い時空に解き放った。

何千万年も前に、ハト類の中でも少し風変わりな、地上性が強く、大柄な系統が、今のオーストラリア北側に相当する海域に暮らしていた。そのうちに、さらに地上性を強めた種類が、各地で独立した種として定着し、やがて、サモアのオオハシバト（*Didunculus* 属）や、ニューギニアのカンムリバトやオウギバトなどの *Goura* 属になった。

また、二十一世紀になって報告されたフィジーの絶滅種、ビチレブバト（*Natunaornis gigoura*）

は、*Goura* 属に近いと言われ、ドードー鳥や孤独鳥に次ぐ大きさを誇る、飛べないハトだった。英語の文献では、この種のことを、「フィジーのドードー鳥（Fijian Dodo）」という愛称で呼ぶものもあった。

一方、同じ仲間で、より強い飛翔能力を維持した現在のミノバト類（*Caloenas* 属）の祖先は、インド洋から太平洋まで幅広く移動して、様々な種を生み出した。すでにのべたミノバト（*C. nicobarica*）の他にも、ニューカレドニア、トンガなどに分布した大型のカナカバト（*C. canacorum*）や、原産地不明のまま同定されたマダラミドリミノバト（*C. maculata*）がいる。両方とも絶滅種で、前者は二千五百年ほど前に人類最初の航海者たちが島にたどり着いた直後に姿を消した。また、後者は、リバプールの博物館に所蔵される二百年前の一個体の標本から知られている。原産地はタヒチだという説もあるが、決定的な証拠に欠けて、今も論争中のようだ。

そして、インド洋に進出して、ほとんどアフリカ大陸の近くまで旅をしたのがドードー鳥と孤独鳥、つまりドードー類だったのである。地図の島々を指でなぞってみると、その大いなる旅が際立った。

では、ドードー鳥と孤独鳥の共通祖先、いわば原ドードー《プロト》は、どんなふうに、南太平洋からアジア、インド洋にまで広がったのだろう。大陸の海岸伝いにインド亜大陸の西岸まで進出すれば、そこからは季節風に乗って飛んでいけたかもしれない……と考えていて、重要な問題に気づいた。

そもそも、火山島であるモーリシャス島やロドリゲス島はいつからあるのだろう？

調べてみると、モーリシャス島やロドリゲス島が海底火山の活動でできたのは、八百万年から一

Spotted green pigeon (or Liverpool pigeon, *Caloenas maculata*), *A General History of Birds,* John Latham, 1823

千万年前だという。ドードー鳥の祖先と孤独鳥の祖先が分かれたのは二千数百万年前とされるので、モーリシャス島とロドリゲス島にたどり着く前に、どこかですでに別々の種として歩み始めていたことになる。その後、飛翔力を保ったまま一千万年以上を過ごし、モーリシャス島とロドリゲス島に別々に飛来した、というシナリオが必要になる。このあたりは、年代を割り出した分子生物学的な研究の精度の問題もあり、実に錯綜としている。いまだよくわかっていないところだ。

こんなことを考えながらタブレットとにらめっこしているわたしは、新聞社の科学部の中でも、浮いた存在だっただろう。この時点で、入社九年目、東京本社に来てからも五年目となっており、中堅記者として降り掛かってくる仕事は手堅くこなしていた。しかし、新聞記者が仕事について「降り掛かってくる」と感じるなら、それは、その職場に倦んでいる証拠だ。

今では、紙面に記事を書くよりも、日本のドードー鳥の記事への反響をきっかけに始めた個人ウェブサイトに、南の海の旅行記を書くことの方にやりがいを感じるようになっていた。あるとき、上司はわたしを呼び出した。雑談を交えながらも、要点は明快だった。

「もっと科学記者としての仕事に集中したほうが将来のためになるのではないか。個人ウェブサイトに雑文を書いていても腕は磨かれない。あなたは物理学の勉強をした強みを持っているのだから、しっかりした社会的意義のある記者としてのライフワークを持ち、努力してほしい」

上司はわたしを買ってくれていて、ふらふらしているように見えるわたしに心からの助言をしてくれた。しかし、わたしは個人ウェブサイトに書くのが楽しかったし、また、関心を十分に表現できて、なおかつ読者を得られることに次第に大きな魅力を感じるようになっていた。もちろんそれだけでは生活できなかったけれど、情熱を注ぎ込むこと自体にはなんの矛盾も感じなかった。

毎年秋の恒例であるノーベル賞の季節、重力波をめぐる物理学について解説記事を書いたりして、忙しい日々を送った後、その年度末に、わたしは辞表を出した。結局、新聞社勤務は十年目に入る直前で終えることになった。そして、ますますドードー鳥の森に足を踏み入れることになるのである。

ヨーロッパの堂々めぐり

退社すると同時に、わたしはほぼ一か月にわたる欧州旅行に出かけた。

ドードー鳥や近代の絶滅動物をめぐる、分厚い研究史を持っているヨーロッパの自然史博物館などを訪ねて、それらの過去と現在と未来をすべて知りたい。そして、「堂々めぐり」の螺旋を、もう少し進めたいと願っていた。

そのときのメモから、核心的な部分を書き起こす。

◎ドードー鳥の万神殿《パンテオン》

イギリス南部のイーストサセックス州は、イギリス海峡の最狭部であるドーバー海峡にも近く、十一世紀、イングランドにおけるノルマン征服の端緒となった「ヘイスティングスの戦い」の舞台でもある。その主な戦闘地は今でもバトル（Batlle）という地名に残されている。

わたしが、そのバトルを訪ねたのは、この地に「ドードー鳥の神殿」があり、九十歳になろうかという老神官が暮らしていると聞いたからだ。

教えてくれたのは、ニコバル諸島のバードウォッチングツアーで出会ったイギリス人で、ドードー鳥のことを知りたいなら、この人物はまさに生き字引だ、と言った。高齢ゆえにネット環境は持っていないそうで、わたしは、帰国後すぐに手紙を書いた。そして、その翌週には返事を受け取っていた。「日本からの訪問は歓迎だ。日本のドードー鳥はどうなったのか。また、日本人といえば、蜂須賀正氏はインド鳥類研究者だったわたしの父を訪ね、うちに泊まったことがある。日本とドードー鳥のかかわりは深い。こちらを訪ねてくれたら、いろいろ話しましょう」とのことだった。ヨーロッパの「堂々めぐり」を始めるにあたって、まずは訪れるべき人物だと感じて、旅程に最初に入れたのだった。

表通りから細い道を数十メートル奥に入ったところにあるその家は、レンガ造りで、「ドードー鳥のパンテオン」(Pantheon of Dodo) と書かれたプレートが壁に埋め込まれていた。神殿 (Temple, Shrine) ではなく、万神殿 (Pantheon) なのである。

そして、パンテオンに足を踏み入れると、ほとんど節操がないほどに、ドードー鳥だらけだった。骨格標本など、自然史博物館が持つべき標本は、ほとんどない。老神官の父だった「先代」が収集したごくわずかなものがキャビネットに収められているだけだ。一方、「現職」は、ドードー鳥にまつわるすべてのものを、受け入れる方針だという。自分自身で集め始めたら、そのうちに周囲の人がプレゼントしてくれるようになり、ついにはメディアで取り上げられて、世界中からドードー鳥グッズが届くようになった。

玄関から廊下にかけて、置物、絵、ポスター、小型のオブジェなどが一ミリの隙間もなく配置され、リビングには、それらに加えて、クッション、ブランケット、ぬいぐるみ、大型オブジェなどが安置されていた。窓にはドードー鳥のステンドグラスがはまり、庭先にはドードー鳥のモビールが揺れ、壁にはドードー鳥の時計、バスルームにはドードー鳥の石鹸置き、ドードー鳥のタオル……といったふうにこの家にいる限り、どこを見ても必ず視線の先にドードー鳥がいた。

老神官は、これまでに見てきたドードー鳥研究の流れには詳しかった。そして、イギリスやヨーロッパ大陸部で、見ておくべきドードー鳥にかかわる様々なトピックのリストをわたしのために見繕った。

「多くの取材をして、日本でのドードーの認知《リコグニション》を高めてください。かつて、蜂須賀がそうしましたが、十分ではなかった。彼は英語で本を書きましたが、数百部しか刷らなかった。おまけに本の完成を待たずに死んでしまいましたし、彼が主張した白ドードー、*Victoriornis imperialis* は結局実在しなかった。あなたは、もっと多くの人が読む本を書くといいのではないでしょうか」

日本の華族で、イギリスを拠点にドードー類研究を行った蜂須賀正氏のことは、アイスランドを訪ねたときにも話題に出たし、この後、ヨーロッパ各地で取材する中、幾度も名を聞くことになる。老神官は、自分が幼い頃、蜂須賀が家を訪ねた記憶もあって、特に愛着が深いようだった。

老神官はわたしの手を取り、「ぜひ、本を書いてください。そして、日本のドードー鳥を見つけてください」と低い声で繰り返し述べた。

Hachisuka gave the white dodo a scientific name, *Victoriornis imperilalis,* however, it never really existed., *The dodo and kindred birds: or, the extinct birds of the Mascarene Islands,* Masauji Hachisuka, 1953, Shigemitsu Kobayashi del.

「絶滅動物について書くということは、その本の中において、葬儀の喪主を務めるようなものです。すでに亡くなってしまった生き物についてなぜ語るのか、常に問いかけることになります。絶滅という事実はもう変わりませんから、多くの人がすでに物語ったあとで、誰が書いても同じ部分が多くなります。だから、あなたはあなた自身の関心に忠実であることです。絶滅の物語は、あなた自身の物語なのです。あなたがそれを成し遂げたなら、わたしはその本をこのパンテオンに飾りましょう」

ずしんと響くものがあった。誰が書いても、新たに事実関係が変わるわけではない。だからこそ、今あえてドードー鳥を語るとするならば、それはわたし自身の物語なのだというのは、妙に納得感があった。

「ぜひ書きたいですね。ただし、喪主にはなりません。絶滅した動物にも、過去だけでなく、現在と未来があって、そこまで含めて書きたいんです」

わたしが力を込めて言うと、老神官は目を細めてうなずいた。

◎オックスフォード標本

はじめて出会ったドードー鳥の標本は、顔の半分に皮膚を残しており、生きていたときの姿をはっきりと想像させるものだった。対面したわたしは、ただそれだけで体に電流が走り、心拍数が上昇した。子どもからずっと頭の中にあった特別な鳥が、今、目の前にいるのだから。

『不思議の国のアリス』の作者ルイス・キャロルこと、チャールズ・ドジソンが教鞭を取ったオックスフォード大学の自然史博物館が所蔵する最重要標本だ。十九世紀にストリックランドが、「ドードー鳥はハト類」と示した論文のもとになった標本でもある。

現在、残っているのは頭部と脚の二点だけだが、それぞれ皮膚が保存されており、イメージの喚起力に富むという意味で、これほどのものは他にはなかった。

オックスフォード大学がこの標本を持っておらず、ドジソンが『不思議の国のアリス』の重要キャラクターに採用することを思いつかなければ、ドードー鳥は、ここまで世界的な人気を得ることはなかったのではないだろうか、とふと思った。

「そうかもしれませんが、いずれにしてもドードーは、人類にとって重要な鳥です」

力を込めて言ったのは、この博物館のコレクション・マネジャーだ。

「ドードーは、なにはともあれ、人類が最初に自分たちが絶滅させたと認識した野生動物なんです。そういう意味では、『アリス』の力を借りなくても特別な存在でした。しかし、『アリス』が普及に大きな力を与えたことは間違いありません。『アリス』が世に出たのは、一八六六年ですが、同じ年にモーリシャス島の沼で大量に見つかった亜化石が持ち込まれて話題になったというのも絶妙のタイミングでした」

オックスフォード大学のドードー鳥標本は、十九世紀に見つかった亜化石ではなく、十七世紀に生きていた個体に由来するものだ。だから、沼に浸っていたことによる着色は見られず、真っ白だった。

そして、大きかった。自分が文献などから感じていたよりもはるかに巨大で、手のひらを近くに

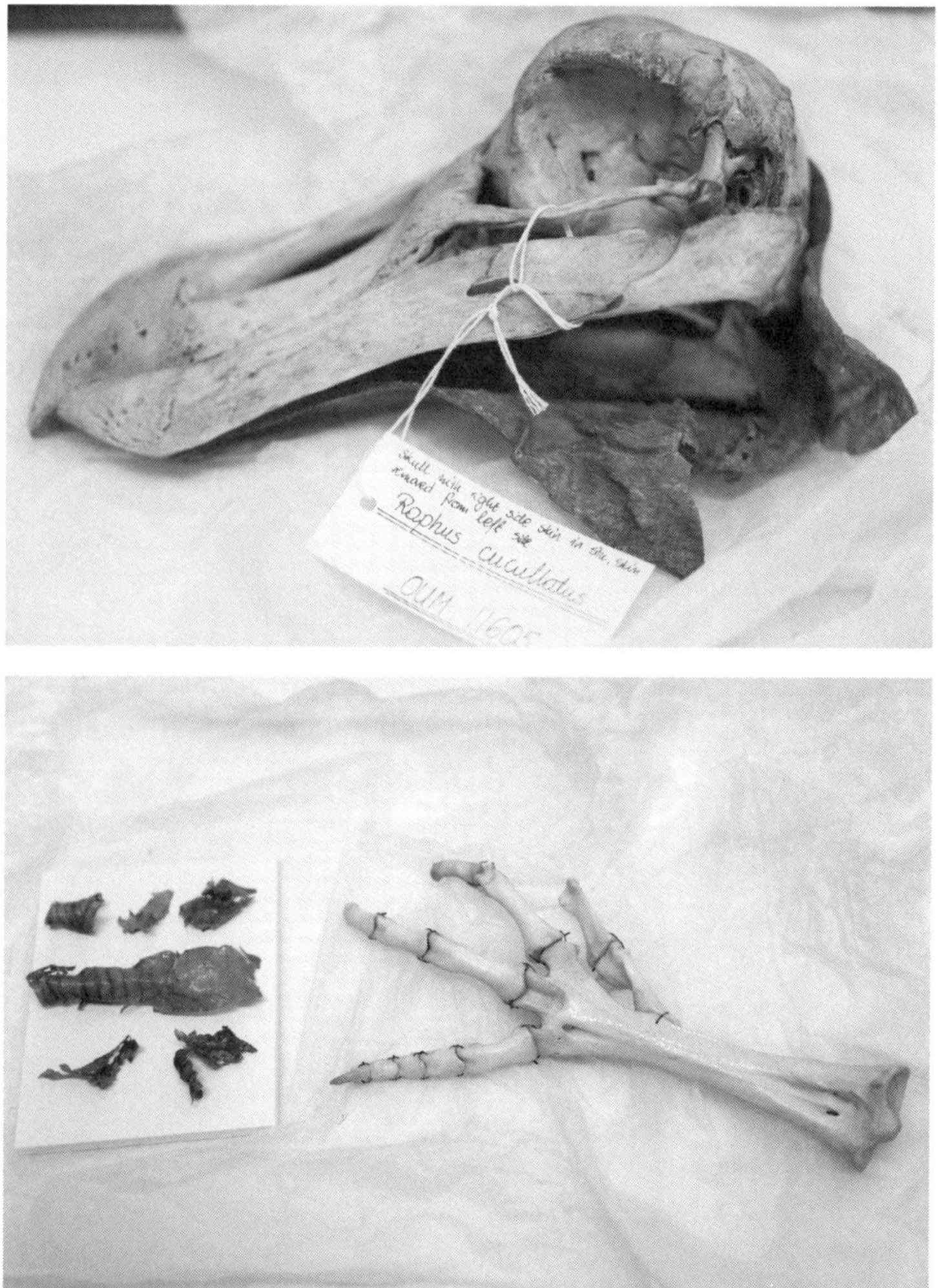

Skull of Oxford Dodo (top), left foot and skin (bottom) of the same individual, OUM11605, Oxford University Museum of Natural History

かざしたら、ドードー鳥の頭部の方がずっと大きく感じられるほどだった。こんな頭でっかちの鳥が、野鳥として地面を歩いていたと想像するだけで衝撃を感じた。それは、カンムリバトやミノバトと会った経験と一線を画する異次元のものだ。

この鳥が実際に野生でいた姿はどんなだったろうと思うのだが、この博物館では、その点はあまり深められていなかった。一般に公開されているドードー鳥展示は、ドードー鳥と『アリス』の「歴史的な邂逅」をめぐるもので、ここでは物語の鳥として扱われているのだった。

「わたしたちの展示が、『アリス』を中心にしているのを、個人的には残念に思っているのです。本当はもっと自然史寄りにしたいと思っているのですが……」とコレクション・マネジャーは、わたしの帰り際に、ぼそっと本音をこぼした。

◎ロンドン自然史博物館

「日本のドードー鳥」についての論文を書いた研究者の所属機関でもあるロンドン自然史博物館は、ドードー鳥と孤独鳥の骨格標本を多く所蔵している。

わたしは事前に申し込んで、収蔵庫でそれらを見せてもらった。

孤独鳥が戦うときに武器として使ったり、ガラガラと音を立ててコミュニケーションにも役立てたと言われる特徴的な手根中手骨も、はじめて自分の目で確認した。石斧のような突起を持った骨で、なぜ翼の一部にこんな余分なものがあるか、普通に考えると首をひねらざるをえない。フランソワ・ルガの報告がなければ、この不思議な骨の用途もわからなかっただろう。

ちなみに、わたしが見せてもらった手根中手骨の標本には、"Transit of Venus expedition 1874" と書かれたラベルが添付されていた。つまり、十九世紀後半に起きた金星の太陽面通過の観測で調査隊が派遣されたときに発掘されたものなのである。ルガが生きた孤独鳥を観察したのは十七世紀だが、こういった骨が見つかることで、その記述が正しかったことが裏付けられるのは、ずいぶん後になってからなのだった。

さらに、収蔵庫では、ドードー鳥と孤独鳥を並べて見ることもできた。そうすると、これらの二種が同じドードー類とはいっても、まったく違った個性をもっていることが即座に納得できた。背丈は孤独鳥の方が少しだけ高い。それなのに、頭骨は孤独鳥の方がずっと小さい。クチバシも華奢だ。ずんぐりむっくりのドードー鳥に比べると、孤独鳥の方が、審美的な観点からも評価される鳥だとわたしはあらためて感じた。

こんなふうに、ドードー類の二種を骨格標本レベルで比較できるのは、この博物館の大きな長所だ。世界でもこのようなところは、他に何か所もないだろう。

ところが、収蔵庫から出て、一般展示を歩いてみると、ドードー鳥の姿は大々的に取り上げているのに、孤独鳥の姿がまったく見られなかった。少しくらい解説があるだろうと、懸命に探したのだけれど、発見できなかった。

わたしは、非常に古くから展示されているらしいドードー鳥の「剝製」の前で、しばし考え込んだ。その「剝製」は、本物ではなく、他の鳥の羽を使って再現したものだった。太っていて、もこもこで、まるでぬいぐるみのようで、野性味がまったく感じられない。

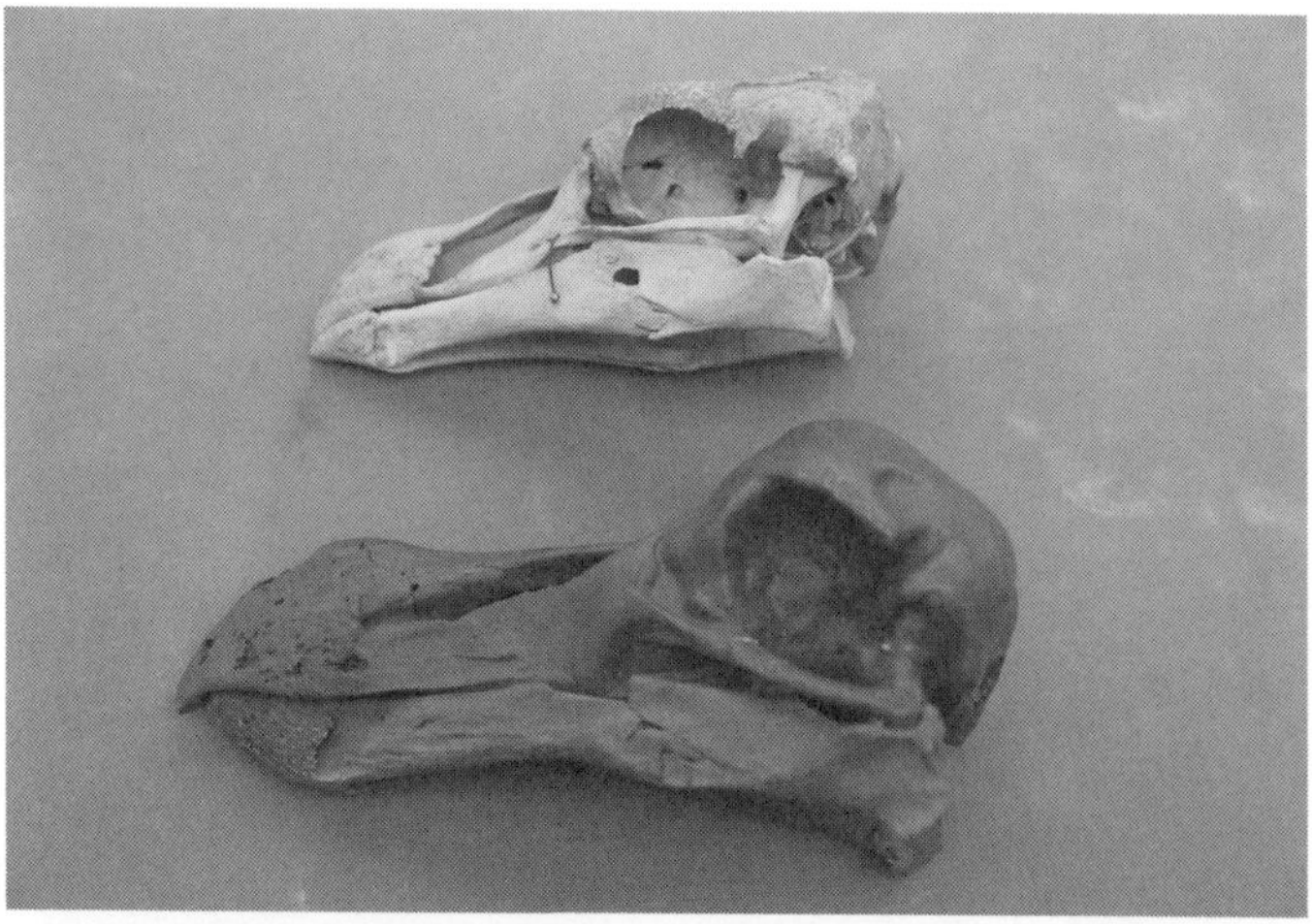

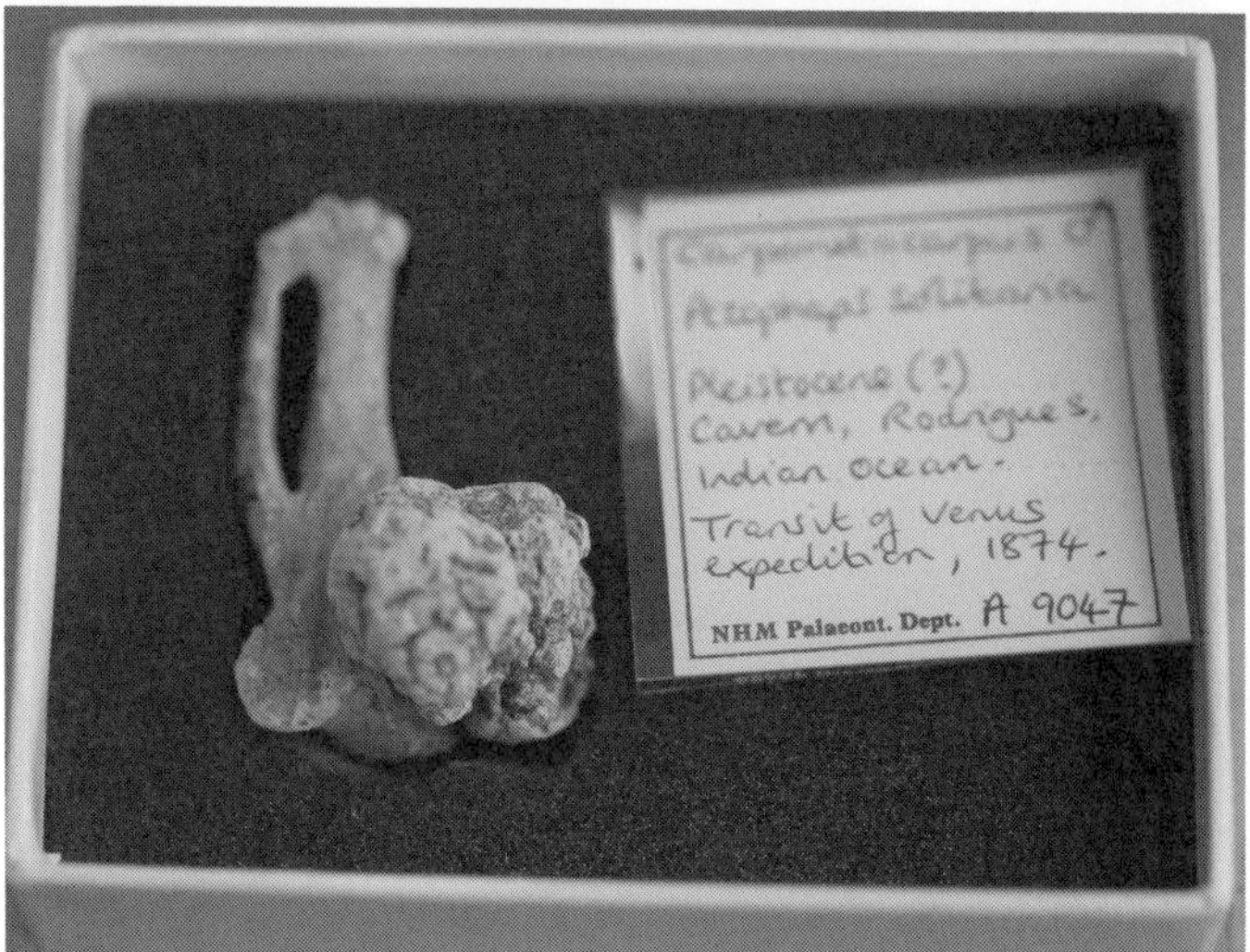

Comparison of dodo and solitaire skulls (top), Carpometacarpus of Solitaire with an unusual carpal knob (bottom), Natural History Museum

おそらくは、不正確な絵画をモデルにしていて、その結果、神話的で伝説的なドードー鳥の復元になってしまったのだろう。今では存在しなかったとわかっている「レユニオン島の白ドードー」まで造形されて展示されているため、そのコーナー全体がまるで想像上の生き物について語っているかのように感じられた。同じ建物の中にある収蔵庫には、ドードー鳥と孤独鳥の見事な標本があるというのに、ものすごく残念でならなかった。

◎クルシウスのドードー鳥

オランダでは、まず、デン・ハーグの国立公文書館で、「日本のドードー鳥」について書き残した一六四七年の出島商館長の日誌や、一六〇二年にモーリシャス島を訪れた船の航海日誌に描かれた「野生のドードー鳥」などを確認した。

あらかじめ連絡しておいた司書は、マイクロフィルムではなく、文書の原本を用意してくれていた。わたしは商館長が書いた几帳面な文字や、航海日誌に描かれたドードーのスケッチを前に背筋を伸ばした。古い紙の匂いがなんともいえないリアリティを感じさせてくれた。

一六四七年の夏の夜、出島オランダ商館の薄暗い部屋で、商館長だったフルステーヘンは、昼間に見たドードー鳥、dodeers について事務的に綴った。頭の中は、むしろ、先行きが見えないポルトガル船騒動でいっぱいだっただろう。また、一六〇一年、モーリシャス島を訪れてドードー鳥と出会った絵描きは、その珍奇な姿に驚きながら、素早くペンを走らせただろう。結果、残された何葉ものスケッチは、実にいきいきとしていて今にも動き出しそうだ。描線をたどりながら、ふと視線を上げると、そこにドードー鳥がいるような気すらしてきた。実際、描かれたその瞬間には、目と鼻の先に野生のドードー鳥がいたはずなのである。

公文書館でたっぷり時間を使った後、列車で移動し、ライデン大学の植物園を歩いた。

シャルル・ド・レクリューズ、あるいは、カロルス・クルシウスとして知られるフランス人博物学者は、この植物園の創設者で、世界史の中では、チューリップの品種改良で知られる。これが、一六三七年のチューリップ・バブルの伏線となったことは、世界園芸史、いや、世界経済史・金融史の中での逸話だ。

そのクルシウスが、一六〇五年の著書でドードー鳥を取り上げており、そこに添えられたイラストは、はじめてドードー鳥をヨーロッパに報告した艦隊の失われた航海日誌から引き写したものだった。またクルシウス自身、ドードー鳥の骨や、ドードー鳥が消化の助けのために砂嚢に溜めていた胃石などを直接観察したことがあった。

にもかかわらず、そのドードー鳥の画は、すでにコミカルな様式に落とし込まれていて、それが、後世において幾度となくコピーされ続けた。公文書館に残されている「野生のドードー鳥」のようなリアルな図像が忘れ去られ、むしろ、漫画のようなクルシウスの本のドードー鳥と胃石の図像が記憶されていく。

江戸幕府の第八代将軍、徳川吉宗の時代に、オランダ商館を通して日本にもたらされたことが知られているヨハネス・ヨンストンの『鳥獣虫魚図譜』（*Historiae naturalis de quadrupedibus libri, cum aeneis figuris*）にもドードー鳥が描かれており、それは、明らかにクルシウスのドードー画を左右反転させて摸写したものだ。これが、図像として日本に入ってきた最初のドードー鳥だったと考えられる。また、この図鑑では、ドードー鳥が、ヒクイドリやエミューのような飛べない大柄な鳥たち、また、ペンギンのような水禽たちと同じページに描かれているのも興味深い事実だ。

植物園を歩き、チューリップを鑑賞し、シーボルトの名を冠した日本庭園を歩き、そういった様々な歴史的な事象とドードー鳥の絡まり具合について考えた。

◎絶滅の心臓

デンマークのコペンハーゲン自然史博物館には、十七世紀にオランダにやってきたドードー鳥の頭骨がまわりまわって収蔵されている。

しかし、ここでわたしが引きつけられたのは、ドードー鳥ではなくオオウミガラスだった。骨格ではなく、もっとも生々しく、生命を直接感じさせる遺物と出会ったからだ。

アイスランドで取材したナチュラリストから聞いていたことでもあったのだけれど、自分の目で見たとき、体が震えた。撮影した写真も、カメラの手ブレ補正の限度を超えてぶれたものが多い。

オオウミガラスの最後の二羽の内臓が、この博物館では液浸標本になって保存されていた。直径数センチの眼球が二羽分、四つ、円筒形の標本瓶の中に浮かんでいる様からまず目を離せなくなった。さらに、心臓、気管や肺などの呼吸器、長い消化器官、といったふうに瓶ごとに分けられて、透き通ったエタノールの中で脱色されつつも形を留めていた。これらは一八四四年に、アイスランドのエルドエイ島で捕獲されるまで、最後の二羽の体の中で、鼓動し、血を通わせていたものなの

An early drawing of Dodo copied from the journal of van Neck, *Exoticorum libri decem,* Carolus Clusius, 1605

Crucius-style dodo as depicted in the natural history book more than 50 years later. Note it was on the same page with penguin, ostrich and emu, *Historiae naturalis de avibus libri VI cum aeneis figuris,* Johannes Jonstonus, 1657

である。

様々な感慨が去来する中で、ドードー鳥との違いに思いを馳せた。オオウミガラスは、最後の最後のところで博物館の標本需要によって絶滅に追いやられたという部分が悲劇を感じさせられるが、ドードー鳥の場合は、本当にそういう生き物がいたのかどうかすらわからなくなってしまい、伝説と神話と物語にまみれた。

十九世紀のオオウミガラスの絶滅は、最後の一羽の心臓や眼球などの内臓が、標本として保管されていることにおいて、十七世紀のドードー鳥よりも、二十世紀のリョコウバトにずっと近いのである。

この件は、のちにウェブサイトに書いて、反響を呼ぶ記事となった。

◎偽ドードー鳥

ドードー鳥は、伝説と神話と物語にまみれている。この欧州歴訪で、最後に訪ねたプラハで、わたしはさらに強く印象づけられることになった。

「プラハのクチバシ」と呼ばれる十七世紀由来の標本は、プラハの国立博物館に所蔵されている。ところが、ホテルのフロントで、「ドードー鳥を見に行く」と雑談で語ったところ、「それなら修道院に行け」と力説された。

部屋に戻ってネットで調べると、たしかに「有名な修道院にドードー鳥の剝製」という情報がたくさん見つかった。修道院の公式ウェブサイトにも「保存処理された絶滅鳥ドードー鳥の遺物」が

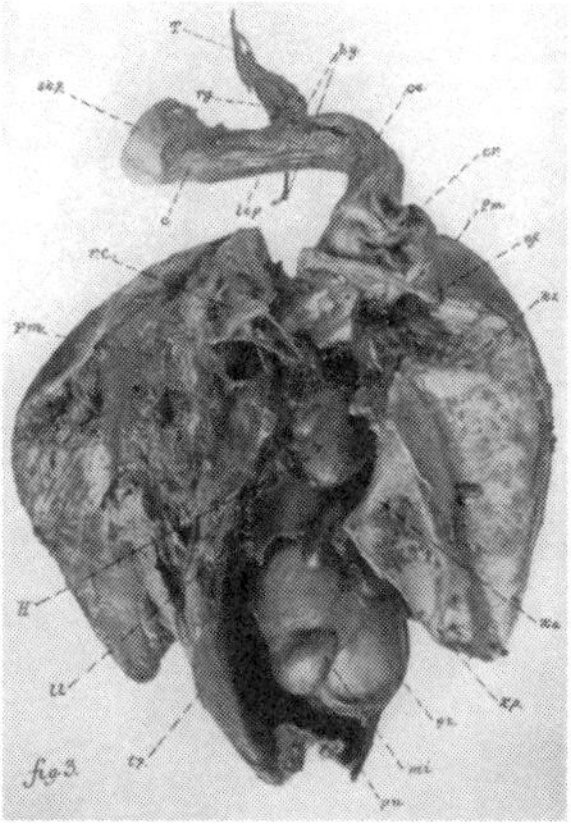

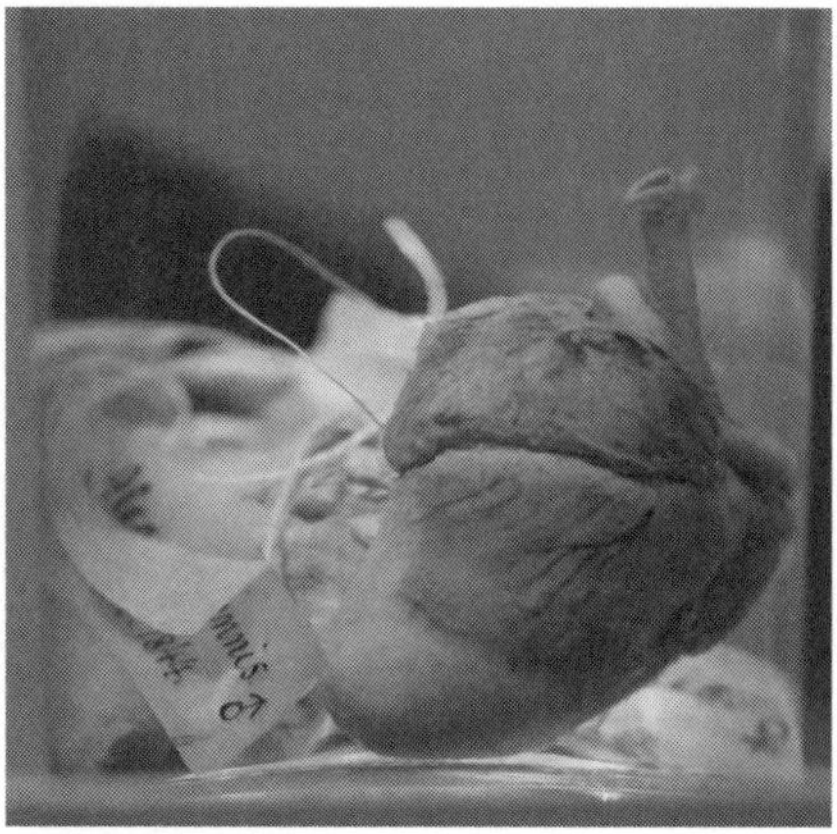

Left: Heart of the last Passenger Pigeon (*Ectopistes migratorius*), *Anatomical and other notes on the Passenger Pigeon lately living in the Cincinnati Zoological Gardens,* R. W. Schufeldt, 1915 Right: Heart of the last Great Auks (*Pinguinus impennis*), The Natural History Museum of Denmark

あると書かれているのを見て、さすがに見ておかなければという気になった。

ドードー鳥の標本を持っているとされるのは「ストラホフ修道院」という名の観光名所で、プラハ城からほど近い丘の上にある。多くの見学客が集まる附属の図書館に、「哲学の間」「神学の間」などと名づけられた部屋があり、中世から伝わる写本など数千冊が収められていた。天井には宗教的な世界観・宇宙観をあらわしたフレスコ画が描かれ、図書室が宇宙そのものに見立てられているのは明らかだった。そして、そんな図書館の廊下に「驚異の部屋」のコレクションが展示されているのである。

　キャビネットには、なにやら黒っぽい動物が、首に紐をかけられた、まさに首吊り状態でぶら下げられていた。隣にはイセエビの標本があり、場違いな雰囲気も甚だしい。これはどうみてもドードー鳥ではなかった。まず、大きな翼がある。鳥の翼としても変な形だが、とにかくドードー鳥はこんなにはっきりとした大きな翼を持っていない。また、頭の上に突き出したトンガリは意味不明だし、細長いムチのような尻尾もおかしい。あきらかに偽物だ。それでも、修道院の案内係は「ドードーだ」と言い張った。

　帰国してから、今やわたしの知恵袋にもなっている「DoDoDo《ドードードー》」のネットワークに投げかけてみたところ、すぐに疑問は氷解した。これは「ジェニー・ハニヴァー」、乾燥させたエイなどを加工して、竜や悪魔といった伝説的な存在に似せたものだ。最近、「宇宙人のミイラ」としてネットで引用されるものの一部も、「ジェニー・ハニヴァー」だ。修道院のものは竜を模したものだった。

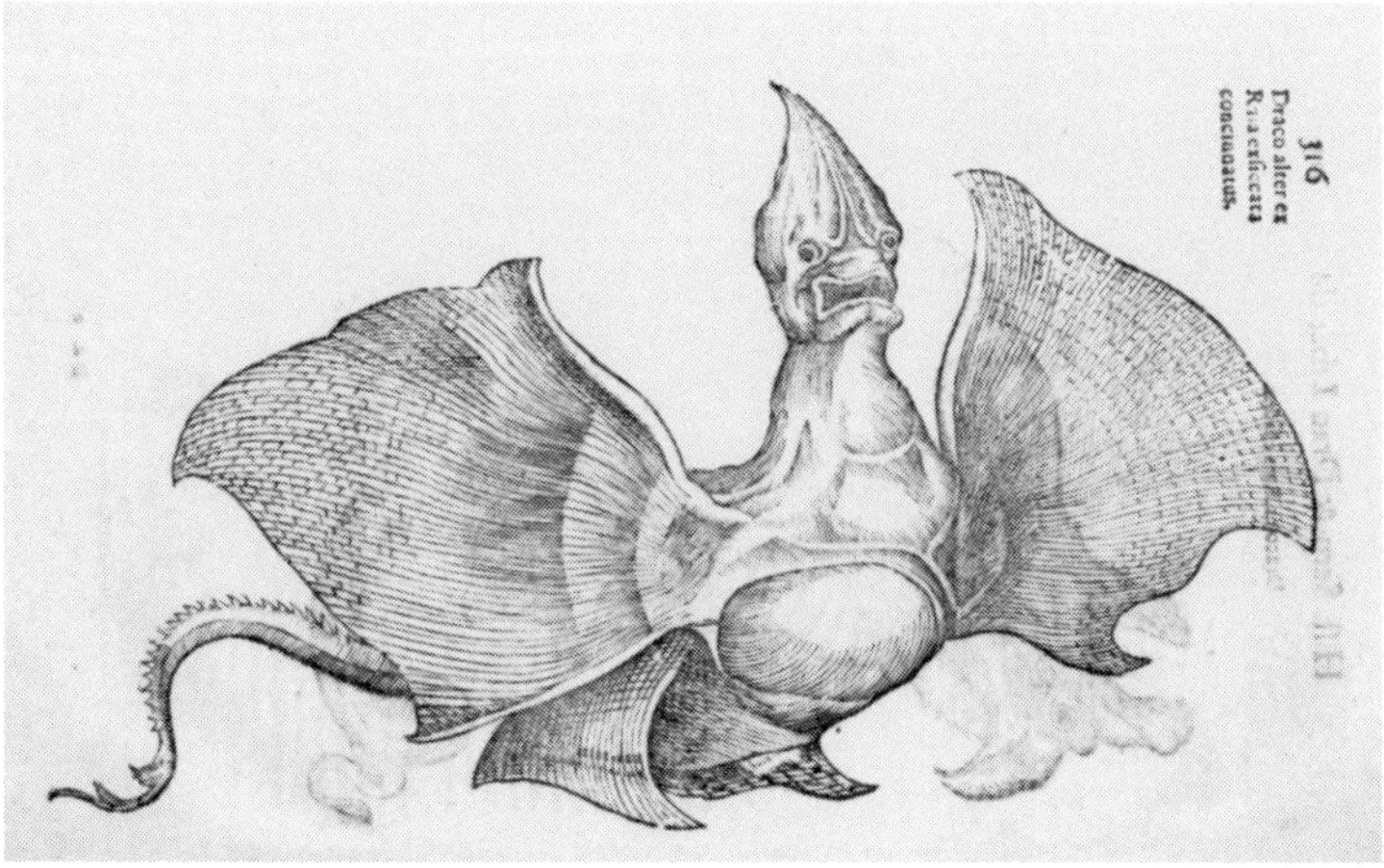

Dragon made from dried stingray, *Serpentum et Draconum Historiae Libri Duo,* Ulisse Aldrovandi, 1640

ドードー鳥は、やはり物語と神話と伝説にまみれている。

帰国後、膨大な量の記事を書いた。

それらは、ドードー鳥にまつわる歴史的なトリビアが多く、マニアには歓迎された。『不思議の国のアリス』のファンがドードー鳥についての情報を求めたり、絶滅動物への素朴な関心からドードー鳥に関心を持った人が検索でわたしのサイトを見つけてくれたりして、かなりのビューを稼いだ。結果、ドードー鳥関連ネットワーク「ＤｏＤｏＤｏ《ドードードー》」は、さらに拡大した。

日本国内はもちろんのこと、海外からの参加者も出てきたのがこの頃だ。きっかけとしては、わたしのヨーロッパ取材で出会った人たちからの応援だ。イギリスの老神官がビデオメッセージを送ってくれて名誉顧問に就任してくれたり、オックスフォード大学のコレクション・マネジャーが国際会議で来日した際に、「ドードー鳥の標本とアリス」というテーマで講演してくれたりした。さらに、新聞記者時代に取材したアイスランドのナチュラリストは、「オオウミガラスの最後の日々」というタイトルでウェブ講演を開いてくれて、国際的なビューを得た。

こういったことはモチベーションを高める方向に作用する。「日本のドードー鳥探し」についてもさらなる情報が集まってきた。沖縄で見つかったヨウムの骨について、自分の父が逃してしまったものかもしれないという元飼い主の家族があらわれた。関西の名家の屏風画や四国の名刹の天井画は、それ自体、歴史的な研究対象だということで、地元の大学の研究者が関心を持ち、江戸の切支丹屋敷の件でも、文献学者が史料の再検討を始めた。さらに、北海道の元歴史教師は、自分が見た洞窟の神社の社宝が、神社の建て替えの際に、町の郷土資料館に預けられた記録を見つけ出した。ただし、その町は平成の大合併で実質的になくなっており、新しい郷土資料館はそのときに受け取ったはずの社宝の行方を知らないという。

みんな大いに盛り上がっているのだが、一方で、わたしは、ある種の迷いや焦りを感じ始めていた。なにしろ、歴史のトリビアが多くなりすぎている。ドードー鳥という伝説的な鳥について史実と呼べるものは少なく、むしろ、「想像力豊か」な「尾ひれ」、いや「尾羽」をたどる作業ばかりだ。本当に「本物」はどこにいるのだろう。ドードー鳥は世界的に物語にまみれているし、「日本のドードー鳥」もそうなりつつある。プラハの「ジェニー・ハニヴァー」のようななんともいえない存在も、そのうち紛れ込んでくるかもしれない。わたしがいくら「過去と現在と未来」すべてを知りたいと願ったとしても、まがい物が多すぎるのは困ったことだった。

ビデオ通話したとき、ケイナちゃんにこんなことを愚痴ると、ケイナちゃんは「わかる」とうなずいた。リョコウバトも、北米では歴史的なトリビアにまみれた鳥で、ケイナちゃんも、時々、自分がやっていることが「科学」ではなく、「新しいエピソード作り」のような気がしてくるという。

「結局のところ、大切なのは、ボーちゃんがどんな場所にいて、どんな景色を感じるか、だと思うよ。自分がいる場所によって、そこから見える過去、現在、未来も変わってくるんだから。人によっては、物語だらけの景色の方が好きな場合もあるんだし」

ケイナちゃんはそう言って、妙に達観した笑みを浮かべた。

「どんな場所、と言われても――」

わたしは、戸惑いを感じながらも、そろそろ、「堂々めぐり」の螺旋をぐるりと回すときなのだ、と確信した。

つまり――

わたしは、わずかな史実と、それにくっついたたくさんの「尾羽」を取っ払った、野生動物としてのドードー鳥を見たい。

絶滅しているわけだから決してかなわない願いかもしれない。

それでも、きちんとした史実と科学の力を駆使して、野生の姿に近づきたい。

しかし、今のところ、本当にいたはずの野生のドードー鳥の姿は、伝説や神話や物語の濃い霧に包まれて、輪郭がぼやけたままだ。

手を伸ばせば届きそうなのに、届かない。十七世紀という近代の帳《とばり》の時期は、近いようで遠い。もどかしく、やるせない。

そんな気分で過ごす間にも、時々、風で霧が流れるように、見たい景色の輪郭がくっきりすることがあった。

そこに、ほの見えるのは――

まだ訪ねたことがないインド洋の島々だと、わたしは確信した。

わたしは近々、ドードー類をめぐる取材の仕上げとして、ドードー鳥の故郷モーリシャス島と、孤独鳥の故郷ロドリゲス島を訪ねることになるだろう。野生のドードー鳥や孤独鳥の痕跡をたどり、本当に実在したのだと心底、実感することになるだろう。わたしが見たい景色は、結局、そういうものだ。

ケイナちゃんは、実によいアドバイスをくれたと思う。そして、このときの対話を最後に、しばらくやりとりが途絶えた。わたしは、フリーのサイエンスライターとして、絶滅動物以外の多くの需要がある仕事もしておく必要があり、たまたま物理学系の大きな仕事を立て続けに請け負ったところだった。ケイナちゃんも、晴れてPh.D.を取得して、今度は、博士研究員《ポスドク》として、以前にもまして成果を要求されるようになった。つまり、わたしたちには、それぞれ別々にやるべきことがあった。

それでも、わたしは、ドードー鳥と孤独鳥のことを決して忘れたわけではなく、ドードー類の故郷、モーリシャス島とロドリゲス島行きの準備を徐々に進めていた。

第四章　ドードー鳥と孤独鳥

パンデミックと幕間

二〇一九年の末までは、だれもが予想していなかったことだと思う。わたし自身も、いよいよモーリシャス島とロドリゲス島へ行くことにして、最終的な準備を進めていたこの時期に、翌年からは世界の様相が一変するとは考えてもみなかった。年末、英文の科学記事をウォッチする中で、中国で未知の肺炎が流行しつつあるという話は目にしていた。しかし、そのような「未知の」感染症が、そのまま世界に広がるということは稀なので、ほとんど気にも留めなかった。

二〇二〇年一月末、わたしはインド洋のモーリシャス共和国へと旅立ち、現地で三週間を過ごした。夜、テレビで見るニュース番組のトップニュースは、日本の横浜港に入港した豪華客船で集団感染が起きたことで、その時点において、日本は世界最大の流行国だと思われていた。わたしは、旅先で荷物のアルコール消毒を求められることも多かった。それ以外は、順調に旅をしたものの、どこかざわざわした気分と無縁ではいられなかった。

三月になってからは、イタリアなどヨーロッパの国で大流行が始まり、世界が衝撃を受けた。三月十一日には、世界保健機関《WHO》が「パンデミック」を宣言し、日本でも四月には一度目の緊急事態宣言が発出されるなど、風雲急を告げた。

結局、二月半ばに帰国してから、社会的な状況はとうてい「日本のドードー鳥」がどうした、というふうな状況ではなくなっていた。わたし自身、個人ウェブサイトでモーリシャス島やロドリゲス島での出来事をつづるのではなく、フリーのサイエンスライターとして感染症にまつわる寄稿を依頼されることが増えた。なにより、この時点では、日本のジャーナリストの中に、感染症の数理モデルを理解する人が少なく、大学で似た分野のことを学んだわたしには少しだけ利があった。

感染症モデルは、生態学で個体群動態を示すモデルととても似ている。ウイルスの前では人も自然の中にむき出しになった生き物と同じだし、一方、ウイルスにとって、人は環境でありリソースでもあるからだ。感染症は、様々な面で、生態系の問題だといえる。この数百年で多くの生き物を従来の生態系からはじき出してきた「人為の絶滅」を考えてきたわたしにとって、遠い話題ではなかった。

そのようなわけで、二〇二〇年の前半は、はっきりとした記憶がないくらいに吹き飛んだ。ケイナちゃんと連絡を取る余裕もなかったけれど、ケイナちゃんのところのように遺伝子を扱う研究室は、感染症対策の研究に協力することもあるかもしれない、と頭の片隅で考えたりもした。ＰＣＲ

検査など、お手のもののはずなのである。

　パンデミックが宣言されて半年以上が過ぎ、二〇二〇年の年末も見え始めた頃、感染症報道における自分の役割は終わったと感じた。様々な分野から専門的な発言ができる人材が揃ってきたし、勝手知ったる分野だったからアドバンテージがあった自分は、最初の混乱期をおさめる地ならしをしただけで、あとはより強い使命感を持って報道にかかわる人たちに任せるほうがよいと考えた。

　わたしは、自宅にこもってひたすら執筆に専念することにした。「ドードー鳥の本を書く」というのは、イギリスの老神官にも勧められたことだ。新たな取材にも行きにくかったこの時期にこそ、これまで溜め込んだ素材をきちんとまとめておくべきだと考えた。

　出版のあてがあったわけではないので、自分で勝手に書き始めた。すでに個人ウェブサイトに掲載した文章をベースにしつつ、新たにゼロから書き起こす部分も多かった。没頭するに足る仕事ではあった。

　しかし、当面、お金になるわけではない。机に向かってパソコンのキーボードをカチャカチャいわせるだけの日々を過ごすうちに、今の自分が東京に住む意味があるのだろうかという疑問が頭をよぎった。その頃、わたしが住んでいたのは二十三区内のマンションだ。新聞記者時代から借りていて、結構な額の家賃だった。テレワークの推進で多くの人が東京を離れる中、わたしも郊外への引っ越しを考え始めた。

　しばらくネットで調べるばかりで実行に移せなかったのだけれど、とある古民家専門の斡旋サイトを見ていて、わたしは息を呑んだ。

房総半島南部と書かれたカテゴリーで、懐かしい家が貸しに出されていたのである。百々屋敷は、あれからも誰かが住み続け、今、ふたたび新たな住人を求めている。わたしはその日のうちに業者と連絡を取り、細かい条件を確認した。そして、再び、百々屋敷に住むことに決めたのだった。かつて父も、百々屋敷で、絶滅動物をめぐる本の構想をして、のちに出版した。わたしは、ケイナちゃんと百々谷を駆けめぐって、ドードー鳥と孤独鳥、その他の絶滅種たちの夢を見た。その場所で、わたしが「日本のドードー鳥」をめぐる本を書くのは理にかなっていた。

結局、パンデミックの宣言から一年がすぎた三月に、わたしは東京を去って、百々谷に戻った。「戻る」というのがしっくりする感覚で、わたしは、ほぼ二十年ぶりに見る懐かしい家に「ただいま」と語りかけた。

ふたたび住み始めるとすぐに、わたしは百々谷を歩きまわった。小学生だった頃には、「整備中の自然保護区」が自然公園として開かれていく過渡期だったが、今ではガイドブックにも掲載されるような名所になっていた。ボードウォークの始点に掲示されている園内地図を見たとき、わたしは思わず居住まいを正した。

ハトの翼のような形の流域の中央を流れる本流は「中の川」と書かれていた。中流域以降で合流する南北の川は「上の川」と「下の川」、本流上流域の山桜が咲く森は「桜森」で、中流のハンノキ林は「蛍森」だった。かつてササ原だったところが今では見事な湿原になっていて、「ヤンマ湿原」と呼ばれていた。

これらは、ケイナちゃんとわたしが考えて、使っていた地名そのものだ。画用紙に地図を描き、それらの地名をおごそかに書き加えたことが、昨日のことのように思い起こされる。

わたしが小学生だった頃に少し知っていた保全団体の指導者に偶然会って、なぜそれらの名が使われているのか、謎がとけた。父が百々谷についてエッセイを書いたときにその地名を使い、のちのち定着したのだそうだ。やはり、わたしたちが名づけ親なのである。

わたしはこの件を伝えようとケイナちゃんにメールを出した。これを機に連絡を再開できればと思っていたのだが、返事はなかった。きっと忙しすぎるのだろうと思った。

久しぶりに歩く百々谷は、懐かしくも心地よい空間だった。かつては人の管理が行き届かない野性的な区画が多かったけれど、今は、「自然のお世話」をする人たちが常に様子を見ながら手を入れていたので、明るく、風通しがよく、スズメバチなどの人に対して危険な生き物も少なかった。ボードウォークが延長され、脇道が整備されたおかげで、未踏領域《テラ・インコグニタ》はほとんどなかった。だから、あの頃の百々谷、それも夜の百々谷の雰囲気は、直接体験したわたしたちだけの秘密であり続けた。

頭の中の地図がアップデートできると、わたしは満足して、百々屋敷にこもった。そして、すでに一年近く前のモーリシャス島、ロドリゲス島での経験を書き綴った。

モーリシャス島とロドリゲス島

モーリシャス島は、過去八百万年前から一千万年前の火山活動でできた火山島だ。面積は二千平方キロメートルを超えるくらいで、日本で言えば沖縄本島を五割増しした程度。四国よりは小さいけれど、かなりのサイズ感だ。

まだ飛行能力を失っていなかったドードー鳥の祖先が、いつこの島にやってきたのかはわからない。活発な火山島だった数百万年前の化石記録など、そう簡単には残らない。骨がしっかりしていて、残りやすいはずのゾウガメの化石ですら、古いものはほとんど見いだせないのである。

その一方で、島は今もドードー鳥だらけだ。空港についた瞬間に、あちこちにドードー鳥の図像が溢れていた。入国審査や税関の段階からドードー鳥の絵があちこちに描かれ、空港の観光案内やレンタカーのオフィスにはドードー鳥の置物、ホテルにはドードー鳥のフロアマットにステンドグラス風の飾り窓、レストランやカフェには招き猫的な位置づけでドードー鳥の像、といったふうにドードー鳥づくしだった。そのように、文化的ドードー鳥、観光資源としてのドードー鳥があふれる半面、リアルな生き物としてのドードー鳥をうかがい知る場は少なかった。

しかし、ここはドードー鳥の故郷であり、生息地だった島なのである。探しさえすれば、リアルなドードー鳥に至る場所は見つけることができた。

そのうちの一つが、海岸に近くサンゴ砂を多く含んだアルカリ性の沼だった。火山性の土壌に覆われて古い骨が残りにくい島でも、この環境では長期間、水底に古い骨が保存される。ドードー鳥の骨も、十九世紀以来、この沼から多く見つかっており、ロンドン自然史博物館で見た標本は、この沼の産だった。

沼を含む一帯を現在所有しているのは、地元企業で、サトウキビ畑に囲まれた木立の中に私設保護区として囲みが作ってあるという。わたしは、島に到着した翌日、地図上で一番近い道路の脇に車を止めて、碁盤状のサトウキビ畑の中を沼に向かって歩いた。

三キロほどの距離で、道筋もはっきりしており迷いようがないのだが、途中、かなり心細くなった。両側を背の高いサトウキビに阻まれて視界がない。摂氏三十五度を越える蒸し暑い天気で頭がぼんやりして、自分がどこで角を曲がったか、あるいは曲がっていないのかもわからなくなった。百々谷下流域の笹トンネル、いや、つくも谷と百々谷をつなぐお化けトンネルの方を思い出した。すでにこの世にいないドードー鳥に会いに行くのだから、それはむしろ会いたいお化けだ、と自分を励ました。

少し大回りしてしまったものの、四十分後には目的地の私設保護区の森にたどり着いた。一角がまるまるフェンスに囲まれており、わたしはプレハブ小屋に詰めていた管理人にゲートを開けてもらって中に入った。

沼は、森の際に広がっていた。二十世紀のはじめにマラリア対策でいったん埋め立てられたそうで、最近の発掘調査で、石や土砂を取り除いた部分だけ、はっきりと水面が見えていた。

わたしは、感慨にふけった。

これこそ、わたしが見たかったもの、感じたかったものだ、と。

足元には、数千年前に水を飲みに来て死んだドードー鳥の骨がまだまだ埋まっているはずだ。それは、伝説にも神話にも物語にもまみれていない、本来のドードー鳥だ。

かつてこのあたりは疎林で、ドードー鳥は地面に落ちた種子や果実を食べて暮らしていた。地面をつきながらあたりを行き来し、オスとメスが出会うと騒々しく求愛行動をとっただろう。落ちている枝などを巣材にして卵を産み、生まれたヒナは、間抜けな外見だったとしても、愛らしかっただろう。ドードー鳥はハト類だから、素嚢《そのう》で作られる素嚢乳、いわゆる「鳩ミルク」を与えられながら、ぴいぴい鳴いただろう。

じーんと、熱いものが胸にせり上がってきた。目元をちょっと押さえたくなった。にもかかわらず……わたしは、思った。

遠いな、と。

ドードー鳥の沼とわたしとを隔てている空間的な距離は、ほとんどゼロだ。しかし、その一方で、数千年という時間的な距離は膨大だ。今と当時とでは気候が違うし、まわりに生えている木々も違っただろう。今ここの環境にドードー鳥を置いてみても、野生のドードー鳥に肉薄することにはならないのではないだろうか……。

とはいえ、絶望する話でもない。二十一世紀になってからの再発掘で得られた知見を用いれば、野生のドードー鳥とその環境について、もっと詳しく知ることができる。そして、ぎりぎりまで証拠に基づいたからこそ許される想像を楽しめればよい。

わたしは、沼のほとりの木陰に腰掛けて、バックパックから、タブレット端末を取り出した。まずは、二十一世紀の研究者による「沼で見つかった動物の骨」の報告論文を表示した。また、花粉の分析でわかった、当時の森の樹種も参照した。これで、わたしは、往時の生き物たちを頭の中に呼び戻すことができた。

さらに、二十世紀のドードー鳥研究者、蜂須賀正氏の依頼で日本の博物画家が描いた、モーリシャス島の絶滅鳥類の図版もすぐに参照できるように準備した。こちらは十七世紀にオランダ人が島を訪れた後に、ドードー鳥と同じ運命をたどった鳥たちを描いたもので、数少ない標本や目撃証言から実に美しく復元されていた。

驚くべきことに、研究者の骨リストと、日本の博物画家が描く図版の鳥の種類は、ほぼ完全に一致していた。数千年前に沼のまわりにいた生き物たちは、ほとんど十七世紀まで、種としては生きのびていたのである。

リストと復元画を何度も行き来して、それらを目に焼き付けてから、わたしはタブレット端末の電源を落とした。そして、ただ沼を渡ってくる湿った風を感じ、在りし日を思い描いた。

ふいに後ろから、コツンと当たるものを感じた。

驚いて振り向くと同時に、後ずさった。

そこには、ずっしりとした質感のこんもりした塊があった。わたしをかすめて悠然と動き、沼の縁に生えている草を食《は》んだ。

体長一メートルを優に超える、巨大なゾウガメだった。

まさか、と思った。

かつてモーリシャス島には二種類のゾウガメがいて、ドードー鳥とともに、生態系のキーストーン種となっていた。この二種には標準的な和名も与えられていないので、わたしが勝手に名づけるなら、モーリシャスマルセゾウガメ（*Cylindraspis triserrata*）と、モーリシャスクラセゾウガメ

（*Cylindraspis inepta*）だ。甲羅の形がまんまるか、鞍状になっているかで、食べられる草の高さが違って棲み分けていたと考えられている。

　これらの二種は、沼からも骨が見つかるが、やはりドードー鳥と同時期に絶滅した。以降、モーリシャス島の生態系は根本的に別のものに変わってしまった、というのがよく耳にする説明だ。

　でも、今、目の前にゾウガメがいて、どちらかと言うとマルセタイプのものに見え……わたしは混乱した。ひょっとして、タイムスリップして絶滅前の時代に来てしまったのかもしれない、とすら思った。

　しかし、そんなことはあり得なかった。管理人がちょうど巡回に来て、ゾウガメを指さした。

「これは、代理種《プロキシー》だよ」と。

　絶滅したゾウガメの役割を、インド洋の別の島、アルダブラ環礁産のアルダブラゾウガメ（*Aldabrachelys gigantea*）に担わせる実験なのだという。これまでのところ、国際自然保護連合《IUCN》から「成功」と評価を受けており、評価論文も出ているそうだ。わたしは、代理種の議論を、リョコウバトの脱絶滅の話を書いたときに記事で紹介したけれど、それはゲノム編集でリョコウバトに似せたハトを作出する未達成の技術の話だった。しかし、ここでは、生態系を復元する一つの選択肢として、近縁種を持ち込んで代理種とする考えがすでに実行に移されているのだった。

　イリノイ州に住んでいるかつての同僚の映像作家と、仲間たちのことを思い出した。土地から引き離された生き物はもはや価値のないまがいものだとすると、今ここにいる「代用《プロキシー》ゾウガメ」は間違いなくまがいものだ。そして、そのまがいものによって維持される私設保護区の生態系も、土地の歴史と切り離されたものだと切り捨てられるだろう。

わたしをかすめて通り過ぎたゾウガメは、草を食みながら、フンを落とし、やがて木立の奥に消えた。どんな形であれ、この沼と木立の小領域で、「代用ゾウガメ」が生態系の一員として働いているのは間違いなかった。

もしも、ここに不自然さを見出すとしたら、それは、むしろ、戻ってきたのがゾウガメだけだ、という点だと、わたしは思った。

つまり、ドードー鳥の代理も他の絶滅鳥たちの代理も、いないのである。

わたしは、この近辺に住まった絶滅鳥類のことを一種一種、頭の中で思い起こした。

強大なクチバシを持ちカラスのような黒い体をしたモーリシャスインコ（*Lophopsittacus mauritianus*）、美しい体色を持つモーリシャスルリバト（*Alectroenas nitidissima*）、飛べない鳥でしばしばドードー鳥と間違えられたモーリシャスクイナ（*Aphanapteryx bonasia*）、水面に浮かんで長い時間を過ごすマスカリンオオバン（*Fulica newtoni*）といった鳥たちだ。

絶滅した生き物が果たしていた役割のうちには、別の種がうまく代替えしているものもあれば、機能しなくなったままのものもあるだろう。いずれにしても、ドードー鳥だけでなく、もう戻ってこない種の多いことときたら、驚くほどだ。

こういった絶滅種たちのことを考えながら、沼のほとりでしばらく過ごした。湿った風を肌に感じるうちに、やがてうとうとし、今はいない生き物たちの息吹や羽ばたきの音をすぐ近くに感じた。ほんのささやかな時間、ドードー鳥と仲間たちのかたわらで、わたしは、心底、満ち足りていた。

Plates of extinct birds in the Mascarene Islands, *The dodo and kindred birds: or, the extinct birds of the Mascarene Islands,* Masauji Hachisuka, 1953, Shigekazu Kobayashi del.

この経験は、モーリシャス島に滞在中で、もっとも胸にしみるものとして、一年近くたって原稿を書こうとした時点でもまったく色あせていなかった。だから、かなりの紙幅を割いて、数千年前の沼のまわりにいた生き物たちを、一つ一つ数え上げるように描写した。動物だけでなく、周辺に生えていた樹種まで細かく再現し、疎林の特徴を詳しく書き込んで、個人ウェブサイトに掲載した。

かつて似たことをした経験があった。小学生の頃、想像の中で、百々谷に絶滅動物たちを住まわせ、地図に描きこんだ。あのときも、一応、それぞれの絶滅種がなにを食べるのかといったことを調べて、食べ物になる植物も頭に入れた上で、百々谷で暮らせるように配置した。生態系という言葉はまだ意識していなかったけれど、結果的に、わたしは、頭の中で新しい百々谷の生態系を作っていた。

そして、今度は、絶滅してはいるけれど、ちゃんと実在した過去の生態系の話だった。ドードー鳥が野鳥としてそこにおり、他の生き物たちと一緒に、この土地の上に在ったときのことを、わたしは感じ取りたかった。自分自身の頭の中で躍動する生き物たちについて、その実感を損なわずに文章に置き換えようとする作業は、神経をすり減らすけれど、同時に幸せなものでもあった。

ロドリゲス島は、現在では、モーリシャス共和国の自治領となっている小さな島だ。モーリシャス島から東に六百キロメートルほど離れたところにあり、面積はその二十分の一程度。あえて日本の島と比べるなら、伊豆大島より少し大きいくらいである。

浸食が進んだ火山島なので、古い地層は火山性だが、外縁の平地にはサンゴ礁由来の石灰岩質のものが多い。ソリテア、つまり、孤独鳥の骨は、その石灰岩地帯の鍾乳洞の中から多く見つかっている。

一日に何本か運行している定期便で、簡素な空港に到着すると、わたしはさっそく孤独鳥の骨が見つかった洞窟を訪ねた。

最大の洞窟は観光地化されていて、毎日催行されているツアーに参加すれば誰でも立ち入ることができた。入り口からボードウォークが続いており、要所要所で照明が灯されていた。

数万年前、孤独鳥たちは、鍾乳洞の上にある地面に開いた穴から落ちてきたり、水流によって押し流されたり、様々な理由で、鍾乳洞に入り込んだ。そして、外に出られないまま事切れた。骨が堆積しやすい場所がいくつかあって、十九世紀の発見時には骨の山をなしていたという。

もっとも、すでに発掘は終わっており、現地にもう骨は一つたりとも残されていなかった。かりにあったとしても、洞窟は孤独鳥の生息環境ではない。つまり、孤独鳥が属する「土地」ではないのだった。たったそれだけのことで、わたしの想像力は勢いを失った。

洞窟を出てからは、十七世紀初頭の入植者、フランソワ・ルガの航海記にあった二枚の地図を参照しながら、島内を歩いた。島全体を描いたものと、ルガたちが拓いて二年間だけ維持した小さな植民地を図示した二葉だ。いずれも、随所に、孤独鳥、ゾウガメなどの小さなイラストが描きこまれていた。

三世紀と少し後に同じ島を歩くわたしは、地図にはふんだんに登場する、かつての孤独鳥の気配を感じ取ろうとした。しかし、それがことのほか難しかった。モーリシャス島ではどこを見てもド

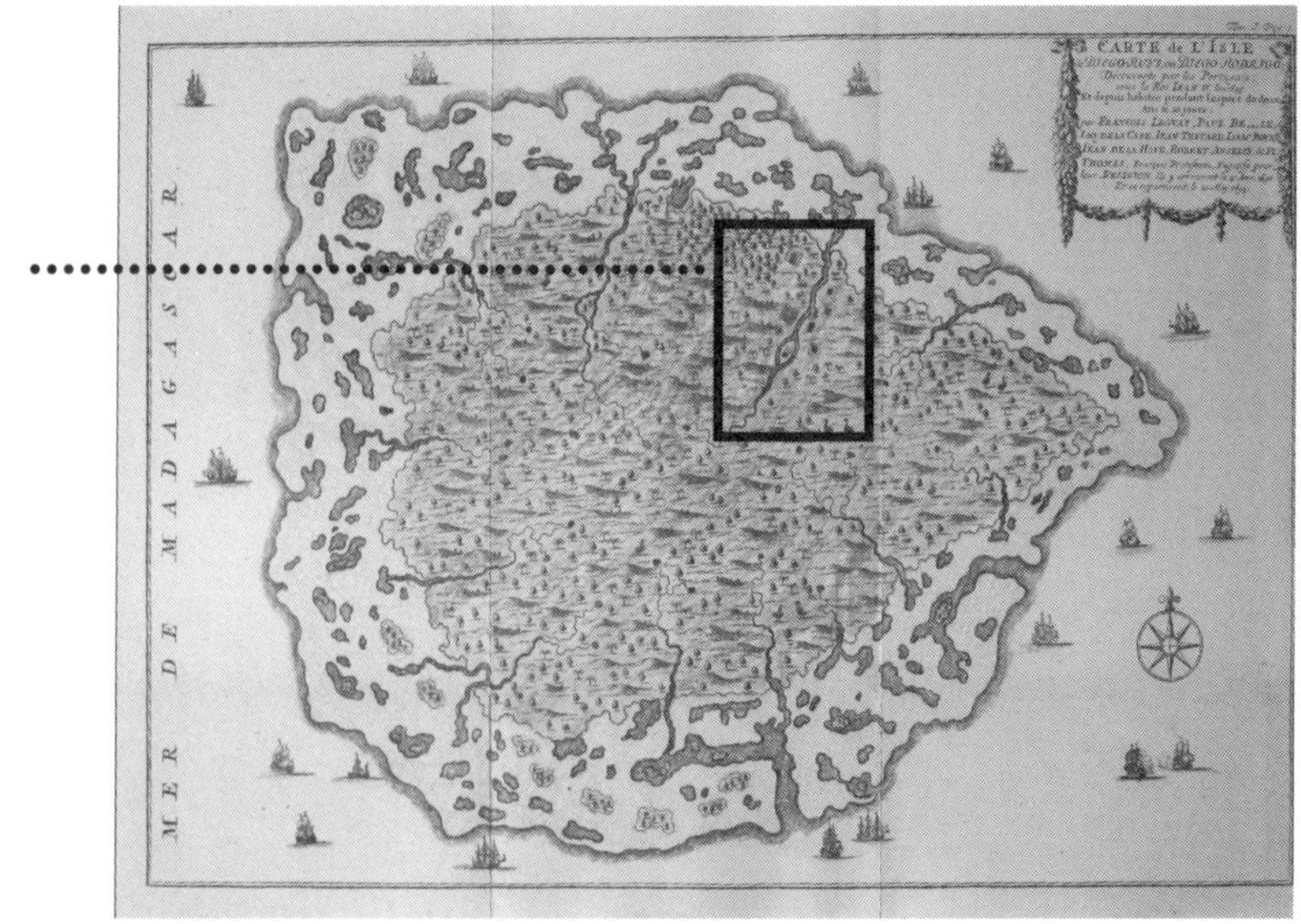

Map of Rodrigues Island (above) and a settlement in Port Mathurin (top of the left page). Note there are many small solitaires (bottom of the left page), *Voyage et avantures de François Leguat & de ses compagnons en deux isles desertes des Indes Orientales,* François Leguat, 1708

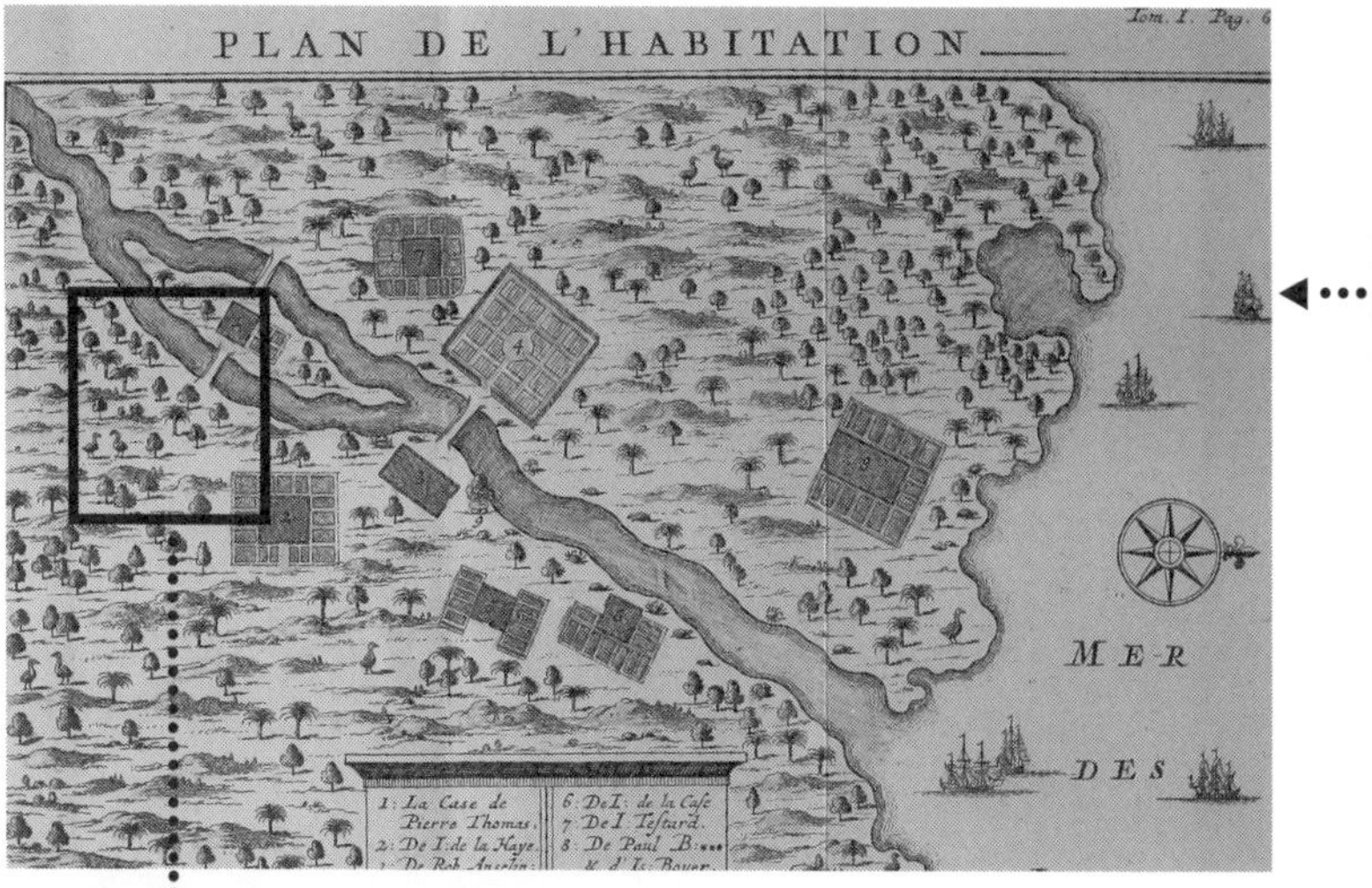
PLAN DE L'HABITATION
Tom. I. Pag. 6
MER
DES
1: La Case de Pierre Thomas.
2: De I. de la Haye.
6: De I: de la Case
7: De I. Testard.
8: De Paul B...

ードー鳥だらけだったのに、こちらで孤独鳥の図像ですら、探してもなかなか見つけられなかったのだ。お土産店では、孤独鳥ではなく、ドードー鳥の姿をあしらったグッズが売られている始末である。野生の孤独鳥への手がかりどころか、伝説や神話や物語の中にすら、その姿はない。政府機関の建物に掲げられたエンブレムの中に、小さな孤独鳥を見つけたときには、心底、ほっとして、指先で何度もなぞった。

ロンドン自然史博物館での扱いもそうだったけれど、孤独鳥の存在感の薄さは、かつての生息地に来てもそれほど変わらない。それは衝撃的な事実だった。

「忘れてしまったら、もういなかったことと同じ」という父の言葉をこれほどまでに実感したことはなかった。

孤独鳥を今に語りつないだのは、十七世紀にこの島で暮らし、地図まで描いたフランソワ・ルガや、十九世紀に島の洞窟から得られた骨を使って全身を復元したアルフレッド・ニュートン、リチャード・オーウェンなどだ。ニュートンは、ジョン・ウーリーとともに、オオウミガラスの「最後の二羽」を殺した漁師たちにインタビューして、その内容を報告した人物でもある。でも、その後が続かない。

ルイス・キャロルのような作家が登場して、ドードー鳥に匹敵する「物語の鳥」に仕立て上げることができればどうなっていただろうかと考えてしまう。これは妄想にすぎないけれど、科学的にも、地元の歴史の中でも、どんどん存在が希薄になっているのは、やはり嘆かわしい。

わたしは、やるせなさを感じながら、寂寥感のあるロドリゲス島の報告を個人ウェブサイトに掲載した。

ケイナちゃんはどうしているのだろうと、百々谷で暮らすわたしは思う。わたしがモーリシャス島やロドリゲス島で感じ、考えたことについて、ケイナちゃんならなんと言っただろうか、と知りたくてならない。

わたしは、ずいぶんケイナちゃんと話していなかった。最後に連絡を取ったのはパンデミックの前、ヨーロッパをめぐって帰国した直後だから、一年半くらい前になる。

「忘れてしまったら、もういないことと同じ」というフレーズが、強く切なく感じられる。わたしは、忘れはしないけれど、ケイナちゃんは忘れてしまったのではないかと一瞬思い、すぐに頭の中で否定した。

わたしはケイナちゃんの独特な時間感覚を理解しているつもりだった。ケイナちゃんは、なにかに熱中すると、意識をコミュニケーションに振り向けなくなる。小学生のときに別れたきり、十数年間、音信不通だったのは、お互いに問題があったわけだけれど、その後、やりとりを再開した後も、その頻度は、ケイナちゃんの意識がどちらを向いているかに大きく左右された。だから、今は、ただ待つしかないのだった。

パンデミックの渦中にあって、ありあまる時間を使い、わたしは原稿を書き続けた。食事をしたり、眠ったりする時間以外はずっと書いていた。いくつも繰り返しやってきた感染の波の合間の時期ですら、わたしは引きこもって執筆に没頭した。日本に来ていたドードー鳥の話と、インド・太平洋のどこかにいたはずの原ドードー《プロト》。そして、ドードー鳥が渡ったヨーロッパ諸国と『不思議の国のアリス』。さらには故郷であるモーリシャス島とロドリゲス島。とりわけ、ロドリゲス島から出なかった孤独島については、なんとか情報をかき集めて頁数を割いた。「忘れさせない」という一心で、美しくも風変わりな孤独島の魅力を強調した。

書き続けることで、百々谷で始まったわたしとケイナちゃんの空想は現実世界につながる。わたしは、百々屋敷にいながらにして、違う時代、より広い世界に羽ばたくことができた。

納得いくまで書き連ねてから、父の絶滅動物に関する本を出していた出版社に連絡を取った。幸運なことにかつて百々屋敷を訪ねたことがあるという編集者がまだ在籍しており、原稿を熱心に読んでくれた。そして、少部数でよければという条件で、出版にこぎつけた。自主出版も考えていたわたしにするとありがたい話だった。

本は、ドードー鳥関連ネットワーク「DoDoDo《ドードードー》」には熱狂的に受け入れられ、社会的にも少しだけ話題になって、出版社が損をしない程度には売れた。そして、半年後には忘れ去られた。パンデミックは相変わらず続いており、わたしは、目先のゴールに到達して気が抜けた状態のまま、時々、依頼される原稿を書く程度の日々を送るようになった。百々谷の管理にまつわるボランティアを少し引き受けて、週に一度は、「中の川」の上流から下流まで、ボードウォークを歩いた。日常的な安全の点検を行うのが、ひとつの担務で、それは、百々谷の保護地域の一番近くに住んでいるわたしにはうってつけの役割ではあった。

時折思い立って、ケイナちゃんへのメールをしてみたものの、あいかわらず返事はなかった。ある日、出したとたんにあまりに素早く返事が戻ってきて、驚いた。

"The email account that you tried to reach does not exist."

あなたが連絡しようとしたＥメールアカウントは存在しません。

久々に、研究室のウェブサイトを見ると、ケイナちゃんが属していたプロジェクトのページごと消えており、元々の研究室のメインテーマである古代ＤＮＡの研究プロジェクトのページのみが残っていた。一方で、脱絶滅研究に資金を提供していたスピーシーズ・リバイバル財団のウェブページでは、パンデミックのために計画が縮小、遅延するとのアナウンスが出ていた。

わたしは、大学のメールアドレスしか、ケイナちゃんの連絡先を知らなかった。

大切な孤独鳥は、わたしの見える範囲から、またも姿を隠してしまったのだった。

切支丹屋敷跡の動物骨

ドードー鳥の本を出して、その反響も一段落してからも、わたしは百々谷からほとんど離れずに暮らした。パンデミックは続いており、オンラインでのミーティングも定着したので、家から出ず仕事を続けることができた。それでも問題ない仕事ばかり選んでいたともいえる。谷の四季とともに、静かに時間が過ぎていった。

外に出る活動を再開したのは、ドードー鳥の本を出してから一年ほどが過ぎた秋だった。ドードー鳥関連ネットワーク「ＤｏＤｏＤｏ《ドードードー》」の形だけの総代表であるわたしに、ネットワークを構成する小団体から立て続けに連絡が入った。「取材をしてください」と。

東京の切支丹屋敷跡地にマンションを建てる際に行った発掘調査で、動物骨が見つかり、記者会見が開かれることになったという。「ドードー鳥が見つかった」という話ではないのだが、ネットワークでつながっている熱心な人たちは、今や、日本で古い動物骨が見つかること自体に深い関心を持っていた。そして、わたしはまがりなりにもネットワークができるきっかけをつくった記者で、ドードー鳥の本を書いた著者でもあるのだ。

切支丹屋敷の敷地からは、かつて人骨が見つかったことがあり、そのときはとても話題になった。ＤＮＡ鑑定して出身地まで明らかにした上で、十八世紀初頭、布教に訪れて捕らえられ、生涯を幽閉されて過ごした宣教師のものだと結論したのでなおさらだった。

一方、動物骨が出てきたのは、これが初めてだという。こちらは人骨ほどの注目を集めず、区役所の一室で行われた記者会見には、五人ほどの報道関係者が集まっただけだった。わたしもその一人で、久々にカメラとタブレット端末を持って赴き、会見場の端に座った。

事前に配布された資料のタイトルには、「切支丹屋敷は動物園？」とあった。最初は家畜のものだけだろうと思われていた動物骨が、哺乳類、鳥類を中心に、野生動物も含まれていたというのが眼目だ。会見に出席していた専門家の一人の動物考古学者は、わたしがかつて、日本に来ていたドードー鳥の取材で話を聞いた人物で、その後、「ＤｏＤｏＤｏ《ドードードー》」の活動に助言を与えてくれたこともある顔見知りだった。

会見で明らかにされたところによると、発掘された中で確認できた動物種は、哺乳類が五種類、鳥類が三種類あり、その他に、詳しいことがわからないものもあった。年代の推定としては、一緒に見つかった陶磁器の編年から十七世紀の中頃が有力で、先に見つかった十八世紀の人骨よりも半世紀以上、早い時期だった。それは、つまりドードー鳥が来た一六四七年にも近いとも言えた。

切支丹屋敷が成立したのは、一六四六年で、元はと言えば、禁教政策の担当者だった大目付、井上政重の下屋敷に切支丹を幽閉したことから始まっている。井上政重は、「ドードー鳥の年」である翌一六四七年には、ポルトガル船騒ぎに揺れる長崎を訪れて問題解決にあたった。出島に来た様々な物品の中から、望遠鏡に関心を持ったと商館長日記には書かれている。

わたしは、動物骨が十七世紀なかばのものらしいと聞いた瞬間に、ぎゅっと拳を握りしめた。それは、まさに「ドードー鳥の年」の長崎と江戸をつなげる発見の可能性があるからだ。

その年、恒例の江戸参府で江戸に滞在したオランダ商館長の一行は、折からのポルトガル船来日の手引をした嫌疑から、面会を拒否された。その際、どのような物品を持参したのか、商館長日記には一切書かれていない。将軍の拝謁がかなうかどうか、という心配事のみを書き連ね、幕府と間に立った井上政重の言葉を一喜一憂しながら受け止めている。前年なら、ラクダやヒクイドリやオウムたちを伴っていたことが大きく扱われていたのに、この年については不自然なくらい記述がないのである。

今や、切支丹屋敷から、動物の骨が出てきた。その内訳はというと――

「哺乳類は、ブタ、イヌという身近な生き物の他に、マメジカ、ジャコウネコ、カニクイザルが見つかりました。鳥類は、ヒクイドリ、オウム、後は種までは分からないキジ科鳥類です。おそらくはニワトリだろうと解釈しています」

さらに、わたしはリストの中にあった「分類不明の大型鳥類」というものに目をつけた。質疑応答の時間に、その点を質問したところ、動物考古学者はわたしを見てうなずき返した。

「これは大腿骨が見つかりました。ただ、骨端部が失われていて、同定が難しかったものです。DNAが抽出できればはっきりわかるはずですが、今回はそこまではやっていません。残されていた鳥類の骨のいくつかは、なぜか木箱や陶器に入れられていたんですよ。それでも、保存状態はよくありませんでした」

こういった発見を受けて描かれた報道資料用の切支丹屋敷想像図には、発見された動物が描かれていた。ニワトリやブタやイヌがいるのは、ごく普通の光景だが、そこにヒクイドリやオウムまで加わると雰囲気が変わってくる。おそらくは質素、あるいは、劣悪な住環境だったと想像できる切支丹屋敷が、まだ井上政重の下屋敷だった時代か、端境期にはこのような光景があったのかもしれない。ちなみに、ドードー鳥がやってきた時期が、まさにその移り変わりの時期のはずだ。

記者会見を終えた後、別室に並べられた動物骨の写真を撮影する時間があった。わたしは、ヒクイドリ、オウム、そして、「分類不明の大型鳥類」の写真を熱心に撮った。地元コミュニティ紙や、キリスト教関係メディアがあらかた撮影を終えた後で、動物考古学者がわたしの近くにやってきた。

「変なカットマークがあるんですよ」と言われ、わたしは小首をかしげた。

「カットマークって、切った跡、ということですか」

「解体したりするときに、骨に刃物でつく跡ですね。普通は同じ方向から筋肉を切るわけですから、いくつもの傷が平行につくんです。でも、この標本では、なぜか直角に交わっているんです」

指摘されたのは、ヒクイドリのやや大きな骨だった。ナイフで傷つけたような跡がついていて、それが直交する形、つまり十字をなしていた。解体するためにナイフを使ったなら、こんな跡にはならないという。そもそも、死んだヒクイドリをなぜ解体したのだろうか。食べ物としてあてにされていたのだろうか。謎が多い。

石灰岩の洞窟神社

次なる動きは北海道だった。

かつてわたしを道南の洞窟にある山乃神社へと案内してくれた元歴史教師から連絡があり、少しの時間、通話して、新情報を受け取った。

「古い社殿が火事で失われた後、焼け残った社宝は、町が引き取って保管していたというところまではお伝えしました。その後、町も過疎化でまわらなくなり、神職も十社以上を兼務する状態で、記録はたどれませんでした。しかし、別のヒントがありました。平成の大合併で三つの町がひとつになって新しい町になった際、それぞれの町ごとに持っていた郷土史料館は、あえてまとめずにそれぞれの地域に残しました。だから、収蔵物も動いていないはずだと思いこんでいたのが、間違いだったようです。実際には、そのとき、収蔵物の整理をして、一部、動いたものもあったようなのです」

北海道の各町は、開拓時代以降、それぞれ別の歴史があるので、町レベルで資料館を持つ場合が多い。廃藩置県に際して組織された士族団、各地域で組織された農民の団体移住、さらには屯田兵、宗教組織、会社組織などによる開拓地がモザイク状になっており、少し離れれば、住民の帰属意識もまったく違う。自分たちの町の記録は、自分たちで保持しないと失われてしまうという危機感があり、小さな町でも、公民館の一室を使って、郷土史料を保存・展示する場を設けている。

とはいえ、すべての史料を同じように扱って保存することはとうていできない。元歴史教師が昔の調査では見逃していた収蔵物の移動があり、ひょっとして、件《くだん》の鳥類頭骨はそのときに対象になったのかもしれないというのである。社宝なのだからもっと大切にされてもよさそうなものだが、火災があったのが二十世紀半ばの混沌とした時期だったし、「忘れられていた」というのは現実味があることとだった。

「合併した隣の『地域』では、よく化石が出るんですよ。クジラですとか、デスモ……なんとかというカバみたいなやつですね」

「デスモスチルス、束柱類ですね。珍しく重要標本が日本でばかり見つかる古い哺乳類です。道南でも見つかると聞いたことがあります。柱を束ねたような歯が特徴的で、なぜそのような歯なのか古生物学上の謎です」

「まさにそのデスモスチルスの歯も見つかったということです。そんな土地柄なので、地域の郷土資料館には、化石などの自然史標本がもともと多いのですね。それで、ほかの資料館からも自然史標本が集められたということなんですよ。湿度や温度の管理をするので、一か所でやった方がよかろうと」

元歴史教師は、健康上の理由で、これ以上の調査は、今のところ難しいそうだ。だから、わたしに情報を伝えて、可能なときに探してほしいと言った。「DoDoDo《ドードードー》」でも道南在住者は他にいないのである。わたしは、「もちろん」と請け合った。今すぐには無理でも、札幌に行く用事は、それこそ友人の結婚式だとか、いくらだってある。そのときに一緒に依頼の社宝をさがしてみようと思っていた。

通話を終えてから、わたしは、以前、元歴史教師と一緒に登った山上の洞窟神社の写真を探して見つけ出した。画面の端に石筍が育っているのを確認し、「この洞窟って、石灰岩だったよなあ」と心のなかでつぶやいた。

全ゲノム解読

とはいっても、道南の郷土史料館を訪ねるのはずいぶん先になってしまった。

いきなり、わたしにとって大きな事件が、アメリカからもたらされたからだ。

「ドードー（*Raphus cucullatus*）の全ゲノム解読に成功！」

北カリフォルニア・レナシメントの大学の研究室から届いたプレスリリースを見たとき、わたしは「ワオッ」と声を上げた。取材で訪ねた際にメディアとして登録してもらって以来、時々、このようなリリースがメールで送られて来る。これまでにも、古代種のヘラジカ、ステップバイソン、ケサイなどのゲノムを読んだ論文の情報が届いて、その都度、楽しく読んできた。でも、今回は楽しむ前に、ただ表題を見ただけで、背筋に電撃が走った。

論文はトップクラスの超有名誌に掲載された。これはドードー鳥の知名度ゆえだろう。

わたしは論文を味読した。ケイナちゃんに解説してもらいたかったけれど、連絡が取れないので、日本国内で新聞記者時代から懇意にしているゲノム研究者にも読んでもらって理解を深めた。

そうこうするうちに、海外ではこの論文が大きな反響をもたらした。まずはドードー鳥の「当事国」のひとつであるイギリスで、BBCのような国民的メディアから、タブロイド版新聞に至るまでが大きく取り上げた。「ドードー鳥の全ゲノムが解明された！」「ドードー鳥、復活への道！」「蘇るドードー鳥！」と一種お祭り騒ぎのようだった。全ゲノムを読むことは、つまり、ゲノム編集技術で復活させられることだと受け止められていることが印象的だった。

ヨーロッパに比べてドードー鳥の人気が今ひとつのアメリカでも、大きな媒体が積極的に取り上げた。ニューヨーク・タイムズやワシントン・ポストのようなクオリティペーパーや、CNNやFOXニュースのような映像メディアが特集し、かなりの盛り上がりを見せた。

理由の一つとしては、研究を率いたのが、国内の大学チームだったことがあるだろう。かの教授がインタビューを受けて、「ただちにドードーを復原できるわけではない」と念押ししながらも、究極的には、ドードー鳥の復活について「ありうる」との態度を示していた。そこに至るまでにどれほど多くの技術的、倫理的課題があるのかについてはほとんど触れられず、基本的にはヨーロッパでの「お祭り騒ぎ」を踏襲していた。

一方で、日本では、この論文のニュースは、あくまで「科学ニュース」として受け止められた。数年前にドードー鳥について本を出したサイエンスライターであるわたしもコメントを求められたり、解説記事を依頼されたりして、一瞬の嵐のように多忙な時間を過ごした。日本では最も読まれている科学雑誌が小特集を組んでくれたので、そこでは紙幅を使って突っ込んだ記事を書いた。

まずは日本にもドードー鳥が来ており、日本も「当事国」の一つだということを簡単に説明した。その上で、今回の全ゲノム解読に使われたのが、十七世紀にオランダにもたらされて、その後、デンマークのコペンハーゲンで保管された頭骨から採取されたサンプルだったことや、それ以前に試されたイギリスのオックスフォード大学の標本は、ミトコンドリアDNAは読めたものの、核DNAは無理だったことなどといった、研究史を書いた。

そして、今回達成された「全ゲノム解読」にも様々な段階があることを注記した。つまり、染色体の端から端まで、つまり片方のテロメアから他方のテロメアまで、すべての塩基配列を読む、いわゆるT2T（telomere to telomere）が究極だとして、それにははるか及ばない。ドードー鳥はハト類なので、あらかじめ分かっているハトのゲノムを「参照ゲノム配列」とした上で、次世代シークエンサーで読めた断片的なドードー鳥のゲノム配列を、パズルのピースのように対応させて埋めていく作業、つまりマッピングができたという意味だ。

これは、あくまで、今、生きて空を飛んでいるハトが持っているゲノムと対応がつく部分がすべて明らかになったということだが、古代DNAの場合は、これをもって「全ゲノム解読」と言う場合が多い。しかし、参照ゲノム配列からかけ離れたドードー鳥独自の遺伝子については、この手法では見つからないことは明らかだ。この論文では、マッピングできなかった残りの塩基配列をうまくつなぎ合わせる作業《アセンブリ》をていねいに行い、古代ＤＮＡでは避けられないバクテリアなどの汚染《コンタミネーション》を取り除いた後で、マッピングデータに合体させることまで実施していた。これによって、ドードー鳥の遺伝子は、ほぼわかったことになる。

では、ドードー鳥の「ドードー鳥らしさ」の根源となるような特徴は、ゲノムのどこに表現されていただろうか。ある表現型が発現するために必要なものは遺伝子だけではない。遺伝子の転写が行われるときに開始部分となるプロモーター、近隣から働きかけるエンハンサー、別の染色体から作用する転写因子等がある中で、著者たちがまず最初に見出したのは、エンハンサーが大きな役割を果たしている部分だった。

具体例として挙げられていたのは、ドードー鳥の翼が退化した遺伝的要因だ。前肢や翼に関連する遺伝子の発現量を制御しているエンハンサーに強い特徴があり、おそらくはこのために、翼を作る遺伝子の転写が抑制されたのではないかという仮説が得られた。あるいは、クチバシが大型化することについても同様だった。一方で、ドードー鳥特有だとされているいくつかの新奇遺伝子については、まだどのような機能を持つかわからず、さらなる探求が必要だとしていた。これについては、非公式ながら、遠からず論文として公表されることもアナウンスされていた。遺伝子がコードするタンパク質を実際に作ったり、マウスにその遺伝子を入れる実験などが実際に行われているようだ。

いずれにしても、データはウェブに掲載されてオープンになったので、今では他の研究チームがその内容を独自に吟味することもできる。

では、このような「全ゲノム解読」によって、ドードー鳥を復活させることはできるのだろうか。将来的には、ありえなくはないものの、現時点でははるか遠い技術であることも指摘した。わたしは、想定される技術的困難についてもリストアップした。

まず、想像したくなるのは、ゼロから塩基をつないで、細胞内にあるような状態にセットアップできるのではないか、ということだ。しかし、それがとても難しい。そこまで長い塩基配列を一気につなげる技術は今のところない。かりにそれができても、ヒストンと呼ばれるタンパク質にDNAを巻きつけて、染色体に収納する方法も知られていない。もっと言えば、DNAのメチル化やヒストンのアセチル化など、塩基配列の外で遺伝子発現のオンオフに影響する化学的な修飾、つまりエピジェネティックな情報は完全に失われたままだ。

これらは予想される困難のほんの一部だ。つまり、ドードー鳥の復活に至るまでの過程は、はてしなく遠い。だからこそ、スピーシーズ・リバイバル財団のリョコウバトの復活計画のように、その種らしさを決める要因を選んで、近縁種をゲノム編集することで、似た生き物を作り出すという発想が出てくる。しかし、それでその種が本当に復元できたと考える人は少ないだろう。リョコウバト復活計画を進める側も、生態系エンジニアの役割を代替えできる代理種《プロキシー》を作り出すという言い方をしている……などなど。

記事を書きながら、ケイナちゃんと連絡が取れないこの状況が不条理だと感じるようになった。せっかくドードー鳥の全ゲノムがわかったというのに、ケイナちゃんはどこにいるのだろう。もう研究室から出てしまったのは間違いなさそうだけど、この研究の進展も間近に見ていたはずだ。それなのに話を聞けないのはひどい。わたしは苛立った後に、すぐに悲しくなり、胸がぎゅっと締めつけられる痛みを感じた。

ドードー鳥の全ゲノム解読の余波は、思わぬ形でも続いた。

イリノイ州の映像作家から連絡があって、例の環境保護団体の関心がリョコウバトやクロアシイタチからドードー鳥に移っていると伝えてきた。デモや非暴力直接行動の対象に、ドードー鳥の全ゲノム解読を実現した研究室を加えたというのである。

「なぜ？　抗議するなら、スピーシーズ・リバイバル財団なのでは？」とわたしは聞いた。

今や研究室には脱絶滅のプロジェクトはなく、今回も、古代ＤＮＡを解読しただけだ。

「絶滅動物のゲノムを手当たり次第に読むというのは、絶滅した動物の尊厳にかかわるものだから」というのが回答だった。

たしかに、これが人間なら、墓を暴いて勝手にＤＮＡを読むことは、非倫理的だと思える。死者の尊厳という言葉にも、大きな重みがある。しかし、三百五十年以上前に絶滅している鳥にまでそれを適用するのはどうだろう。わたしには、かなり極端な考えに思えた。

それでも、わたしは取材することに決めた。背景には、複合的な理由があった。ひとつは、ドードー鳥の全ゲノム解読が論文公開されただけで、「絶滅動物のゲノム解析反対」「ゲノム編集による復活反対」のデモが起きるという北米の現実を見ておきたかった。

もう一つは、もちろんケイナちゃんのことだ。レナシメントの研究室を訪ねて、あれからなにがどうなったのか確認したかった。もう研究室にいないのだとしても、最後の足跡がそこにあるのも間違いないのである。

一週間後、カリフォルニアに渡ったわたしは、映像作家と合流して、デモの様子を撮影した。大学のキャンパスの中でデモをするわけにはいかないようで、繁華街でフライヤーを渡し、関心を示した人と対話する形式だった。しかし、大学の建物に鎖で自分を結びつけて、「ドードー鳥の復活反対」を訴える非暴力直接行動も計画されていた。

“Let the Dodo R.I.P.”（ドードー鳥は安らかに眠らせておけ）とか、“The resurrection of the dodo, The desecration of the dodo”（ドードーの復活は、ドードーの冒瀆）といったプラカードが掲げられていた。

「ドードーの遺伝子は、モーリシャス島の環境と深く結びついたものであり、ひとたび絶滅したら、その結びつきは永遠に失われるのです。かりに復活させられたとしても、土地から切り離された人工物にすぎません。いわばフランケンシュタインの怪物です。ドードーは安らかに眠っておかせるべきです。絶滅動物のゲノム解析は、死者への冒瀆であり、ゾンビのサイエンスです！」

フランケンシュタインの怪物やら、ソンビやら、ひどい言われようだった。

一方、わたしは、研究室の教授にもアポを取った。パンデミック前に取材したことを覚えてくれていて、短い時間ならと予定を空けてくれた。

「ドードーの復活計画がとても話題になっているようですが」とわたしが言うと、教授は小さく肩をすくめた。

　あくまで技術的な可能性として語ったことが、明日にもドードー鳥を復活させられると伝わったことについて、不満があるという。いずれにしても、この研究室では、ゲノムは読めてもドードー鳥の復活は無理なので、批判されている内容は、的外れだ。そこまで批判するなら、それは、ゲノムサイエンスをすべてやめろということになる、と。

「でも、以前、訪ねたときには、ゲノム編集をした鳥の発生の研究をしていましたよね。それが、ドードー鳥やリョコウバトの復活の第一歩では？　しかし、絶滅動物のゲノム解析はゾンビの科学で、復活計画はフランケンシュタインの怪物を作り出すものだという批判があるようです」

「パンデミックで予算が続かず、鳥類の発生の研究は停止しました。ニワトリを飼う場所も、飼育にかかる人件費も大変なので、大きな研究費が得られないと継続できないのです。財団も計画を縮小していますから、わたしたちが独自に進めるのは難しいですね」

　そのあたりの事情は、以前、ケイナちゃんから聞いたことがあった。財団は、自分自身で研究者を雇って計画を進めることもできるし、実際にそうしている部分もある。ただ、学術面でのサポートも必要なため、外部のパートナーとして大学と共同研究を進めることも多かった。ケイナちゃんの研究がまさにそうだった。

「ケイナ・タツノを探しています。もうこの研究室にはいないのですよね。できたら、ケイナに日本語で寄稿してもらえないかと考えていて……」

　少しでたらめなことを言った。わたしは単純にケイナちゃんに会いたかった。

「ケイナは、Ph.D.を取ってから、しばらくこの研究室に博士研究員《ポスドク》として在籍していました。しかし、パンデミックで研究の継続が難しくなったため、日本に帰ったのですよ。ポスドクの籍はそのままに、日本で就職しました。今年から、そのポジションもなくなって、ケイナはわたしたちの研究室から離れました。共同研究は今も続いています。その内容はまだ言えないのですが、ケイナが面白い研究テーマを見つけてきて、うまく行けばまた多くの人が注目すると思います」

教授に直接問いただすことで、あっけなく事情がわかった。

ケイナちゃんはもうアメリカにいない。とっくに日本に帰っていたのである。

わたしが気づいたこの段階で、帰国からすでに三年が過ぎていた。教授はケイナちゃんと連絡は取り合っているものの、どこに住んでいるかは「東京ではない」「地方」くらいの認識で曖昧だった。メールアドレスを教えてもらったけれど、返事をくれるだろうかという心配が先に立ち、わたしはメールを出すことができなかった。再会をきっかけに、また相棒でカタワレになれたと思っていたケイナちゃんとの距離感が、十代から二十代後半にかけての空白の十数年と同じくらいに遠ざかってしまっていた。

郷土資料館

帰国して一段落してから、ケイナちゃんに連絡を取るべきか取らざるべきか決めかねているうちに、ドードー鳥関連ネットワーク「DoDoDo《ドードードー》」を通じて、北海道の元歴史教師が入院していることを知った。予後のよい病気だそうだが、わたしが北米に出張している間に手術を受けて、今は回復期だという。

それで、北海道の郷土資料館の件を、宙ぶらりんのまま放置してしまっていることを思い出した。わたしは居住まいを正し、すぐに北海道行きを計画した。

元歴史教師とはまだ面会できなかったので、かつて一緒に訪ねた洞窟の神社がある町へと直接向かった。三つの町が合併して「やまの町」を名乗っており、町内には元々の町に対応した三つの郷土史料館がある。そのうちどこが自然史標本をまとめて所蔵しているのか、現地で聞いたところ簡単にわかった。

かつて小学校だった建物を転用して、図書館なども併設された、ゆったりとした作りの郷土資料館だった。展示されている自然史標本を一通り確認したところ、古いものでは、二千万年前のムカシクジラの椎骨や、一千五百万年前の束柱類デスモスチルスの歯があった。ステラーカイギュウの先祖にあたる五百万年ほど前の古いカイギュウ類のバナナのような肋骨も展示されていた。

現生の生き物としては、ヒグマやエゾシカやキタキツネの剝製がジオラマとして並べてあった。ヒグマは、開拓時代に町に降りてきて、撃たれたものだそうだ。また、「押し花」になっている植物標本は繊細かつ美しく、特定の自然史愛好家による作家性のようなものが感じられた。

でも、それらの中には、目当ての「社宝」はなかった。

他地域から預かっている標本だから、別にしてあるのかもしれないと考えて、奥にあるスチールラックをひとつひとつ確認した。その区画にはかなり雑然としており、様々な標本が木箱に入れられたまま、放置されていた。古びた魚類、大きなサケやテックイ、つまり大型のヒラメの剝製が立て掛けてあるのが目についた。梱包されている箱を自分で開けるわけにもいかず、わたしは事務室に顔を出して、事情を話した。

「この資料館に、神社の社宝として保存されていた鳥の頭の骨があると聞いたのですが」

なにか自分が途方もなく間抜けなことを言っているような気がした。実際、受けつけてくれた若手職員は、ぽかんと口を半開きにするような表情になった。

「隣の地域に、洞窟の神社、山乃神社がありますよね。あそこに昔あった社宝が、まわりまわって、今、この資料館にあるというふうに聞いています」

言葉を重ねても、まったく説得力が増さないのを自覚して悲しくなる。

「ああ、社宝ですね、社宝……」と言いながら、奥から髪の白い年配の人物が歩いてきた。

「あります、あります」と頭を掻くような仕草をした。

学芸員だというその人物に導かれて、再度、自然史標本の部屋に入った。そして、一番奥のスチールラックの片隅を指差した。

「このあたりが、預かっている社宝ですね」

「本当ですか……」

わたしは途中で言葉を区切った。というのも、そこには、何体もの木彫りの仏像があったからだ。

「なぜ、仏像なんですか……それも自然史標本の中に」

神社の宝物なのだから、どう考えても仏像というのはおかしいだろう。

「いや、幕末まではおおらかな時代で、神仏習合も普通でしたし、明治時代の神仏分離令のときにも、山の洞窟の中に保管されていた仏像は棄却を免れたのかもしれませんね。大切なものなので、温度、湿度が一定のこの部屋に置いてあります。江戸時代前期、十七世紀の有名な仏師の作で、このあたりでは神社に保管されていたものも多いんですよ」

「へぇっ」と言いながら、わたしの心臓はドクンと跳ねた。

十七世紀といえば、ドードー鳥来日の時代だ。

「それで、お探しのものはなんでしたっけ」と学芸員が聞いた。

「大きな鳥の頭の骨なんです。この地域出身の知人が、子どもの頃、もう七十年近く前になりますが、まだ古い社殿があった頃に見たと言っていまして」

「ああっ」と学芸員はうなずいた。「あれは、意外に人気があるんですね。仏像はテレビ局などが映しに来ることがありますが、鳥の骨など、保管していても、誰も関心を持たないと思っていましたよ」

そう言いながら、学芸員はスチールラックの奥から、木箱を引っ張り出した。さらにその中で入れ子になった、濃褐色に変色した細長い箱を取り上げた。

「この桐箱に入ったまま保管されていたそうなんです」

学芸員が、ていねいな手つきで上蓋を開いた。その内側には、黒い文字が連なっていた。

「明暦……ですか」

「箱書き、ですね。何年なのか、掠れていて読めませんが、明暦は、西暦で言えば一六五五年から五八年の四年しかありません」

　わたしはぎゅっと手を握りしめた。爪が手のひらに食い込むほどだった。

「あ、そうだ、手袋、手袋……」と学芸員はあたりを探し、ラテックス製の薄い手袋を装着した。その上で、木箱の内側に詰められている綿を取り除く。

「これ、素手で触ると怒られるんですよね。なにかＤＮＡを見るときのために、人間のＤＮＡで汚染するといけないそうで。わたしなんかは、専門が美術史なので、ＤＮＡとかゲノムとか言われても、よくわからないんですけどね……」

「それは、ＤＮＡを抽出するような研究をしているということですか」

「あなたみたいに興味を持って、ここを訪ねてきた研究者がいたんです。実は、ここに標本があるというのも、わたしたちは未整理で知りませんでした。本当に、恥ずかしい話ですが、こういうところにいる学芸員は、理科系の知識がないことが多くて。この部屋の展示を作ったのも、地元の自然史愛好家の協力があったからです。ただ、それもう、二十世紀の話ですがね」

　饒舌な学芸員が、木箱から褐色の塊を取り出した。わたしは、自分の心音が聞こえるのではないかというくらい高鳴るのを感じた。

　それは、骨ではなかった。むしろ、皮が張りついた片側の脚のミイラだ。がっしりとした指と爪は、小型恐竜のようで、つまり、地上性の鳥のものだと思われた。

「本当に、いたんだ……」とわたしは声を漏らした。

　元歴史教師の記憶は、「大きな鳥の遺物があった」というところまでは正しかった。

ただし、それがドードー鳥だったかどうかは、他の部分、特に頭骨を見てみないと分からない。

「頭骨は、頭はないんですか」

「あ、はい、ちょっとお待ち下さい」

学芸員は、さらに木箱の中の綿を取り除き、中から大きな塊を取り出した。

こちらは、まるで漂白剤に浸けおいたかのような純白の骨だった。

「まだ、研究結果は頂いていないんですよ。時間がかかるということで。最初は、なんでしたっけ、『不思議の国のアリス』に出てくる鳥、そうです、ドードー鳥の骨があるんじゃないかと、その研究者の方も探してらしたんです。でも、それではないといって、逆に血相変えてらっしゃいましたね」

血相を変える?

そういう表現が日本語にあったことを、わたしは久々に思い出した。しかし、適切な表現だとも思った。わたし自身の血相も、その瞬間、変わっていたと思う。

それは、ドードー鳥ではなかった。ひと目でわかった。わたしが、オックスフォード大学やロンドン自然史博物館で間近に見たドードー鳥の頭骨よりずっと小ぶりで、それでも、十分すぎるくらい大きな鳥だった。がっしりしていて、重量感もあった。

即座に目についたドードー鳥との違いは、頭頂部の大きな凹みだ。ドードー鳥の頭頂部は丸みがあるけれど、この骨には少しえぐられたような鞍部があった。単純にへこんでいるわけではなく、へこみの中央部分にさらに微妙な凹凸があり、不思議な陰影が浮かび上がっていた。

「研究者が、興味を持ったと、おっしゃいましたよね」とわたしはかろうじて声を出した。

「そうですよ。計測をして、少し削ってDNAを抽出したい、ということでしたので、神社の方と連絡をとっていただきました。許可を得たということで、脚と頭を少しずつ削っていかれましたね」

「なんという鳥の骨か言っていました？」

「さあ。ドードー鳥ではない他の鳥で、それもとても珍しいものだとも。でも、それがどんな鳥なのか、はっきり決めるためには、研究が必要なんじゃないですか」

「その人の連絡先は、わかりますか。ぜひ連絡をとって話を聞きたいのですが」

「ちょっと待っていただければ探してきますよ。もうずいぶんたっていますから、研究はどうなっているのか、聞いておいてください」

学芸員はあっさりと、連絡先を教えてくれた。メールアドレスだけでなく、住所と電話番号もあった。

そこに書かれたものを見たとき、わたしは、ふうっと、息を吐き出した。

よく知った人物の名前がそこにあった。わたしは間違いなく、長い間わたしが歩んできた一連の「堂々めぐり」の軌跡が、螺旋の半径を次第に小さくしつつ、一点に収束しようとしていることを理解したのだった。

霧の中

窓の外には、鏡のように凪いだ湖沼の景観がある。

遠景の山体からなめらかな霧が降りてきて、水面をゆっくり滑っていくのをわたしは見ている。時間の流れがここでは違っていて、ずいぶん引き伸ばされて感じられる。

湖面までの間の平坦な土地には牧草が生えていて、時々、風に揺れていた。

「結局、ドードー鳥ではないんだよね？」とわたしは言った。

「ドードー鳥ではないよ」と返事があった。

「でも、ひょっとして……だよね。あの形は、見覚えがある」

「たぶん、あれを取っておこうと思った人にとって、特別な意味を持つ形だったのかもしれない」

「それよりも、自分たちにとってこそ特別だよ。本当に特別だよ。まずはそっちだよ」

声に力を込めて、わたしは言った。

「たしかに、そうだよね。とても特別だと思う」

その声を聞いたとき、風がさーっと吹き渡る音が同時に耳に入ってきた。湖沼の水面が毛羽立って、降りてきた霧がすみやかに表面を覆っていくのが見えた。

わたしたちは、白い繭の中で切り離され、ふたりきりになった。

この話は、もともとわたしたちがふたりきりのところから始まって、結局、ふたりきりのところに戻ってきたのだった。

「もう結果は出ているの？　骨を削ってＤＮＡを抽出したと聞いているよ」

「うん、結果は出てる。論文のドラフトもある。出版されるまで黙っていてくれるなら、見てもらっていいよ」

わたしたちの間に無造作に置かれていたタブレットが、こちらに向けられた。英語の文字に目を走らせて、わたしはその意味するところを理解した。

「ゲノムと形態から確認された絶滅鳥類……って、本当に確認できたんだね」と表題の一部を繰り返すみたいに言いながら、わたしはその意味するところに思いを馳せた。

目頭が熱くなっていることに気づき、窓の外の霧が流れていくのに目をやった。


道南にある、やまの町の郷土史料館を出てから、メールアドレスに連絡を入れようかと考えて、結局やめた。わたしは避けられているかもしれず、事前の通知はむしろ逆効果かもしれないと思ったからだ。

道南の日本海側をひたすら走り、積丹半島の付け根を横断して、札樽自動車道で小樽、札幌まで一気に走ったところで一泊することにした。わたしは、札幌在住の友人が多いけれど、この日は誰にも連絡を取らなかった。翌日、朝のうちに、道央自動車道で北上して、一時間半ほどで一般道に降り、そこからは平坦な田園風景の中を進んだ。

目的地は、霧竜町という不思議な響きの町だ。国道から、一本路を入って、さらにもう一本、細い道に入り、さらにさらに細い道へ入ったところで、やっとナビは「このまましばらく進む」という表示になった。両側に広がる水田は、かつて華族が所有した大農場の名残りで、一区画が本州で見るよりも十倍以上大きかった。

一度、町役場に寄って、町の中でもかなり山寄りにある目的地について確認した。地図でははっきり分からなかったものの、農道から先、さらに私道が続いていて、自動車で行けることがわかった。

「霧竜鳥類パイロットファーム」というのがその名称だ。町役場では、これがかなり本格的な「研究開発型」の実験農場なのだと聞いた。かつて一帯を所有していた華族には、鳥類学者でもあった蜂須賀正氏もおり、昔から鳥類研究と縁があるのが街の特徴だという。

これはどういうことなのかと、わたしは目眩《めまい》をおぼえた。蜂須賀正氏はドードー鳥研究者であり、わたしが小学生の時に読んだ絶滅動物図鑑にも名前が出てきた人物だ。海外の取材でもいまだによく言及される。ここはドードー鳥ととてもゆかりの深い場所だ。

町の中心部から離れるにつれて、道はどんどん細くなり、心細いことしきりだった。結局、町役場から三、四十分かけて、わたしはやっと、「霧竜鳥類パイロットファーム」の看板を見つけた。

その看板には、ニワトリやガチョウのような家禽、ダチョウのような最近、農場で飼われることが増えている鳥が描かれていた。そして、周囲を縁取っているハトの中に、なんと、ドードー鳥もいるのだった。

もう間違いようがなかった。わたしは、正しいところにたどり着いた。

両側から山が迫った関門のような地形を塞ぐ形で、ログハウス風の建物があった。それが事務所らしい。呼び鈴を押しても反応がないので、裏に回ってみたところ、奥には緑の平地と、静かな湖沼が広がっていた。

いきなり、自分の背後、それも背丈の上から、低くくぐもった音が聞こえた。わたしは振り返りながら、尻もちをついた。

細長い首の先端にある小さな顔が、こちらをのぞき込んでいた。大きくてつぶらな目で、頭頂部にはふわふわした毛が生えていた。

うわっ、と声を上げて後退りすると、なんとか全体像が見えた。

それで、ふうっと一息ついた。危険な生物ではない。ダチョウだった。

さっき看板に描かれていたくらいだし、飼育されていること自体には驚かなかったけれど、出会いが突然すぎた。

ダチョウは、わたしのことを検分するみたいに顔を寄せたものの、すぐに興味を失って背を向けた。もっと興味を引くものが別方面にあったからだ。

手押し車を押した人がこちらに近づいてきていた。わたしがズボンについた土を払いながら立ち上がると、その人物はこっちを見て笑いかけてきた。

「ボーちゃん、そろそろ、来るかと思っていたところだよ」

その口調は、まるできのう会ったばかりの友だちに対するもののようだった。

「こんなところにいるなんて、びっくりしたよ！」とわたしは返した。

「もう何年も連絡くれなかったよね。日本に帰ってきているなら、言ってくれればよかったのに」

ケイナちゃんは、聞こえたのか聞こえないのか、ただ笑顔を浮かべた。まったく悪びれないケイナちゃんを見ていると、受け入れざるをえなかった。

「ここでの仕事の半分以上は、動物園の飼育員みたいなものなんだよ。まずは餌やりと掃除をしてしまわないと始まらない。本当に毎日、こういうことばかりやってるよ」

ケイナちゃんは、腕を大きく振って、周囲をぐるりと示すような仕草をした。

わたしたちの近くでは、さっきのダチョウがペレット飼料をついばんでおり、その足元にはクチバシの上にこんもりした隆起を持ったガチョウが歩いていた。北海道の田舎の湿原とは思えない光景だった。

「ここはいったいどういうところなわけ？」

「看板にもあったでしょう。鳥類の実験農場だよ。北海道でダチョウやエミューなど、鳥を中心に飼う農場ができないかと考えたのはオーナー家族なんだけど、事情があって東京に移っていて、留守番役として雇われたんだよ。もちろん、研究のためにいろいろ施設を使わせてもらっていて、充実した日々だよ」

「やっぱり連絡くれないなんて、ひどいよ」

わたしは、ほとんど半泣きみたいな表情になったと思う。いったい、どこから話を聞くべきなのか、あまりにたくさん知りたいことがありすぎて、それ以上舌を動かせなかった。

「ぜんぶ、話すよ」とケイナちゃんは言い、ログハウス風の建物に、わたしを導いた。

ケイナちゃんにとって、霧竜町は第二の故郷だ。

小学四年生まで過ごした房総半島南部のつくも町から、祖父母の住む霧竜町に引っ越した。そして、お母さんが離婚したために、佐川姓から辰野姓に変わった。

ドードー鳥の研究者でもあった華族がかつてここに大農場を持っていたというのは、ただの偶然だという。ただし、ケイナちゃんにとっては意味のある偶然だった。百々谷《どど》で過ごした日々を、こちらに来てからも常に意識することになったのだから。

高校生のときに奨学金を得てアメリカに渡り、まずは獣医の学位《D.V.M.》と資格を取った上で、インターンで絶滅危惧動物を護るNPOでの活動も経験した。その上で、古代DNA解読を得意とする研究室に進み、今ではPh.D.の学位も持っている。

そのあたりの経緯は、わたしも知っていることだった。北カリフォルニア・レナシメントの大学で再会し、その後はしばらく、頻繁にやりとりをしていたので、ケイナちゃんがいかに努力して、学術的なキャリアを重ねたのか理解していた。

問題は、その後のことだ。

「コロナでいろんなことが変わったんだよ」とケイナちゃんは言った。

「スピーシーズ・リバイバル財団が規模を縮小して、しばらく休眠状態に入ってしまったんだよね。大学で受託していた研究も打ち切られて、学位を取ったところで、研究環境がなくなってしまって。それで、日本に帰ろうかと思っていたら、故郷の実験農場が飼育員を探しているのを知って、雇ってもらえたんだ。中学生のときに職場体験で訪ねたことがあるから、オーナーもよく知っていたし、今、獣医で、飼育経験もあると言ったら、すごく喜んで受け入れてくれたよ。最近まで、品種改良のための研究にもかなり本格的に取り組んでいた施設だから、基本的な実験装置もあるし、願ったりかなったりだったよ」

ケイナちゃんの祖父母はもう亡くなっていて、お母さんは旭川に住んでいる。だから霧竜町にはもう身寄りはいないのだけれど、町役場や地元企業に勤めている中学、高校時代の友人もおり、そんなネットワークから入ってきた情報だったという。わたしは、ケイナちゃんがこの辺鄙な町で孤立しているわけではないことを知り、ややほっとしたものの、同時に、ももやもやした感覚を抱かざるをえなかった。じゃあ、なぜ、わたしには声をかけてくれなかったのだろう、と。

午前中は青空だったのに、にわかに空模様がかわって、遠くに見える山体から白い霧が水面に降りてきた。風が吹き、牧草が細かく揺れる上を、ダチョウやガチョウが行き来する、不思議な光景の中で、わたしはことの核心に切り込んだ。

「結局、ドードー鳥ではないんだよね？」と。

ケイナちゃんが差し出したタブレット端末を手元に置いて、論文のイントロダクションを読んでいる。冒頭では、あまりに記録にとぼしいこの鳥をめぐる三世紀半の歴史を振り返る部分があり、頭骨と脚のミイラの発見についての経緯も記されていた。そのまま科学エッセイとして通用しそうな「読み物」的な部分だった。「ネイチャー」や「サイエンス」のような超一流学術誌は、許されるワード数が少ないので、少し学術誌としての格《インパクトファクター》を落としつつも、きちんと書き切ることを選んだのだという。

「最初はね、ボーちゃんからの情報なんだよ」とケイナちゃんは言った。

「新聞に日本のドードー鳥の記事が出た後で、いろんな情報が集まって、ウェブサイトに書いていたでしょう。その中にあった、神社の社宝に鳥類の遺物があったかもしれないって話、北海道民として、郷土史料館に収まっている可能性はすぐにピンときたよ。行方が分からなかったとしたら、実際に行ってみて探せばいいんだし、北海道に戻ったときに、まずそれをしたんだ」

　わたしは、頭に手をやって、掻きむしりたくなった。

　ケイナちゃんが連絡をくれなかったわけだ。目の前のものに熱中してしまうと、他のものが目に入らなくなる性質は、もうよく知っている。でも、ケイナちゃんが三年前に行った探索は、わたしが、もっと前にやっていてしかるべきことだった。当時、わたしは全国から集まってくる情報をさばききれずに、北海道の案件もかなりの間、塩漬けにしてしまったし、洞窟の拝殿まで登っておきながら、その後、地元の郷土史料館を調べもしなかった。

「あー、くやしい。というか、やっぱり釈然としない！」

「いろいろ面倒くさい手続きがあって大変だった。ひと目見ればドードー鳥ではないのはすぐにわかったけど、ではなにかということを調べるために、持ち主に許可を取って、３Ｄスキャンさせてもらったり、ＤＮＡを抽出するまでが一仕事で。そこまで行っても、そのまま試料を海外に送っていいのか分からないから、頭骨の形態から候補になる種を想定して、ＰＣＲでいくつかの遺伝子を増幅してみたり。PCRにかけて精製した後は派生物という扱いになるから、持ち出しやすいって知ってた？　それで、レナシメントの研究室で細かく見てもらって。やっと現生の絶滅危惧種ではないことがはっきりして、全ゲノム解析のための試料そのものを送る手続きに入ったんだ。この場合、ワシントン条約は関係ないんだけど、生物多様性条約のＡＢＳ指針に抵触しないか確認したりして……ああ、思い出すだけでも面倒くさい！」

目の前に、日本産ではないことが明らかな古い骨があったとき、それが、現生の絶滅危惧種でないことを確認しないと、海外へ試料を送れないというのは、言われてみればそのとおりかもしれなかった。なお、ＡＢＳ指針というのも、わたしはたまたま新聞記者時代に解説記事を書いたことがあって、聞き知っていた。「遺伝資源の取得の機会（Access）とその利用から生ずる利益の公正かつ衡平な配分（Benefit-Sharing）」の略で、要は遺伝資源の提供国が、その利用から生まれる利益を公平に享受できるように配慮するものだ。本来は、海外から野生生物の試料を持ち込む場合に気にすべきことなのだが、この場合、日本国内で見つかったものの、元々は海外からやってきた鳥の遺伝情報をどう取り扱うか確認する必要があった。本当に、ものすごく面倒くさそうな話だった。ケイナちゃんは、日々、この農場の鳥たちのお世話をしつつ、ここまでやったのだから、まさに怒濤の日々だっただろう。

でも、わたしはやはり釈然としない。

「なぜ、教えてくれなかったの」とわたしは聞いた。

「ボーちゃんは、本を書く仕事に集中していたのでしょう。だから、こっちも自分に与えられた課題を仕上げることに集中しなくちゃって思ってたんだ」

「意味がわからないよ。さすがにもうちょっと早く教えてくれた方がうれしかった」

「だって、ボーちゃんはドードー鳥で、ドードー鳥の本を書いたわけだよね。こっちの方は──」

わたしは、はっとして息を呑んだ。

窓の外から吹きつける雨粒が、ガラス面の上でひしゃげ、流れ下った。

ふたたびケイナちゃんの唇が動いたとき、その先に響く声をわたしは、もう知っていた。

「「孤独鳥だから」」

わたしは、自然と声を合わせていた。

わたしがドードー鳥なら、ケイナちゃんは孤独鳥。そう言い合った日のことを、まるで昨日のことのように思い出した。

つまり──

道南の神社に社宝として保管され、社殿の建て替えの際に地元の郷土史料館に移管された大きな鳥の頭骨の正体はドードー鳥ではなかった。でも、限りなくそれに類するもので、学術的な価値はさらに大きかった。

孤独鳥、ソリテアは、別名をロドリゲスドードーともいい、たった二種しかいないドードー類のうちの一種だ。

モーリシャス島の東、六百キロほど離れたロドリゲス島にのみにいた大柄な鳥で、十七世紀に発見されて、十八世紀中に絶滅した。ドードー鳥は十七世紀中の絶滅なので、それよりはずっと長く

Dodo and Solitaire, *The Histoire Naturelle, générale et particulière,* Georges-Louis Leclerc de Buffon, C. S. Sonnini, 1799-1808

生き延びた。ロドリゲス島は大きな船が近づけないサンゴ礁に囲まれた島であり、入植する人もまばらだったことが大きな要因だ。ただし、長く生き延びた割には、情報が少ない。ドードー鳥のように、生きてヨーロッパへたどりついた記録もない。目撃情報は島で暮らしたわずかな人によるものだけで、島内の鍾乳洞に残された古い骨が見つからなければそれも「創作」だとされただろう。インド洋の絶海の孤島で、本当に孤独に生きていた鳥なのだ。

その頭骨が、はるか遠く、日本の北海道で見つかったというのなら、何重もの意味での大発見だ。

「日本に来ていたのは、ドードー鳥じゃなくて、孤独鳥だった……」とわたしはつぶやいた。

「日本に持ち込んだオランダ人が、ドードー鳥と孤独鳥を取り違えるなんてありえたと思う？」とケイナちゃんは聞いた。

「一六四七年といえば、もうモーリシャス島でもドードー鳥はほとんど見られなくなっていたし、二まわりは小さいモーリシャスクイナのことをドードー鳥だと誤認するケースが増えていくんだよ。並べて見れば、混同しようもないんだけど、モーリシャス島に来た人が、ドードー鳥を探して、飛べないクイナに出会うと、じゃあ、これがドードー鳥なんだろうって思うこともよくあった。孤独鳥だったら、サイズも近いし、もっと間違えられやすかったと思うよ」

だから、ロドリゲス島の孤独鳥がなんらかの理由でモーリシャス島に連れてこられてオランダ人の目に触れ、ドードー鳥として日本に向かうのは十分にありえたことだ。ただ、それが他に例のない、「知られている中で、唯一、島の外に出た孤独鳥」だということは特筆すべきだろう。

「孤独鳥は、人を恐れないくせに、捕らえられると、餌を食べずに死んでしまったと書いてあったよね」とケイナちゃん。

「フランソワ・ルガの航海記だね。涙を流して、食べるのを拒否したんだよね」

わたしは本を書くときに、その航海記を何度も読み返した。ほとんど唯一と言っていいまとまった文献記録は、このルガの航海記に数ページにわたって書かれたもので、孤独鳥の際立った性質を鮮やかに描いていた。

「3Dスキャンして、出力してもらった模型があるよ」

ケイナちゃんはいったん部屋を出て、プラスチックのケースを持ってきた。ティッシュボックスほどの大きさで、その中には、前の日にやまの町の郷土史料館で見たのと同じ鳥の頭骨の模型があった。

わたしは手に取って、しげしげと見つめた。樹脂でできているので軽い。ドードー鳥よりも小さいとはいえ、それはあくまで比較の問題で、鳥類一般と比べると、かなりの大きさだ。もっと体が大きなダチョウの頭と変わらないほどなのである。

ドードー鳥との違いは、大きさだけではなかった。クチバシが少しだけ華奢で尖っていた。また、頭頂部がくぼんでいて、凹部にさらに小さな出っ張りがあった。その部分の複雑な造形は、照明の角度によって様々な陰影を見せた。大きくてずんぐりしていることで強い印象を与えるドードー鳥に比べて、繊細な味わいのある頭骨だった。

「実物があるわけだし、本当に日本に来ていたことが間違いないわけだから、問題はどうやって北海道までたどり着いたかだね」とわたしはレプリカに視線を落としながら言った。

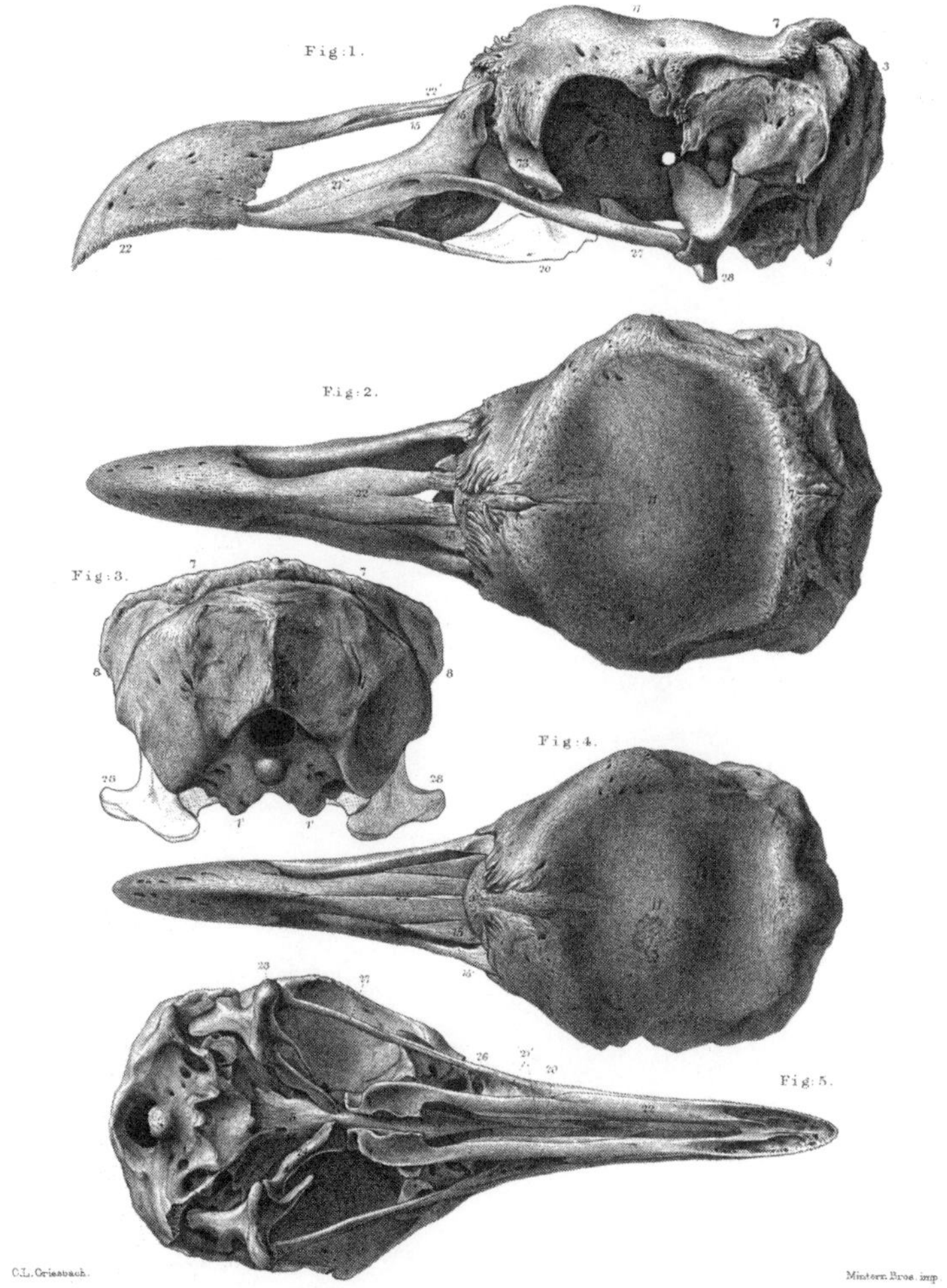

Skull of Solitaire (*Pezophaps solitaria*), *Extinct Wingless Birds of New Zealand, with an Appendix on those of England, Australia, Newfoundland, Mauritius, and Rodriguez,* Richard Owen, 1879

「そもそも、オランダ商館の記録に書かれていたドードー鳥が、この孤独鳥だったかどうかなんてわからないわけだけど、ボーちゃんの調べでは、江戸の切支丹屋敷にいたかもしれないんでしょ」

「そこのところは、謎が多い。この前、動物の骨がたくさん出てきたから、いろんなものが飼われていたことは確かだけど」

「埋まっていなかったら、こっちに来たってことじゃない？」

「死んで骨になった後で？」

「だって、これ、ちょっとクロス、十字架っぽいよ」

ケイナちゃんは、わたしが持っていた頭骨のレプリカをひょいと取り上げて、クチバシの部分をにぎって頭頂部をこちらにかざした。まるでヴァンパイア映画で神父がかざす十字架のような仕草だった。

目を凝らすと、例のへこみの部分に陰影がさらに際立った。

「そうかなあ」とわたしは首をかしげた。

へこみの中にある出っ張りを十字架に見立てるというのは、かなり無理があるような気がした。それでも、強弁されると、そうかもしれないと思える程度でもあった。

「まあ、そういうことはボーちゃんに任せることにする。今後の解明を期待しているよ。本当にこの標本の由来がわかったら、一緒に論文にしよう。でも、今、言いたいのは別のことだよ」

ケイナちゃんは、いったん脇にどけてあったタブレットの画面を復帰させて、わたしの前に置いた。

「この骨が一六四七年のものだとしても、そうでなかったとしても、研究上、特別な意味を持っていることには違いないんだ」とケイナちゃんは続けた。

わたしは、ごくりとつばを飲み込んだ。

「骨には地面に埋まっていたような着色はないし、比較的、新しく見える。おまけに、『明暦』と書いてある箱から出てきたのだから、十七世紀に生きていた個体だという可能性が高い。つまり、今、世界に残っている孤独鳥の骨の中でも、一番、若いんだよ。北海道の山の石灰岩の洞窟にあったのなら、ずっと低温で安定していて、化学的にも有利な環境だったはず。ということは——」

「あ、ゲノム解析に向いている！」

わたしは今更ながらそのことに気づいて声をあげた。

「実際、ドードー鳥と比べても、格段に読みやすかったんだよ。全ゲノムが読めて、もうすぐ論文で発表するんだ。これはすごいことだよ。ドードー鳥と孤独鳥、たった二種しかいないドードー類が、両方とも全ゲノムがわかって、比較もできるんだから」

わたしたちは、思わず手を取り合っていた。

ケイナちゃんがわたしに見せてくれた論文のドラフトは、まさに「孤独鳥の全ゲノム解読」についてのものなのである。これまで、謎に包まれたドードー鳥よりも、さらにわからないことだらけだった孤独鳥について、つい最近まで生きていた標本を見つけただけでも一つの論文に値するのに、ここではいきなり全ゲノムを解読してしまったのである。これは画期的な業績だった。

もやもやしていた部分がありつつも、自然と目頭が熱くなり、顔がくしゃくしゃになった。

ケイナちゃんが泊まっていけばよいと言うので、その日は、言葉に甘えた。

霧竜町の山間にある農場は、夜になると森閑として、奥の湖沼から静かに巨大な生き物が鎌首をもたげているかのような気配を漂わせる。ケイナちゃんと歩いた夜の百々谷を思い出した。

簡単な夕食の後もケイナちゃんは、無線ＬＡＮの電波がよい事務室でひたすらパソコンに向かった。孤独鳥のゲノムをめぐる論文で、細かな書き直し作業をレナシメントの教授とやりとりをしながら進めているらしく、ケイナちゃんが学術的な訓練を受けた人なのだと、あらためて感じ入った。

事務棟の中にある客室で横になると、すぐに眠気がやってきた。それなのに、様々な興奮も同時にあって、わたしの中でせめぎ合った。

眠たいのに眠れない、半分、覚醒したような状態で、わたしは、低くうなるような音を聞いた。霧笛、という言葉が思い浮かんだ。湖沼の巨大生物が、どこかにいるかもしれない仲間を呼んで、夜な夜な声を上げているのかもしれない、と。

不安を感じながらも、懐かしい気持ちの方が勝った。わたしは、またケイナちゃんのところにたどり着き、ケイナちゃんも、わたしも、子どもの頃のささやかな思いを、かなりのところ果たして、ここにいるのだから。

そうして、やっと、眠りに落ちた。

翌朝、飼育しているニワトリ、ダチョウ、ガチョウなどに、配合飼料をあげるのを手伝い、その後で、飼育棟の奥にある研究施設を見学した。ケイナちゃんは、前夜、論文を見せてもらった孤独鳥標本についての研究を進めながらも、やはりニワトリの胚の研究を続けているのだという。

「さすがに次世代シークエンサーは高価だから持ってないけど、ＰＣＲはあるよ。もともとこの農場でニワトリは飼っているし、孵卵器も各種あるし、いろんな手技を身につけているし、ゲノム編集も、クリスパー・キャス９なんかを使えば気軽にできるし。この農場の研究室レベルでも、アメリカでやっていたようなことはだいたいたい可能なんだよ。他の鳥を飼育しながら、というのがきついだけ」

「ＤＩＹバイオロジーだね」とわたしは言った。

「まさにそれ。大きなラボが必要な作業は、今やっていることの中ではそれほど多くないからね」

研究機関に所属せず、自宅などで、自分でやってしまう生物学的実験や開発のことを、ＤＩＹ(Do It Yourself)バイオロジーと呼ぶことがある。二〇一〇年代に普及し、ゲノム編集を画期的に簡単にしたクリスパー・キャス９は、アマチュアでも気軽に使える技術で、ＤＩＹバイオロジーの裾野を広げた。

ダチョウなどが放飼場に出ていて今は空っぽの飼育施設を通り過ぎて、いよいよ研究室の入り口が近づいたとき、ケイナちゃんが脇にあった別の扉を開けてわたしを手招いた。そこは、比較的最近、増築された飼育施設のようだった。足を踏み入れたとたん、わたしは声を上げて、膝を折った。

「なに、これ……かわいい！　いや、きれい！」

青灰色の体に、燃えるような赤い目。そして、頭にふわっとした飾りを持った鳥が、首を前後に揺らしながらこちらに近づいてきた。

「ボーちゃんは、野生のを見たんだよね」とケイナちゃん。

「見たよ。でも、こんなに愛想よくなかった。それにこっちの方がずっと大きい。栄養状態がいいのかな。本当にドードー鳥みたいだよ！」

その鳥は、わたしはニューギニア島の西の離島で探し求めた、カンムリバトだった。野生のものよりずっと色艶がよく、赤い目は生気を放っていた。「鮮やかな炎のようなオレンジ」の目はリョコウバトで有名な表現だけど、ひょっとしたらドードー鳥も鮮やかな緋の目を持っていたかもしれない。

「何羽もいるんだね。四羽？　いや、五羽？」

「ここにいない子もいて、全部で十二羽。ほとんど若鳥だよ。つがいが二組いて、かなり頻繁に、産卵しているからね」

「頻繁って、年に一度、一卵ではないの？」

「野生ではそうなんだってね。でも、飼育下で状態がいいと、二卵を産むし、それを人工孵化にまわすと、二腹目《セカンドクラッチ》も産んでくれる。そもそも、この農場に来たいと思ったきっかけの一つがカンムリバトだったんだ。やっぱり、ドードー鳥の近縁だし、オーナーが増やしたがっていたから、挑戦したかった。実際にやってみて、まずまず増やしやすい鳥だと思うよ」

カンムリバトは絶滅が危惧されていて、ＣＩＴＥＳ、いわゆるワシントン条約の附属書Ⅱにリストされている。でも、これが関係するのは国際取引の話で、国内で繁殖した個体の売買は今も行われている。だから、ここにいても不思議ではないのだが……それにしても、びっくりした。

本当に、人懐こい。わたしに近づいてきて、靴をついばんだりする。その都度、頭のふわふわした「冠」が前後に揺れる。

「この子たちは、人工孵化と人工育雛《いくすう》で育てたんだよ。ちなみに、人工孵化した一番新しい子は、まだヒナだよ。おいで、見たいでしょう」

「もちろん！」

というわけで、わたしは飼育棟の奥の育雛室に足を踏み入れ、床に置いてある半透明の育雛箱に近づいた。ホームセンターで売っているような衣類ボックスに、メッシュの蓋をつけたものだ。

上から覗き込むと、暖色の保温電球が灯っており、そのかたわらに黒っぽい塊があった。

そいつは、頭でっかちで、皮膚はほとんど裸のままで、まばらに生えかけている羽軸からの先から細い糸のような羽毛が顔を出していた。ぷるぷる震えながら、保温電球に向かって未熟な翼を目一杯広げる様子は、切なくもいじらしかった。

「この子、いつも全力で温まってるんだ。孵化後十日目なんだけど、孵化後しばらくは目が赤じゃなくて茶色なんだよ。でも、鳥だからね、ものすごい勢いで大きくなっていくよ。半年も経てば、もう立派な若鳥だよ」

ケイナちゃんは、メッシュの蓋を開けて、その子を外に出した。

「ちょっと持ってて」とタオルと一緒に渡された。

「体を包まれていた方が安心するからね」と言う。

わたしは、小さいけれど意外に重みがある体を、タオル越しに両手で包み込んだ。

ケイナちゃんはすでに液体飼料を準備していた。人工育雛用のパウダーフードをメインに、野菜ジュース、小松菜、バナナなどをミキサーで混ぜたものだそうだ。

「これくらいのヒナは、親鳥が素囊《そのう》で作る素囊乳、いわゆる鳩ミルクをもらって育つはずなんだよ。でもそれができないから、ここではインコ用のパウダーをアレンジして、チューブ給餌してるんだ」

ケイナちゃんは、シリンジの先につけたチューブを通して、喉にどろっとした液体を押し込んだ。ヒナは慣れた様子で、力強く飲んだ。体は熱く、時々、ぶるっと震えた。その震えにすら、独特の力感があって、生命のほとばしりを感じた。

「あ、そうだ、ちょっとやることを思い出したから、ここで待ってて。十分遊んだら、育雛箱に戻しておいて」

ケイナちゃんはそう言うと、わたしを残して行ってしまった。

わたしは、その子を顔の近くにまで持ち上げて、茶色い目をのぞき込んだ。いつかこれが、真っ赤な燃えるような色になると考えると、不思議で仕方がなかった。その子の方も、不思議そうに首を傾げながらわたしを見た。

頭でっかちで、不格好だ。しかし、野生の力に満ちている。そして、ドードー鳥に似ている。ドードー鳥のヒナなんて誰も見たことがないのに、わたしは、そう感じた。

ケイナちゃんは、やっぱり変わっていないなと思う。

小学四年生のとき、クラスのいきもの係だったし、それどころか、学校で飼っている生き物についてはだいたい知っていた。わたしが転入してきて間もない時期に、ニワトリのヒナが卵を破って出てくるのを一緒に観察したっけ。ケイナちゃんの根っこには、小学校での「いきもの係」があるのは間違いない。

しばらく、じっくりとカンムリバトのヒナを見た上で、育雛箱に戻した。ヒナはまた保温電球に向かって全力で翼を広げた。

顔を上げると、育雛室の奥にさらにもうひとつ部屋があると気づいた。灯りがついていたので、ケイナちゃんがそこにいるのだろうと思い、わたしはドアを引いた。

少し陽圧になっていた空気が、ふわっと流れ出してきた。ケイナちゃんに呼びかけようとして、途中でやめた。人の姿はなく、試料などを保管する業務用の冷蔵庫がうなる音が聞こえてきた。

壁際のテーブルには、いくつも機材が並べられており、そのうちのいくつかからはＬＥＤの光が漏れていた。これには見覚えがあった。レナシメントの研究室を訪ねたときにもあった、インキュベーター、つまり、孵卵器だ。

ケイナちゃんは、ここでも、研究を継続していると言っていたし、カンムリバトも人工孵化だと言っていたから、こういうものがあって当然だった。わたしは、一番手前の孵卵器の中をのぞき込んだ。

卵殻のてっぺんの部分をカットして、そこにラップをかけてある鶏卵が並んでいた。ゲノム編集を加えたニワトリの胚の発生実験だ。絶滅種の「復活」にかかわる、ＰＧＣ、始原生殖細胞への操作を加えたものなのだろうか。

さらにその隣の孵卵器をのぞきこみ、わたしは息を止めた。

ニワトリの胚、つまり、ヒヨコになる前の、まだ小さなツルツルの状態の子が、いくつも宙に浮いていた。よくよく見ると、それぞれが透明なカップの中で、透明な膜によって宙ぶらりんになっているのだった。

「なにこれ……」とわたしはつぶやいた。

卵殻を使う培養よりも、さらに一段、人工的だし、ドキッとさせられる。

「こっちにいたんだ」と声がして、わたしははっと振り返った。

ケイナちゃんが入ってきた。

まずは、テーブルの上に開いていたノートを閉じ、周辺の書類と一緒にまとめて、引き出しの中に片づけた。

そして、わたしの隣に立った。

「無卵殻培養って方法だよ」

ケイナちゃんはそう言って、孵卵器の中のカップをひとつ取り出した。カップの中で、透明なフィルムに支えられた胚が浮かんでいるのはやはり不思議な光景だった。

「この透明フィルムは、市販のラップなんだ。もともと日本の高校の先生が授業でニワトリやウズラの発生を観察するために開発したんだけど、ここではゲノム編集した胚の発生を観察したくて使ってる。この子は七日胚だよ」

「頭でっかちで、全身ツルツルで、ヒトで言えば、胎児だね」

「系統発生は個体発生を繰り返すと言った人の気持ちが分かるよね。鳥も哺乳類も、発生の初期は、結構、似てる。でも、その種なりの順序と秩序で、遺伝子の情報が次々に紐解かれて、景色が変わっていくわけだよね」

「なるほど……」とわたしは変に納得した。発生とは、景色が変わることである、か。ケイナちゃんが言いそうなことだ。

「あと、このシステムを試しているのは、卵のサイズの問題もあるんだ。体を大きくするような操作をしたときに、普通のサイズでは間に合わないでしょう。その場合、ガチョウの卵を代替卵殻として使うとかもありうるんだけど、逆に大きすぎることもある。でも、これならサイズは自由に調整できる。ただ、卵殻を通して酸素を得ているわけだし、卵殻からカルシウムを補給することもわかってて、そこは別に補う工夫が必要なんだけど」

「それにしても、この景色はすごい」とわたしはしげしげと孵卵器の中を見た。

宙に浮いている小さなかわいらしい胚の連なりは、生命の神秘に触れる部分がある。だから、ドキドキする。

「自分たちが子どものころにはあり得なかった技術だし、ここまでできるんだと考えると、恐ろしくもあるよ。それなのに、この胚たちは、まぎれもなく生きていて、発生を続けている……」

わたしは、自分の中にある畏怖の気持ちを言葉にした。隣のケイナちゃんを向くと、ケイナちゃんは、昔を思わせる静かな微笑みを浮かべていた。

ちょっと気になることがあって、わたしは隣の孵卵器を指差した。

「そっちのは、全体的にちっちゃいよね。でも、初期の胚というわけじゃないよね。羽が揃ってるし」

わたしたちが見ていたニワトリよりも格段に小さな胚が、隣の孵卵器の中で同じようにラップに包まれて、宙に浮いていた。

「ああ、これは、カワラバトなんだよ。うちはレース鳩も飼ってるし」

「研究室時代にやっていたリョコウバト関連の研究の続き？　いよいよニワトリではなく、ハトで試すとか」

「あくまで基礎研究だね。ニワトリの実験では普通にできることも、他の鳥ではできないことが多いから。無卵殻培養は観察に向いているし、さっき言ったみたいに、今後、必要になってくるかもしれない技術だしね」

リョコウバトもまた、カワラバトなどに比べると、相当、大柄なハトだということを思い出した。

それにしても……ケイナちゃんが、飼育している鳥たちの世話をしながら、これだけの実験を同時進行していることについて、わたしは目眩を覚えた。その間、北海道の孤独鳥の発見と全ゲノム解読に至る道筋をつける仕事もしていたわけで、他のことに目を向ける余裕などなかったというのもよくわかる。

「これからしょっちゅうここに来なよ。オーナーが帰ってくるまでは、一人で全部、仕切っているし、ここでの研究のこと、いつか、ボーちゃんが書いてくれたらうれしいし」

「わかった。また来る」とわたしは請け合った。

ケイナちゃんに、肩を押されるようにして、わたしは研究室を出た。

その午後は、わたしも農場の手伝いをして過ごした。ダチョウにエサをやり、掃除をし、鳩舎のレース鳩を連れ出す舎外訓練も行った。オーナーは、鳩レースの愛好者だそうだが、ケイナちゃんは、その健康と能力を維持するために、時々、鳩舎から数キロ離れたところでハトを放ち、戻ってこさせる訓練をしている。本当に忙しいし、生き物が好きじゃないとできないことだった。

いよいよ農場を出る段になって、わたしはやっと、こちらにも伝えるべき変化があったことを思い出した。

「最近、ウェブサイト、見てくれている?」と聞いた。

ケイナちゃんは、首を横に振った。

「ケイナちゃんが見れば、すぐにわかるけど、引っ越したんだよ」

ここまで言って、わたしは少し言葉をためた。

個人ウェブサイトで、「今住んでいる場所」を話題にした季節の記事をいくつか書いたことがある。場所は明らかにしていないけれど、ケイナちゃんにとって、その舞台は一目瞭然のはずだった。

「今ね、また百々谷に戻っているんだよ。ドードー鳥の本も、百々屋敷で書いたんだよ」

ケイナちゃんは、口を少し開き、それから、目を見開いた。

ちょっと視線をそらせて遠くを見るような仕草をしながら、こう言った。

「また、行きたいな……でも、今は農場で、飼育も研究も一人でやってるから」

「もちろん、いつでも歓迎するよ。落ち着いたら、おいでよ」とわたしは無邪気に返した。

日本の孤独鳥

百々谷の家に戻った後で、撮った写真を整理しながら、わたしはしばらく余韻に浸った。

撮影したカンムリバトのヒナの動画を見てニヤニヤしたり、農場の奥に広がっている湖沼の夕景にあらためて息を呑んだり、ダチョウに後ろから突っつかれたときのびっくり顔をケイナちゃんに撮られていて、今見てもおかしかったり……わずか二泊なのに、ずいぶん濃密な思い出ができてしまった。

ログハウス風の事務棟を出たところにある看板の前で撮った写真を見て、あらためて感慨を抱いた。描かれている鳥類、ダチョウ、ハト、ガチョウ、ニワトリは、考えてみたら、歴史上、ドードー鳥の仲間とされたことがあるものばかりだった。

ドードー鳥のことが知られた最初の頃には、野鶏の仲間だとされたし、その後、ガチョウのような水禽の仲間だとされたり、ダチョウのような走鳥類だとされた後で、やっとハト類に落ち着いた。つまり、ケイナちゃんがいるのは「ドードー鳥の農場」なのだった。

ケイナちゃんは、そこでドードー鳥や孤独鳥の研究をしていて、カンムリバトのヒナがいて、ゲノム編集技術を使った研究でニワトリの胚が透明なラップフィルムの中に浮かんでいる。そういった不思議な誘引力にわたしは確かにとらわれた。

ケイナちゃんの論文が発表されるまでは、ドードー鳥の進化上の相棒である孤独鳥発見のニュースは外にもらすことはできない。書きたくても書けないというのはかなりつらいことで、わたしは、百々谷を久しぶりに歩き回って気をまぎらわした。

二週間後、やっと論文が出版《パブリッシュ》されたとケイナちゃんから連絡があった。

プレスリリースと論文の内容を念のために確認した後で、わたしはあらかじめ書いてあった記事を、喜々として自分のサイトにアップした。

▼日本に孤独鳥（ソリテア）が来ていた！
▼孤独鳥は「ロドリゲスドードー」とも呼ばれるドードー鳥のきょうだい鳥である。
▼北海道で見つかった孤独鳥が、一六四七年に来日した記録があるドードー鳥のことだったかは分からない。今後の探究課題である。
▼その孤独鳥の全ゲノムが解読され、ドードー鳥と似た特有の遺伝子やエンハンサーが見つかった。

そういう論旨だ。

わたしのサイトを見てくれるドードー鳥関連ネットワーク「ＤｏＤｏＤｏ《ドードードー》」の常連たちは、熱狂した。孤独鳥が日本に来ていて、そのゲノムまで読めたというのは、予想もしなかった大成果だ。なにしろ知られている中で唯一、島を出て外の世界を旅した孤独鳥なのである。

一六四七年に来日したドードー鳥とは、この孤独鳥のことだったのか、それとも、本当にドードー鳥だったのかというのも、実に楽しい議論だった。前者なら、わたしたちの探究が実を結んだことになるし、後者なら、謎が増えてさらに探索する動機にもなる。

ウェビナー形式で開いた「ＤｏＤｏＤｏ《ドードードー》」のミーティングでは、ざっくばらんな意見交換の中で、ドードー鳥や孤独鳥の「復活」についても話題が及んだ。わたしがしっかり解説したので、真の意味でドードー鳥や孤独鳥を蘇らせられるわけではないことをみんな理解していたけれど、それでも、参加者の関心が強いことは実感できた。

その一方で、ひとたび同好の仲間の輪の中から出ると、このニュースはほとんど話題にならなかった。ドードー鳥の全ゲノム解読のときには、わたしは、いくつかの雑誌やオンラインメディアに記事を書いたけれど、今回の孤独鳥についてはゼロだった。

海外でも、最初は似た展開になりそうに思われた。しかし、論文が出てから一か月が過ぎた頃、海外取材で知り合ったイギリスの老神官と大学博物館のコレクション・マネジャーが相次いで連絡をくれて、新たな道が拓けた。

万神殿の老神官は、「あなたはもう絶滅種を悼む喪主ではない。新しい物語の誕生を祝福するべきです」と書き、その一方で、『不思議の国のアリス』の展示を持つ自然史博物館のコレクション・マネジャーは、「今こそ、物語を抜け出して、科学の話をすべきでしょう。わたしたちのウェブページでは随時科学コラムを掲載しており、よく読まれています。日本での発見と科学的探求についてぜひ書いて下さい」と言ってきた。相矛盾するようで、実は、同じことを言われているような気もした。自分としてははじめての英文記事だったので、時間をかけてしっかり仕上げた。

反響は上々で、海外の知人や様々なメディアからも連絡を受けた。連絡をしてきてくれた人物の中には、リョコウバトの取材で会ったワシントンDCの国立自然史博物館《NMNH》の鳥類キューレーターがいて、「これは掛け値なしの大ニュースだ。絶滅を悼むだけではなく、真の意味で科学的な理解を深めている。滅び去った者たちへわたしたちができる最良のことはなにか示唆し、標本を活用する博物館遺伝学《ミュージアム・ジェネティクス》の裾野を広げてくれた」と請け合った。あのときは、皮肉屋だと感じたが、そういう人物がわざわざメールをよこすのだから、称賛は素直に受け取っていいだろう。

メディアとしては、ナショナルジオグラフィック誌のウェブサイトで記事を書きたいというスタッフライターから連絡を受けたので資料を提供した。当然、北カリフォルニア・レナシメントの大学研究室も取材するとのことで、かなり充実した記事がのちに公開された。

日本国内と、海外での展開の違いにもやもやしたものを感じながらも、気持ちを切り替えた。わたしたちには、まだ解き明かすべき謎が残っているのだから、その探究を進めるべきだ。

わたしは、東京の切支丹屋敷の発掘にかかわった動物考古学者に連絡をとり、ケイナちゃんにもらった孤独鳥の頭骨レプリカを持って訪ねた。すでに発掘されている骨の中で、正体不明のものが、孤独鳥の首から下のどこかに相当する部分である可能性がないか、このレプリカを見ながら確認したかった。

もっとも、あらかたの骨は同定して公表済みだったし、残りのものは、同定が難しい断片的なものなので、即座に孤独鳥のものだと断定できるものがあるはずもなかった。実際、動物考古学者も大いに面白がってくれる、というのに留まった。

動物考古学者が切支丹屋敷動物骨の同定の際に知り合ったという切支丹史の研究者を紹介してく

れて、そちらも訪ねた。まずはレプリカを取り出して、複雑な形状の頭頂部を見てもらった。クチバシを持ってかざすような格好で前に差し出し、こんなふうに聞いた。

「これを、クロスみたいだという人がいるんですよね」

切支丹史研究者は軽く首を捻ってから、「ああ」とうなずいた。

「当時の切支丹にとって、こういうものも信仰の対象になった可能性がないとは言えないですね。わたしたちが発掘した骨にも、不自然なカットマークが入っているという指摘がありましたよね。あれを十字架に見立てて見咎められずに信仰の対象にしたというのも考えられなくはないです。当時、十字架は厳格に排除されていましたので、どっちとも言えないくらいのものの方が都合よかったかもしれない。とはいえ、確定的なことは言えません」

それはそうだろうなと思った。確定的なことは言えるはずがない。それでも、荒唐無稽とも言われなかったというのは、わたしにしてみれば驚きでもあった。

さらに、道南の元歴史教師は、ケイナちゃんの説を大いに喜んだ。ちょうど論文が出る前に退院して、自宅で療養生活を送る中でこの件を知ったそうだ。

「望月さんの調査の通り切支丹屋敷で飼われていたものだとしたら、それを北海道に持ち込んだのは誰かということになります。わたしには考えがあります。本土よりも遅れて、切支丹の取り締まりが行われた松前藩では、正保の時代になってから、つまり、ドードー鳥が来たとされる時期の直前に、江戸の切支丹屋敷に送られた信徒がいるのです。そのまま終生留め置かれたと考えられていますが、ひょっとすると表向き棄教して解放されたのかもしれない。そのときに、信仰を守るものとして、十字架が浮き彫りになったように見える鳥の頭を持ち出したというのはあり得ることですよ」

わたしの調査では、切支丹屋敷で孤独鳥が飼われていたというのはただの想像的仮説にすぎないが、元歴史教師の頭の中ではもう実証済みの話になっていた。でも、そういった思いの強さが、孤独鳥の発見にもつながったわけだし、否定はできなかった。

「正保元年、つまり、一六四四年に、江戸の切支丹屋敷に送られた児玉喜左衛門という人物がいまして、この時点では、大目付、井上政重の下屋敷が切支丹屋敷として使われていたはずです。この喜左衛門が、正保四年にも切支丹屋敷におり、鳥の到来以降に、棄教したとしたらどうでしょう。屋敷で鳥の世話をしていたが、死んでしまったために埋めて、頭だけを持ち出したわけです。そうすると、身体の骨はまだ埋まっていることになりますね。もちろん喜左衛門にこだわる必要はありません。他にだって、江戸送りになった信徒はいるはずですし――」

元歴史教師は熱弁を振るい、元気になったら北海道側で調べられることをもっと調べてみると請け合った。一方で、わたしは、孤独鳥の他の骨が、切支丹屋敷跡地に埋まっているとしたらどの部位が残っている可能性があるだろうかと考えた。ドードー鳥を想定して考えたときと同様に、胸骨板、複合仙骨、大腿骨、跗蹠《ふしょ》骨など大きくてしっかりした骨は、有力候補だ。それに加えて、孤独鳥の場合、闘争や音響的なコミュニケーションに使ったとされる、石器時代の石斧みたいな手根中手骨がある。ドードー鳥にも、他のどんな鳥にもない特徴なので、これが見つかれば、即座に孤独鳥だとわかるだろう。

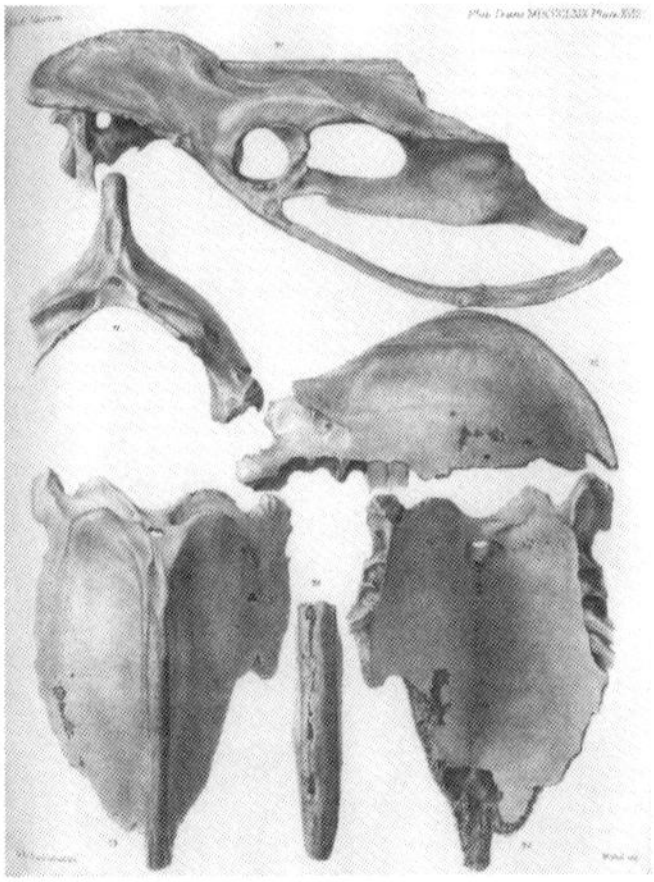

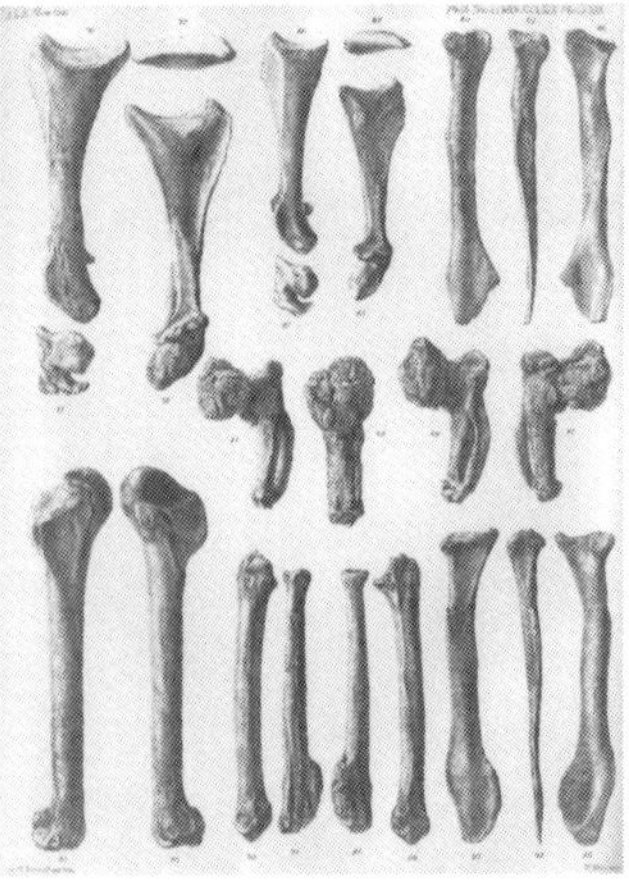

Skeleton of Solitaire (top), sternum and synsacrum (bottom left), bones of forelimb including metacarpals like "stone axe" (bottom right), *On the osteology of the solitaire or Didine Bird of the Island of Rodriguez, Pezophaps solitaria (Gmel.), Philosophical Transactions,* Alfred Newton and Edward Newton, 1869

とはいっても、跡地の調査はもう終了し、すでにマンションの建築が進んでいるそうなので、今から新たな発見は望めそうになかった。

では、わたしはどうすればいいだろう。

いずれ、なんらかの手段で孤独鳥の来歴がもう少しはっきりすれば、別の本にまとめることができるかもしれない。そのときには、ドードー鳥と孤独鳥の全ゲノム情報から分かることを解説したりもできるだろう。どんな遺伝子やエンハンサーを持っていて、どんなふうに機能していたかということも、深掘りした物語を書けるはずだ。そして、他の絶滅動物にも話題を広げられるはずだ。

わたしは、北カリフォルニア・レナシメントの大学教授とも連絡を取り合うようになった。孤独鳥の発見には、わたしも絡んでいたと言えなくはないので、今では研究仲間扱いしてくれて、とてもカジュアルにやりとりができるようになっていた。

「ゲノム編集と発生の研究室を再開します」と教授は言った。

それは、ニワトリやウズラを使ったもので、ゲノム編集した鳥類の子孫を産ませるための技術を幅広く確立することを目標に掲げていた。ケイナちゃんが以前所属していたプロジェクトが事実上復活するわけだから、ケイナちゃんが戻ることもあるのではないかと最初に思った。

そう口にしたら、教授はテレビ画像ミーティングの画面の中で、首を傾げた。

「もちろんケイナに声をかけました。でも、今の農場の方が暮らしやすくて、自由にやれるからと、帰ってくる気はなさそうでしたよ。ソリテアの研究も続いていきますから、これからも研究パートナーではあり続けますがね」

「北海道の農場では、ニワトリの始原生殖細胞の研究を進めていました。カワラバトの胚も扱っていました。共同研究ですよね」

教授はまたも大きく首を傾げた。

「ケイナは、ソリテアの全ゲノム解読の共同研究者ですが、ゲノム編集と発生の共同研究はありません。わたしたちとは関係ないですね。だから内容もわかりません」

あれ？と思った。たしかにケイナちゃんは、自分の研究テーマが縮小されたから日本に帰ったわけだけれど、霧竜町の実験農場ではその「続き」に取り組んでいるはずだ。特にカワラバトの研究は、リョコウバトの研究の延長に他ならない。教授が知らないというのは、どういうことだろうか。

もやもやしたものが、腹の底からせり上がってきた。

わたしは、なにか重要な見落としをしているのではないだろうか……。

日本の孤独鳥のさらなる発見に向けて、レナシメントの教授から直接聞いた全ゲノム解読の解説や、同好の士たちを鼓舞する原稿を個人ウェブサイトに掲載したかったのだが、頭がぼんやりして文章が湧いてこなかった。何かがちぐはぐで、嚙み合わない。こんなことは、書くことを仕事にして以来、はじめてだった。

百々谷の四季が進む中、連日、雨が続いたこともあって、周囲の緑が勢いづいていた。

百々屋敷は、自然の際に立っていて、ちょっとでも気を抜くと、緑の中に埋もれてしまう。家屋の周囲や公道に続く私道の草を刈らないと、わたしはそれこそジャングルに飲み込まれたマヤ文明の先史遺跡のように人知れず消息を断つことになるだろう。

わたしは書くことをいったんあきらめて、緑と格闘することにした。半日くらいかけて、汗だくになりながら、庭の空間を確保すると、草の隙間から様々な生き物が顔を出しては森の方へと逃げていった。以前、一度、マダニに嚙まれたので、服装を厳重にし、忌避剤をしっかり使った。そうやって、わたしは百々谷における人為と自然のバランスをかろうじて保った。

雨の夜は、谷がうごめく。雨粒が樹冠に当たる音や、木々を伝って林床に流れ落ちる音、さらには地面に吸い込まれたり、小さな流れを作って渓流に合流していく音までが、重ね合わさり、分解できない塊になる。それを、わたしは谷の息づかいだと感じていた。

そして、百々谷は、時に身を震わせる。小さな振動として感じられたり、ドドドという低い音が聞こえてきたりするのは、谷の急峻な斜面が崩れ落ちたということだ。そういう危険がありそうなところは、概ね立入禁止になっているし、森の斜面が崩れること自体は自然なことだから、わたしは穏やかな気持ちで受け入れた。谷は川に刻まれ、崩落して埋まり、また刻まれる。その都度、景色を変える。

今や、谷がうごめき、身震いするのを感じ取ることは、喜びとすら言えた。日中に谷を歩き、森の樹冠がぽっかり開いた新しい崩落部分を見つけては、これから始まる倒木更新に思いを馳せた。昨日と同じままではないけれど、きのうもきょうも連続しているこの谷とこの森は、太古からずっと変化しながら多くの生命を養ってきたのだと実感できた。わたし自身も、その一部なのに違いなかった。

ふと思い立って、住宅地として開発されている隣のつくも谷も久々に訪ねてみた。わたしの記憶の中にあるピカピカの新興住宅街は、かなり色あせてひなびた町並みに変わっていた。一方で、昔、土石流が起きた災害の現場は見事に復旧して、また段々に戻されて住宅が建っていた。ただ、復旧の仕方が微妙に元々の状態と違うようで、ケイナちゃんの家がどこだったかはもう分からなかった。

こういう私的な歳時記《クロニクル》なら、わたしは今でも書けるかもしれないと思った。そして、少し、書き始めた。

ケイナちゃんとわたしは、どれほど離れようとも、連絡が滞ろうとも、幼い日々を過ごした百々谷とつながっている。わたしたちは、相補いつつも交わらない二重螺旋のような軌跡を描きながら「堂々めぐり」をしてきた。再び接したときには、たがいに培ったものを持ち寄って、ドードー鳥や孤独鳥がいた景色を目の前にたぐりよせた。それは、幼い頃のわたしたちに、教えてあげたいくらいの大きな達成のはずだ。

わたしは、誰にも見せるつもりもなく、今はいない父に報告するような気持ちで、書き連ねた。それなりに集中できて、筆は進んだ。

なのに……感じ続けているこの不安はなんだろう。

わたしは、なにか重要なものを見落としているかもしれない……その疑念が、いつまでも頭から去らないのだった。

ふたたび、霧の中

「ケイナと議論しなければならないことがあるのですが、連絡が取れません」と相談を受けた。相手は北カリフォルニア・レナシメントの大学教授だった。その言葉を聞いて、ぱちんと弾けるものを感じ、わたしは居住まいを正した。

「日本の団体から、論文の倫理的な背景について疑義があるという指摘がありました。地元にとって大切な文化財であり、宗教的な意味もある標本を、すべての利害関係者《ステイクホルダー》からの合意を得ることなく使用した、というのです。それでケイナと話したいのですが――」

ケイナちゃんは、時々、音信不通になる。こっちが必要なときでも、なにか別のものに熱中していたりすると、連絡するという発想自体がなくなって、メールも確認しなくなる。それはわたしが一番よく知っている。

わたしは、ケイナちゃんに直接聞く前に、名刺をもらっておいた郷土資料館の学芸員に電話をした。標本から試料を採取したり、３Ｄスキャンするのを許可したのは、郷土資料館であり、町だろう。倫理的な疑義を提起した人たちがいるなら、郷土資料館に対しても苦情を申し立てているはずだ。

「わたしたちも弱っているところでして……」と学芸員は率直に述べた。

「標本の由来について、認識が十分ではありませんでした。許可を得るべき神社の関係者を十分に把握できておらず、先方に迷惑をかけたというような状態です。本当は所有関係をもっとさかのぼっておくべきだったのですが、以前の担当者が亡くなった時点で、記録も記憶も途絶えていました。実は今回、苦情を申し立てている方々も、論文が出て、地元紙で記事を読んだのをきっかけに標本のことを知ったそうで……」

標本は、戦後の混乱期の火災で焼失は免れたものの、それを機に神社から引き上げられて、氏子の個人が保管していた時期もあったそうだ。郷土資料館に委託されたのはその後で、さらに二十一世紀になってから町の合併という別の混乱期に、再度、保管場所が移された。そんな経緯の中で、由来も曖昧になった。今回、神社の神職には話は通っていたものの、実はこれが隣町の大きな神社との兼務で、地元の氏子グループとの間での連絡が良くなかったらしい。それで、地元側が、新聞記事ではじめて研究について知ることになり、不快感を表明しているという。学芸員は、今、またケイナちゃんと協議しようとしているが、やはり連絡が取れずに困っていた。

道南の元歴史教師にも電話すると、「残念だ、残念だ」と繰り返した。「わたしが、先に見つけてつなげられればよかったのですが、不覚です。北海道では、今、古いものに対する保護意識、権利意識が高まっていまして、それは注意すべきでした……」と。

わたしが札幌の支社にいた頃あたりから、北海道ではアイヌ民族の古い墓から出た骨のゲノム研究について議論がさかんに行われるようになった。それにともなってかつて歴史学、考古学、人類学の研究者たちが、道内の墓から遺骨や副葬品を持ち去った歴史的な未解決問題もクローズアップされた。遺骨を所蔵する大学が、謝罪し、返還することも増えた。孤独鳥の骨は、それとは深刻度は違うかもしれないが、地元を無視する形になったのはまずい。

ここまで来て、わたしは旅の支度を整えた。前回ケイナちゃんを訪ねてから一か月が過ぎていた。そろそろ再訪するはずだった時期だ。

おりしも、日本列島の天気図がかなり複雑な様相を呈していて、西日本から大荒れの天気になりつつあった。遠からず運休が相次ぐかもしれず、わたしは少し焦る気持ちを感じながら翌日の飛行機のチケットを予約した。


霧竜町とはよく名づけたもので、町がしょっちゅう霧に埋もれる。空港から二時間、車を走らせて町内に入ったとき、最初に見た電光掲示板には「濃霧発生注意」という文字列が点滅していた。

それでも視界は百メートルほどあったので、極端な速度を出さなければ、なんとか安全に車を走らせることができた。わたしは、一度、訪ねたことがある気安さで、鳥類パイロットファームへと向かう農道へと入り込んだ。

二十分後、考えが甘かった、と後悔した。道のりの半分あたりで、視界が閉ざされた。それでもノロノロと進み続けていたら、路肩を踏み外してしまった。スマホの電波も届かないところでロードサービスを呼ぶこともできず、わたしは途方に暮れた。

この状況でできることは限られている。他の車が通る可能性は薄いので、霧が晴れるのを待って町の方向に歩いて戻り、助けを求めるしかない。たぶん一時間も歩けば人家があるはずだから、仮にスマホの基地局は遠くても、なんらかの通信手段を貸してもらえるだろう。

というわけで、わたしはただ待った。脱輪して傾いた車内で、せいぜいラジオを聞きながらぼーっとしているよりなかった。

放送にはほぼ十分おきに台風情報が入った。日本列島の西からどんどん天気が崩れてきており、今は関東地方に大雨が降っていると、気象センターのキャスターが淡々と伝えていた。百々谷でもきっと雨が降っているだろう。

わたしが閉じ込められた霧も、大局的にはその台風でかき乱された大気の流れによるものだった。湿地由来の湿った空気があるところに、北東から冷たい空気がゆっくり流れ込み、このあたりの地理的な条件でせき止められる。湖沼の水面から供給される水蒸気は、急激に凝結して雲を作る。霧というのは、地上にできた雲のことだ。子どもの頃とは違って、科学的な雑学をわたしはいろいろ知っているけれど、そんなものは、現状を打破するには役立たなかった。

一時間ほどがすぎても、霧は晴れるどころかますます深く濃くなった。最悪、今夜はここで過ごさなければならなくなるかもしれないと覚悟した。とするなら、ガソリンも節約する必要があるので、わたしはエンジンも切って、ラジオも止めた。

静寂という言葉が相応しい。周囲はまさに白い闇だ。視界がこんなふうに余白だらけだと、わたしはとたんに、見えるはずがないものをその向こうに見始めた。子どもの頃の百々谷でも、この前のケイナちゃんの農場でもそうだった。蛍池のまわりに絶滅動物たちが集う光景や、湖沼から太古の竜が鎌首をもたげる様子やら、こんなときに想起するものの一揃いがわたしの頭の中にあって、全部まとめて訪れた。わたしはうとうとしながら、その存在を感じていた。

理由はわかっていた。この白闇のむこうにケイナちゃんがいて、届きそうなのに届かないところで足止めをくらっているからだ。

同時に父のことが頭に浮ぶ。ケイナちゃんと過ごした日々は、わたしにとって、いつも穏やかに見守ってくれる人がいた時間でもあった。あのとき、わたしは東京の小学校から逃げてきた面があったわけだけれど、一緒にいてくれたのは父だ。ケイナちゃんと会えなくて心細いときも、父は常にそこにいた。でも、今、わたしは、もう自分自身で、目の前の不安と対峙しなければならない。

目頭からすーっと熱いものが流れた。あれ？と自分で思うほど、唐突だった。わたしは父のことを思い出して悲しい気持ちになることは避けてきた。亡くなったときにはさんざん泣いたけれど、父が愛してやまなかった絶滅した者たち側に父自身も行ってしまったのだと納得した後は、湿っぽい気分になるよりも、笑って励ましてくれたときの顔を思い出しながら暮らしてきた。でも、ここまで他にやることがない場で、濃い霧のキャンバスを前にして、一人きりの時間が延々と続くとなると、古い記憶がどんどん染み出してくる。

絶滅動物をめぐる「堂々めぐり」でも、わたしは父が示してくれた踏み分け道を、途中まで歩いていた。最近、私的な振り返りの原稿を書き始めて、それを痛感した。きっとケイナちゃんも同じだっただろう。そこから先、ケイナちゃんは科学的な探求で、わたしは取材記者としてのフットワークで、さらに遠く「堂々めぐり」した。今のわたしたちを父が見たら、ふたりは相補っていると思っただろうか、それとも、遠く離れてしまったように思うだろうか……。

そんなことを徒然《つれづれ》に考えていると、やがて不思議な温かい光に包まれた。わたしはもう感傷の中に浸りきることを自分に許した。

コツコツと音がして、車体が微妙に振動した。白い闇の中に人影があった。

「あ」とわたしは声に出した。

いったん顔を伏せて、目の縁を袖で拭ってから、ドアを開けた。周囲に射していた暖かな光は、後ろからやってきた車のフォグランプだったのだ。

「そろそろ、またボーちゃんが来るんじゃないかと思っていたんだよ」

のんびりした声が聞こえ、わたしは再び目がじわっとするのを感じた。その声は、さらに続いた。

「でも、さすがにここでスタックしてるなんて、びっくりした。怪我はない？　天気予報、見てなかったの？　数日、農場にこもることになると思って、町に買い出しに行ったところだったからよかったけど、この道、本当に車通りがないんだよ。それに、大雨が降ると冠水するからね。このまいると、流されるところだったよ」

「きっと来てくれると思ってたから……」

わたしは自然とそう言っていた。

一時間後、わたしたちは、無事に農場に到着していた。放置しておけないからと、脱輪したレンタカーをジャッキアップして脱出させ、霧の中、ケイナちゃんの大きな四輪駆動車を追いかけて農道と私道を走りきった。

わたしは、ケイナちゃんに聞かなければならないことがある。場合によっては、問い詰めなければならないかもしれない。でも、まずはそれどころではなかった。ケイナちゃんの帰宅が遅れたために、お腹をすかせている子たちがたくさんいた。ダチョウのペレットをエサ箱に補充し、鳩舎のフィーダーに配合飼料を満たし、あわただしく動くケイナちゃんを、わたしも手伝わざるをえなかった。

そして、飼育棟の脇にある増築部で、腹をすかせたカンムリバト一家にもエサをあげ、最後に育雛室のヒナまでたどり着いた。

わたしははっと息を呑んだ。

一般に成長が速い鳥のヒナを一か月見なかったのだから、もうそこにいるのは、別の生き物と言ってよかった。

緋の目。以前は、いわゆる虹彩の部分が薄茶色だったのに、今は燃えるような赤だ。その中に、黒い玉を思わせる瞳がある。羽毛はまだまだ生え揃っておらず、ぎゅっと引き締まった筋肉がしっかり見える。変わっていないのは、保温電球にむかって大きく翼を広げる、「全力で温まる」仕草だけだった。

「すっかり見違えた……」とわたしはため息を漏らした。

「実は、これでも鳥の割には成長がゆっくりなんだよね」

「その分、しっかりと筋肉がついて、ぎゅっーと詰まった凝縮感がある。前見たときとは、まだふにゃふにゃだったし、すっかり様子が違うよ。たしか十日齢くらいだったよね」

「あの後の成長記録といえば……」とケイナちゃんは、飼育ノートに視線を落とした。

「十四日齢で頭の上に羽冠のツンツンした羽軸が出て、二十日齢で羽ばたきはじめて、二十八日齢ではじめて立って、三十日齢で目が真っ赤になって……という流れかな」

まだ流動食を与えているということで、ケイナちゃんを手伝って特製の「ミルク」を作った。わたしたちは素嚢乳を与える親鳥のようにシリンジ給餌し、ヒナは勢いよく飲んだ。とても甘い雰囲気が流れる時間だった。

でも、いつまでもうっとりした気分でいられないのが今回の訪問だった。

「ケイナちゃんに、聞かなければならないことがある」とわたしは切り出した。

ケイナちゃんは、片手の手のひらをこちらに向けて、制するような姿勢をとった。

「わかってる。でも、今は準備をしないと。あとで全部話すから、まずは手伝って！」

ケイナちゃんは、給餌道具を片づけると、ついてこいとばかりに外に出た。

開けたドアが勝手に押し戻されて、大きな音を立てて閉まった。

風が強く、顔に空気の圧力を感じた。

「今晩、台風が近くを通り過ぎるから。近づいた頃には温帯低気圧に変わっているかもしれないけど、名前が変わったからといって急に安全になるわけじゃないからね」

強風のせいで霧は消えていた。ちょうど、西側の山際に開いた雲の切れ間から深く赤い光が差し込んで、わたしたちの頭上を、真っ赤なちぎれ雲がまるで火球のように猛スピードで通過していった。

思わず見とれてしまうようなドラマティックな夕景だったけれど、不穏な気持ちを膨らませるものでもあった。わたしたちは農場の各所の戸締まりに奔走した。

ネットラジオを聞きながら、夕食をとった。

事務棟の居住部にある小さなキッチンで、電子レンジでパスタをあたためた。昼間、ケイナちゃんが町で買ってきたものだ。

ラジオの番組は八割方台風情報だった。北海道の日本海側を、速度を上げながら通過する予報で、今晩中は大雨と風への警戒が必要だという。わたしたちがいる地域も、すでに風は強かったし、雨も降り始めていた。

途中で照明が落ちて、音声も途切れた。

「停電だね」とケイナちゃんは、まったく動じることなく言った。

すぐにどこからかキャンプ用の照明を取り出してきて、点灯した。ランタン型の暖色LEDライトで、部屋中が暖かい光に包まれた。

「小規模水力発電だから、停電はしょっちゅうあるんだよ。水位が上がりすぎても止まるし、ゴミが詰まっても止まるし。ネットも電源がないとつながらない。後でラジオを出しておくよ」

すっかり日が暮れてしまう前に、ふたりでがんばったから、農場の生き物たちはみんな今、安全なところにいる。鳩舎の扉は固く閉じ、風が吹き込む開口部もすべて蓋をした。ダチョウたちもガチョウたちも屋内にいるし、放し飼いになっているニワトリもエサで誘導して、なんとか屋根の下に導いた。そして、世話に手間がかかるカンムリバトのヒナは、事務棟へと移してあった。

ガスは無事に使えるので、ケイナちゃんがお湯を沸かして温かい飲み物を作ってくれた。ココアだった。

「なんか、前にもこういうことがあったよね」とケイナちゃんはのんびりとした口調で言った。

「たしかにね……」とわたしは返した。

小学四年生の九月のことだ。台風の夜、風が凪いだ時間帯にケイナちゃんがやってきた。そして、夜を一緒に過ごした。

「本当にあのときは、ボーちゃんのお父さんに家に帰れと言われなくて、命拾いしたよ。夜の百々谷を歩いたことは、ずっと忘れていないよ」

それは、わたしにしても同じことだ。でも、その後、わたしたちは別々に遠く旅をした。あまりに違う道を歩きすぎたせいで、もう違う景色を見ているのかもしれないと、今、わたしは不安になっている。だから、ケイナちゃんにちゃんと確かめなければならないことがある。

「見て！　あの子が、また全力で温まってる！」

ケイナちゃんが無邪気に言い、わたしは育雛箱の中のヒナを見た。

その姿は、たしかに、目を瞠るべきものだった。まだ羽毛も生え揃っていない未熟な翼を、保温電球に向けて思い切り広げて、ふるふると体を震わせながら、自分が得られる熱を本当に最大限、全力で受け取ろうとしているのだから。

「足りないのかな」とわたしはぽつりと言った。

わたしには室内は少し蒸し暑く感じられるくらいなのに、もっと熱が必要なのかな、と。いや、この子は野生動物としての生きる力と意志に満ちていて、その分、貪欲なだけだ。それなのに、今の自分には、そういうものが欠けていると思った。

じゃあ、ケイナちゃんはどうだろう。一見、熱が低そうに見えて、実は誰にも止めることができない推進力を持っている。孤高の熱量でもって、前に進む。ただ憂鬱そうで心配そうな顔をしてたたずむドードー鳥が隣にいても、あるいは、いなくても、自分が決めたことはだいたいやってしまう。周囲の評価を気にしないのは強みでもあり、危なっかしくもある。

わたしは、ふーっと息を吐き、また大きく吸った。

「この前来たときに、孵化器の中に、胚がたくさんあったでしょう。あの子たちは、ゲノム編集されてるって言ってたよね？」

それが核心に至るための、わたしの最初の質問だった。そして、さらに畳み掛けた。

「無卵殻で培養して、外から様子がはっきりわかるようにしてあったのには意味があるよね。発生の段階を追う高校生の実験じゃないんだから、ひょっとすると――」

わたしは、ケイナちゃんの目を正面から見据えた。

「あれは、カンムリバトの胚だったんじゃないの」

カンムリバトはドードー類の近縁だ。ドードー類の代理種《プロキシー》を作りたいなら、ベースになりうる候補だ。ケイナちゃんは、先を急ぐあまり、絶滅危惧種でもあるカンムリバトで実験をしているのではないだろうか。それは、本来、ニワトリの実験とは水準が違う慎重さが必要なことのはずだし、そもそも、わたしに教えてくれないのはおかしい。

前回、訪問した後で、孤独鳥の論文の解説記事を書きながら、わたしは、薄っすらとそういう可能性に思い当たった。重要なものを見落としているかもしれないという不安は、ケイナちゃんが本当のことを話していないのではないかという疑念と表裏一体だった。

ケイナちゃんは、ふっと吹き出すみたいに笑った。

「そんなわけがないよ。いくらうちのカンムリバトがよく卵を産んでも、ニワトリみたいに毎日ってわけにはいかないし、いくつも胚を揃えて孵化器に並べるなんてできるわけないよ」

「あ、そうか」とわたしは、思わず小さくうなずいた。

ケイナちゃんの言う通りだ。飼育下でいくらよく卵を産むようになっても、毎日、産卵するニワトリとは違う。ということは、わたしが抱いた疑念は、そもそも無理があるということになる。

ほっとしたとはいえ、それでも、もやもやする部分は残った。

「ニワトリのゲノム編集をしているだけでも、よくよく考えたら、いろんな注意が必要だよね。それに、カワラバトでもやっているんだよね」

「ゲノム編集というと特別に感じるかもしれないけど、これは品種改良をしているのと同じで、別におかしなことじゃないよ」

そのあっけらかんとした言い方には、どこか、ざらっとした部分があった。わたしの疑念が杞憂だったとしても、もっと根本的な部分に齟齬があるのではないか、と心配になった。

「考えてみて。もしもケイナちゃんが今も大学にいるのなら、倫理委員会を通して、動物福祉とか、安全性の確保とか、チェックリストを確認する必要があるよね」

研究には様々な手続きが必要だ。それを本当に満たしているのだろうかというのも、前回訪問した後で気になったことの一つだった。

「アカデミズムの中にいることにこだわりはないし、ただ、自分で景色を変えることを全部やればいいと思ってきただけ。その方が、ずっと早く、思い通りにできるんだから」

「でも、一人きりでやるのは大変ではない？　動物実験の倫理的な扱いはアメリカの方が厳しいから、これまで通りやればいいかもしれない。でも、ゲノム編集した生物の管理についての日本の法律は、アメリカとは違うはずだよ。例えば、カルタヘナ法とかはチェックしたの？」

　生命多様性条約に基づいて遺伝子組み換え生物の安全性を確保する議定書を、日本国内で実施する法律のことだ。わたしはこれについても、新聞記者時代に少しだけ調べて解説記事を書いたことがある。現代のバイオテクノロジーの利用によってつくり出された、「生きている改変生物《LMO》」の流通、栽培、環境への放出などを規制しており、研究室でゲノム編集された生き物が外に出ることについては、厳しい制限がある。一方で、アメリカは、まだこの議定書を批准していない。

「ゲノム編集した個体や細胞を外に出さないというのは、もちろん徹底しているよ。始原生殖細胞を入れた第一世代のニワトリは、一切、外に出していないし、表現型を見るための第二世代は、胚の段階で止めてる。アメリカと法律が違うというなら、ボーちゃんが調べて教えてくれるといいかもね」

　わたしは、ふうっとため息をついた。このあたりのことにケイナちゃんが無頓着なのはよくわかった。今後、わたしが目を光らせた方がいいのかもしれない。そのためにも、隠し立てせずに話してほしかった。わたしは、ケイナちゃんに、もっと率直であってほしい。その上で、慎重で、思慮深くあってほしいのだ。

とはいえ、今回、ケイナちゃんを訪ねた目的は、こういったことだけではない。もっと、直接的で急を要する理由があった。

わたしは息を整えてから、切り出した。

「それはそれとして、なぜ今回、ケイナちゃんに会いに来たのか、わかっているよね」

「カンムリバトのヒナの成長を確認しに来た。そのためには濃霧の中で危険な運転をし、台風がやってくるときに山間部に来ることもためらわなかった」

「ケイナちゃん！」

わたしは語気を強めた。

「論文不正の疑惑について、教授から相談を受けたんだよ」

「研究の中身に問題があるわけじゃないんだよ。利害関係者の範囲を見誤って、手続きに失敗しただけ。でも、孤独鳥の全ゲノムが読めたんだから、よしとしなければね」

「ケイナちゃん、それは違う！」

わたしは、バン！とテーブルを叩いた。さすがにこの態度はない、と思った。

「ちゃんとした研究の手続きを経なかったのは、やっぱりおかしいよ。このままだと論文だって撤回になっちゃうよ」

ケイナちゃんは、静かに、優美に首を傾げた。

「真実が分かった。それが一番大事なことだよ。撤回しなければならなくなっても、全ゲノムが読めたことは、大きな達成だよ」

表情を変えずに、むしろ、微笑まで浮かべるケイナちゃんを見つめながら、わたしの指先は小刻みに震えていた。

「明日の朝は、きっと早くからいろいろ作業をすることになる。そろそろ休もう」

ケイナちゃんはそう言って、話を打ち切った。そして、くるりと背中を向けて、自室へと戻っていった。

本当にケイナちゃんのことを信じていいのだろうか。不安が腹の底からせり上がってきた。

風雨の景色

深夜、外の風の音がやわらぐ時間帯があり、わたしはむしろその静けさのために目を醒ました。

いや、正直に言うと、わたしは頻繁に覚醒していて、その都度、考え事をしては、ふいにまた眠りに落ちる……というようなことを繰り返していた。外の様子が落ち着いていると知ったとたん、もう一段、覚醒のスイッチが入り、上半身を起こしたのだった。

浅い夢の中で、何度も子どもの頃のケイナちゃんと会った。

ケイナちゃんは、生き物の声が聞きたいと言い、景色が変わるのを見たいと言った。今はいない絶滅してしまった動物たちを思い、百々谷の夜闇の向こうに感じ取ったりもした。

あの頃のまんまだ。なにも変わっていない。恐ろしいくらいに同じままなのだ。

ケイナちゃんは、純粋すぎる、というのがわたしの結論だった。子どもの頃からの執着に、あまりに傾倒しすぎていて、必要な分別を欠いているのではないか。わたしみたいに、「堂々めぐり」すらせずに、一直線にここに至ったのではないだろうか。

ケイナちゃんは、なにもかも自分の思い通りにやろうとしているけれど、控え目に言っても危ない橋を渡っている。客観的な目に触れながら進むことの大切さを、わたしは、ケイナちゃんに自覚してほしい。でないと、またわたしの目の届かない遠くに行ってしまいそうで怖い。

そのためには……。

わたしはランタン型のＬＥＤライトを手に持ち、足音を忍ばせて部屋を出た。そして、いったん不気味なほど風が静まっている屋外を通って、飼育棟へと向かった。

飼育棟はいつもよりも多くの鳥たちが収容されているせいか、濃密な匂いが充満していた。ＬＥＤライトを絞ってダチョウやニワトリたちを刺激しないようにしながら、一番奥にある孵化室までたどり着いた。

非常用のバッテリーに繋がれた孵卵器のひとつから、淡い光が漏れていた。

中にあるのは、やや大ぶりの透明カップの中に浮かぶ胚だった。すでに鳥であることがはっきりわかる発生段階だった。たくさんの胚が並んでいた以前とは違い、たった一つだけだというのが気になった。とにかく、今もなにやら実験は進行中なのである。

わたしはＬＥＤライトを掲げて、あたりを見渡した。そして、テーブルの端に置いてある資料の中から、目的のものを見つけ出した。

ごく普通のキャンパスノートで、中にはぎっしり細かい文字や数字が連ねられていた。図表を切り貼りしたものや、スケッチもあった。

いわゆる実験ノートだ。ラボで実験をする研究者なら、生物学系でも化学系でも、分野を問わず、こういったノートをつけている。それは、自分自身の研究ログとして大切なだけでなく、研究の捏造などが疑われたときには、提出して疑いを晴らすための唯一無二の手段となる。ケイナちゃんは、さっき研究者として認められる必要を感じていない、というようなことを言っていたけれど、一方で、自分自身がなにをしてきたのか記録を取ることについては几帳面だから、実験ノートだけはきちんとつけているはずだとわたしは思っていた。

実際、ケイナちゃんは、細かな英字で、しっかりとノートを取っていた。この分野の学術的な訓練を受けていないわたしには暗号にしか見えない部分が多い中、ところどころ意味を成す部分はあって、実験の内容がおぼろげに透けて見えた。

「*G. cristata* って、つまり、カンムリバトってことだよね」とわたしはつぶやいた。

さっきケイナちゃんは、カンムリバトは実験対象にしていないと言ったはずだ。しかし、あれは結局、はぐらかしたにすぎず、本当は実験を行っていたということなのだろうか。胸に、ちくりと痛みを覚える。

iPS Cellsという言葉が目についた。万能細胞であるｉＰＳ細胞の樹立《エスタブリッシュメント》のための手順が示されて、その素材が*G. cristata*の体細胞だというところで、もうわたしは確信した。ケイナちゃんは、ドードー鳥と孤独鳥の全ゲノム解読でわかった、ドードー類らしさの根源となる遺伝子やエンハンサーを、カンムリバトのｉＰＳ細胞に導入して、そこから始原生殖細胞を誘導しようとしているのだ、と。

　解剖された胚の写真がいくつも貼りつけてあるページがあった。chickenとはっきり書いてあるから、ニワトリのものだが、頭部が不思議に大きく、胸がざわざわした。

　これは、頭やクチバシを大きくする要素を、ニワトリに導入したものなのではないだろうか。実験動物として使いやすいニワトリでゲノム編集して、まずは予想した効果を持っているかどうかを確認したのだろう。

　おまけに先のページでは、*C. livia*と注記された写真がさらに続いていた。これはカワラバト（*Columba livia*）のことだ。無卵殻培養されたと思われる胚の写真が日付とともに貼り付けられており、それもまた頭部が不自然なくらい大きかった。

　レナシメントの教授がケイナちゃんの最近の実験について知らなかった理由がわかった。

　これはかつて研究室で行っていた研究の「続き」ではない。つまり、リョコウバトの脱絶滅ではなく――

「原《プロト》ドードーの復元？」とわたしはまた小さな声で言った。

　その後で、今度は、背中側の濃い闇に向かって、はっきりと大きな声をつなげた。

「ねえ、ケイナちゃん。そういうことだよね。さっきからそこにいるよね。なぜ、この前は、教えてくれなかったの？　それなのに、どうして、今になってノートを読ませたの？」

　暗がりの中で、呼吸する音がかすかに聞こえた。

「だって、事前に相談したら、反対したでしょう。でも、もうかなり研究は進んだから、知ってほしいんだ。さっきも、いいところまで気づいていたのに、論文の話になっちゃったよね。ボーちゃんには、それを読んでもらうのが一番早いと思って」

ケイナちゃんがわたしの隣に進み出た。顔の表面に投げかけられた陰影がゆらゆら揺れていた。光源であるＬＥＤライトではなく、建物自体が揺れているのだ。風が凪いだのはわずかな時間で、またも嵐が戻ってきたらしい。

「結局、カンムリバトで研究をしているんだよね」

ケイナちゃんは、にっこりと良い笑顔をわたしに向けた。

「ハトでのｉＰＳ細胞の樹立と、始原生殖細胞の誘導は、もともとリョコウバトのために開発されたんだ。財団は、まだこの件を論文発表はしていないから、外には知られていない。いろいろと批判があって、タイミングを測っているらしいよ。パンデミック後に外部の研究協力者への予算が減ったのは、計画が止まったわけではなくて、むしろ研究開発の部分での見通しが立ったからだよ」

「この前来たときに孵卵器の中にいた胚も、そのための助走だったんだね」

「そうだよ。頭やクチバシが大きくなるものは、今、写真で見たでしょう。一番手軽に実験できるニワトリでドードー類特有の遺伝子やエンハンサーをためして、その中で表現型に望ましい変化があらわれるものを、カワラバトでも試して確認したんだ。やっぱりニワトリでだいじょうぶでも、ハトではうまくいかないものもあるから。逆に両方でうまくいけば、カンムリバトでもうまくいく可能性は高まる」

「ケイナちゃんは、本当にこういうことを望んでいるの？　かりに成功したとしても、それは本当のドードー鳥でも孤独鳥でもないんだよ」

「わかってるよ。でも、一度は失われたドードー類の遺伝子やエンハンサーを持った鳥が生まれるというのは、貴いことだと思うんだ。地球生命の進化という同じ船に乗っていた仲間を不注意で波にさらわれてしまったのだから、その生命の一部をなんとか船の上に引き上げようとするのはいけないことかな」

ケイナちゃんの表情からは、まったく迷いが感じられなかった。わたしはそこに違和感というか、戸惑いを感じずにはいられなかった。ケイナちゃんは、こういう人だったろうか、と。

「ケイナちゃんは、百々谷のことを忘れてしまったんじゃないかな。小学生の頃は、百々谷にいる野生の生き物のことを、まずは好きだったよね。いろいろ教えてくれたのはケイナちゃんだよ。なのに、今は、実験室で、胚とかゲノムばっかり見てるよね」

なぜ、そんなに急ぐのか。わたしには、そこが本当によくわからなかった。もっと野生の世界を見ながら、感じながら、ドードー鳥や孤独鳥に思いを馳せれば、ただ遺伝的要素だけを戻せばよいという発想にはならないはずなのに、とにかくケイナちゃんは急ぎすぎている。

でも、それと同時に、胸に熱いものがこみ上げてくるのはなぜだろう。この三年以上、パンデミックの期間をまるまるかけて、一人きりでこの事業に取り組んできたケイナちゃんに、驚嘆の念を禁じえない。わたしは、ひたすら真っすぐなケイナちゃんに対して、相反する思いの間で揺れていた。

孵化室のテーブルを挟んで相対して座り、ＬＥＤライトの光が照らすささやかな空間の中で、ケイナちゃんは連絡を取り合わなかったこの三年間に取り組んだことを淡々と語った。

日本に戻ってこの農場に居ついた直後、スピーシーズ・リバイバル財団が水面下で確立したカワラバトのｉＰＳ細胞から始原生殖細胞を誘導する方法をカンムリバトでも使えるか確認した。これが、帰国後の最初の達成だったという。

「財団が開発したカワラバトのｉＰＳ細胞の樹立の仕方では、体細胞に八つの初期化遺伝子を入れるんだけど、カンムリバトでもそれでできるかやってみたんだ。最初はうまくいかなくて、途方に暮れた。でも、培養条件を変えながら地道に探っていったら、ついに最適な条件を見つけられたんだ」とケイナちゃんは言った。

ｉＰＳ細胞を樹立するために、核に初期化遺伝子を導入するには、遺伝物質の「運び屋」としてウイルスを使う。この実験農場には、安全キャビネットや高圧蒸気滅菌器《オートクレーブ》を設置して、いわゆるＰ２レベルのバイオセーフティを確保した部屋があって、その程度の実験はできるのだと知った。

ケイナちゃんが、霧竜町で、カンムリバトのｉＰＳ細胞から始原生殖細胞を誘導するのに成功したのとほとんど同時に、カリフォルニア州レナシメントの研究室では、ドードー鳥の全ゲノム解読が達成された。実は、全ゲノム解読自体は、論文になるずっと前にできていて、それを他の鳥類と比較する作業などに二年もかけたという。最近では様々な生き物の「全ゲノム」が読まれており、いかにドードー鳥でも「読みました」というだけでは論文にならない。だから、他の鳥と比較して

「ドードー鳥らしさ」を決める遺伝的要素をいくつか見つけた上で発表した。ケイナちゃんは、まだ研究員の籍だけはあったので、その研究の進展をリアルタイムで知ることができた。

「ドードー鳥らしさに関係する遺伝的要素を明らかにするのは、生物情報学《バイオインフォマティクス》の領分で――」

と言いつつ、わたしも論文の解説記事で触れたことがある「翼の退化」について、どのように研究が進んだか、機微に触れることを教えてくれた。遺伝子そのものよりも、遺伝子の発現量を制御するエンハンサーに特徴があったという件だ。

「翼の退化は鳥類で何度も起こっているよね。ダチョウ、ヒクイドリ、キーウィ、カカポ、様々なクイナ、いくらだって挙げられる。そこで全鳥類をカバーするデータベースを使って、翼が退化した鳥の系統で進化の速度が速まった遺伝子、プロモーター、エンハンサーを選び出したんだ。進化の速度が速いというのは、配列が他のゲノム領域と比べてより変化が大きいという意味だよ。この段階ではまだドードー鳥が関係ない話で、候補は数千あったと思う。その上で、ドードー鳥のゲノムに検索をかけ、数千の候補それぞれに対応する配列を見つけて、それらをドードー鳥における翼の退化因子の候補として位置づけたんだよ」

全鳥類をカバーしたデータベースというのがどれほどの規模なのかはわからないが、ものすごいデータ量で、莫大な計算資源を必要としたのは間違いない。これは情報科学の力のなせる業だ。もっとも、この時点では絞り込んだとは言っても、因子の候補はまだ数千あったので、さらに絞り込む必要があった。

「候補の中で、ドードー鳥で進化速度が速まって、変化が大きくなっているものを見つけるのが最初のステップで、特に、エンハンサーに大きな違いがあることがわかったんだ。次のステップは、研究が進んでいるニワトリとの比較だったよ。前肢の発生回路の上流にある遺伝子とリンクするエンハンサーに限定すると、候補は数個くらいに絞られた。同じような方法で、クチバシと頭を大きくすることに関係するエンハンサー候補もいくつか見つかったんだ。それで、ここまできたら、もう自分で確かめようと思った。実際にその要素をニワトリに入れてみればいいんだから。元研究室とも財団とも関係ない独自研究は、ここから先だよ」

ケイナちゃんは、孤独鳥のゲノム解析のために奔走しつつも、同時にこういったドードー鳥に特徴的な遺伝的要素をニワトリで働かせる実験を繰り返していた。中でも有望なものは、カワラバトでも試した。ドードー鳥から遅れて二年後、孤独鳥の全ゲノムが解読されたときには、さらに「ドードー鳥と孤独鳥で共通する要素」を重視して実験を続けた。両者は、他の鳥には見られない遺伝子やエンハンサーを共通して持っていることが多く、これは二種の鳥が近縁だということを強く示していた。

そして、わたしが訪ねた時点では、ニワトリでうまくいったことをカワラバトで試した上で、さらにカンムリバトで試そうというところまで進んでいた。

「でも——」とわたしは、頭の中で育ってきた疑問を口にした。

「ドードー鳥と孤独鳥の共通祖先は、飛べたわけだよね。飛べたからこそ、別々の島にたどり着いたわけだし。とすると、それぞれ別々に飛べなくなったわけで、今、ここでドードー鳥と孤独鳥に共通する要素から飛べない鳥を作出しても、それはどういう位置づけになるんだろう」

「共通祖先だとは言っていないよ。そういう意味では、仮構的《イマジナリー》な原《プロト》ドードーだね。でも、それぞれの島で別々に飛べなくなったはずなのに、似た新奇遺伝子を持っていたり、エンハンサーの特徴も似ていたりするから面白い。だから、実質的《ヴァーチャル》な原《プロト》ドードーだと考えていい。ケイナちゃんも記事で少し書いていた、シカゴ大学のホイットマン教授なら『定向進化』の証拠だと言ったかも」

C・O・ホイットマンは、十九世紀末から二十世紀はじめにかけてリョコウバトの飼育下個体群を維持していた人物で、元東京帝国大学教授でもある。進化のメカニズムとして、自然選択よりも定向進化を推し、裏付けを得るために多くのハトを飼っていた。リョコウバトもそのうちの一種だった。

一瞬、わたしもそれを興味深いと思いつつ、あらためて思い当たった。

やっぱり、この話はすごく不自然だ、と。

「そういった鳥は歴史的には実在しなかったわけだよね。その子は、個体としてはフランケンシュタインの怪物みたいなものだし、種としてはゾンビみたいなものになってしまうんじゃないかな」

ケイナちゃんの達成については素直に称賛する気持ちがありつつも、かくも急いで、勝手な実験を進めることはやはり認められないとわたしは思った。だから、つい、アメリカで聞いた批判的な語彙を使った。それは、わたしの中にある、複雑な心情の表現でもあった。

「だから、発表するつもりなんかない。ボーちゃんがわかっていてくれたらいい。大学の研究室では、ほかのことに時間を取られすぎるし、全ゲノムがわかったのなら、あとは自分でやりたいことをやった方がずっと早いんだよ」

ケイナちゃんが、切実な強い目でわたしを見ていた。小学生のとき、どきっとさせられたあの黒くて大きな目だった。

わたしは思わず視線をそらした。壁際にある孵卵器からもれる光が、ケイナちゃんの輪郭をうっすらした逆光で照らした。

はっとして、息を呑んだ。

「ひょっとして……」とわたしはケイナちゃんの背後を指さした。

ケイナちゃんのちょうど背後にある孵卵器には、無卵殻培養の胚がたった一つだけ、ラップフィルムに包まれて宙に浮いていた。さっきこの部屋に入ったときにも、この胚のことが気になった。使われている透明カップが、別の孵卵器の中のニワトリのものよりも大きい。また、一つだけというのも特別感がある。

今、ケイナちゃんとの対話を経て、わたしはあることに思い当たってしまった。

「その孵卵器にいる子が、そうなの？」とおそるおそる聞いた。

ケイナちゃんは、にっこり笑ってうなずいた。

「生殖細胞だけゲノム編集したものになっているカンムリバトのキメラ個体だよ。なぜ無卵殻で培養しているかというと、発生の段階を観察したかったというよりも、卵殻が割れたのをレスキューしたから。親鳥が卵を蹴飛ばして落としてしまったんだよね。無卵殻で孵化させる技術は、こういうときにも役立つんだ」

「つまり……死ぬはずだった胚を助けるかわりに、原《プロト》ドードーの始原生殖細胞を導入して培養している、ということだよね」

「うん。こっちは男の子だといいなと思ってる。もう一羽が女の子だから」

「もう一羽って……」と言いかけて、わたしは深いため息をついた。

今は事務棟に移してあるヒナのことだ。わたしも一緒にお世話して愛着を感じている。あの子は、生殖細胞に原《プロト》ドードーの遺伝子を宿したキメラ個体だったのである。

「よかった。これで、全部、伝えられた。本当にすごく近いところまでボーちゃんは質問してくれたのに、大切なところは気づいてくれなかったから」

うれしそうに言うケイナちゃんに、わたしは頭を抱えた。

さて、どうしようか、とわたしは考えざるをえなかった。予想していたよりも、はるかに事は進んでいる。

これまで、絶滅種の復活という夢みたいな話は、実際にはそれほど実現性がないと信じ切っていた。自分が記事を書く場合にも、それこそ話に彩りを添えるスパイス程度の認識だった。遠い将来に実現することがあったとしても、そのときまでには倫理的な問題や法的な問題についての議論がたくさん行われて、だめなことと、許容できることの間の線引きもはっきりしているはずだ、と。でも、今、わたしは、むき出しのままで、それも研究の当事者に近い立場で、この問題に晒されている。

「本当に、今まで教えてくれなかったのが信じられない。ここまでやってるなんて、急に言われても、ついていけないよ……」

いきなり、ゴゴゴと深く響く音がして、わたしはあたりを見渡した。LEDライトの届く範囲の光の繭の内側には、なにも異状はなかった。ひょっとすると心理的なものだったのかもしれないと思った。わたしはそれくらい、揺さぶりを受けていた。

「風が強くなっているね。なにかが吹き飛ばされて建物に当たったんだと思う。ちょっと気になることがあるから、ここで待っていて。ちゃんと戸締まりをしたかどうか……」

「え、ちょっと。まだ話は終わっていない」

わたしが抗議しても、ケイナちゃんはそそくさと立ち上がり、LEDライトを持って行ってしまった。わたしは、孵卵器から漏れるうっすらした光の中に取り残された。

一人きりになって、わたしは、今、聞いた話を頭の中で整理しようと試みた。

原《プロト》ドードーとわたしたちが呼んでいる仮構的《イマジナリー》な鳥の生殖細胞を持ったメスのヒナと、オスの胚がすでに存在している。それらが無事に成長して性成熟すれば、次の世代に生まれてくるのは、ドードー鳥や孤独鳥の遺伝的要素を持った、原《プロト》ドードーだということになる。ひょっとすると、それは、ドードー鳥を失ったモーリシャス島や、孤独鳥を失ったロドリゲス島で、二度と戻らない大切な鳥の代理種《プロキシー》として歓迎される可能性もあるだろう。でも、ここだけで勝手に進めていい計画ではないはずだ……。

なぜ、これまで相談してくれなかったのかというわだかまりが、わたしの中に根強くある。ただし、そうしてくれていたら、わたしは間違いなく反対しただろう。その上で、きちんとした研究室と連携して、ステップを踏みながら進むように促したと思う。レナシメントの研究室に戻って、同じ研究を進めることだってできたはずなのに、ケイナちゃんは、あくまで自分勝手に進めることを選んだ。だから、この研究にはどうしてもいびつなところがあって、おそらくはいくつかの分野で、研究の規範を無視して進めてしまっているに違いない。本当に、悩ましい状況だ……。

ドドン、ダダン！と、ひときわ大きな音がして、わたしの思考は中断された。建物が細かく震え続け、ドアが閉じられた孵卵室の中にいるのに、空気が動くのを感じた。おまけに、ケイナちゃんが戻ってくる気配がない。

わたしは不安を感じて、腰を浮かせた。スマホのライトを使えば、足元くらいは確認できる。孵卵室の外に出て、飼育場へと続く通路を進んだ。

やがてはっきりと頬に風を感じた。ケイナちゃんは戸締まりをしにいったはずだが、むしろ、建物のどこかから風が入り込んでいるのだ。

通用口の方向に明かりが見えた。ケイナちゃんが持っていったランタン型のＬＥＤライトだった。近づいていくと、通用口が半開きになっているのがはっきりわかった。ライトは地面に倒れているようで、風がひときわ強くなるたびに吹き飛ばされて転がった。ゴゴゴと地鳴りが聞こえてきて、不穏なことこの上なかった。

ＬＥＤライトを拾い上げ、周囲を照らしてみた。ケイナちゃんの姿はなかった。これを置いて遠くに行くとは考えにくいので、大声で呼びかけてみたが、やはり応答はなかった。

わたしは、風が吹き込んでいる半開きの通用口へと近づいた。猛烈な雨が横殴りに襲いかかってきた。

腕で顔を半分保護しながら、ＬＥＤライトを掲げると、ドアと建物の隙間に黒っぽく光るものが見えた。

ゴム長靴がドアに挟まっていた。それで、ドアが半開きのままになっているのだ。

ちょっと違和感があって凝視すると、ゴム長靴がもぞもぞ、もがくような動きをした。それで、わたしはすべてを悟った。

「ケイナちゃん！」と大声をあげた。

ケイナちゃんは、何かの理由で外に出ようとして、突風に吹き飛ばされたのだ。まるで、外で待ち構えていたモンスターに引きずり出されるみたいに。

わたしは、呼吸を整えた。

ドアに全体重をかけて、えいっと押し開けた。

雨に打たれながら倒れているケイナちゃんの背中が見えた。わたしは、腕を掴み、ありったけの力を込めて、外の闇から引っこ抜いた。

ドアがまたバタンとすごい勢いで閉じた。間に挟まった木の枝が、スパッと両断されてＬＥＤライトの光の中を横切った。

「だいじょうぶ⁉」と大声で呼びかけても返事がなく、うーっと唸り声が聞こえてきた。

「脚を痛めた？」

ケイナちゃんは、うんうん、とうなずいた。

「ここから離れるよ！　ドアの近くは怖い」

ケイナちゃんに肩を貸し、足元を照らしながら歩いた。大きな鳥が暗がりのむこうにたむろしているのが、光がまだらに当たるたびに見えた。首が長いうっすらした輪郭が揺れる様は、ダチョウだと知っていても胸をざわつかせる部分があった。

やはりこんなことが前にもあったかなと思い出し、わたしの中で警報が鳴った。

これは心理的なものじゃない。もっと現実的な脅威がそこにある。

かつてのわたしたちを包み込んでくれた、百々谷の空想の絶滅動物のような優しく大きな影ではなく、もっと敵対的で圧倒的なものだ。さっきゴゴゴと鳴ったのは、風というよりも地鳴りだった。今、この建物は、考えていた以上の危機的な状況にあるのではないだろうか。それを本能的に察知したダチョウたちは、不安げに暗がりの中で首を揺らしている。

なんとか奥の孵化室まで戻った。ここなら少しは安全なはずだ。ケイナちゃんは、床に座り込んでそのまま足を伸ばした。

「やっちゃったな。足関節かな……」と弱々しく言った。

わたしが、バケツに水をくんで、足首ごと突っ込めるようにしたら、うっとうめき声をあげた。

ケイナちゃんの指示で、棚にある薬箱から動物用のアスピリンを見つけ出した。分量はよくわからないけれど、獣医であるケイナちゃんが自分で適量を見繕った。それで、やっと一息ついた。

「まったく、なにをしようとしていたの」とわたしは聞いた。

「飼育棟の奥に実験用のニワトリなんかを飼っている部屋があるんだよ。ちゃんと戸締まりしたか心配になって、まず確認したんだ。ついでにエサと水を補充しておいた。それから、ふと事務棟のヒナのエサが気になって、風がおさまった瞬間に行けると思ったんだけど……」

「たしかにヒナは心配だけど、明るくなるまでここにいて、雨と風が落ち着いてから、エサをあげに戻ろう。それから、車で町の病院まで行こう。痛みはなんとかがまんできる？」

「というか、がまんするしかないよね」と言う声は弱々しかった。

わたしたちは、身を寄せながら、猛る風雨の音を体中に浴びた。それが小さくなる合間には、ゴゴといった不穏な音が響いた。その都度、ケイナちゃんはぎゅっと体を固くした。

それでも、わたしは眠たくなったし、足首が痛むケイナちゃんも、痛み止めのせいか、規則正しい呼吸音を繰り返し始めた。暗がりにかろうじて見えるケイナちゃんの輪郭は、まだ羽毛が生えきらずに震えている鳥のヒナみたいだった。わたしは、隣に身を寄せて眠りに落ちようとした。

「あのね……」ふいにケイナちゃんが言った。

「なに？」とわたしはかすれる声で返事をした。

「ずっとうらやましかったんだよ」

「うん」

「百々屋敷に行けば、きょうだいのように、子どものように扱ってもらえて、うれしかったし、うらやましかった。もうほとんど、ゼツメツしているような子だったのに、そこでは復活できた。百々谷は一つの船で、自分は乗組員として、居場所があったんだよ」

百々谷は、それ自体、幼いわたしたちが乗り合わせた船だった。短い期間ではあったけれど、次々と新しい景色を見せてくれて、それぞれの未来へと運んでくれた。言われてみれば、その通りだった。

「わかったよ。でも、もううらやましがらなくていいよ。また、こうやって会えたんだし」

ケイナちゃんが小さくうなずき、少し体を緩めたのをわたしは感じ取った。

「霧竜町にいる間も、アメリカに行ってからも、寂しかった。いつのまにか、ゲノムの声を聞くようになったのは、ずっと一人きりで耳を澄ましていたからだと思う。あの頃の百々谷に戻れないなら、いっそ自分の船で本気で新しい航海をして、新しい景色を見ようと思ったんだ」

「いつ帰ってきてもよかったのに」と言いつつ、わたしも百々谷にいたのは小学生のうちで、それ以降は、東京に戻ったことを思い出した。わたしたちは連絡を取り合っていなかったし、かりに取り合っていたとしても、百々谷に戻る道筋は、その頃はなかったのだ。

「前にも言ったよね。ボーちゃんのお父さんの本棚から借りて読んだ本のこと。絶滅を認識して悼むのは……ってやつ」

「ああ、絶滅種について悲しむのは二十世紀以降の人類だけだけど、いくら悲しんでも剝製はもう二度と羽ばたかない、みたいなやつだね」

「ボーちゃんのお父さんは、喪失を経験し続ける覚悟で語り続けるしかないと書いていたよね。でも、もう時代は変わったんだよ。今なら、手持ちの道具で、取り戻せるものは取り戻して、新しい航海を始められるかもしれない。そして、新しい景色を見られるかもしれない。ならば、やってみるべきだと思った。結局、百々谷からすべて始まっているんだよ」

わたしはもうなにも言わず、ケイナちゃんの肩を抱き寄せた。孤独鳥だからって、本当に孤独ってわけじゃない。孤高でありつづける必要もない。わたしたちは、どのみち、たった二種しかいないドードー類なんだから、それは同じ船に乗っているようなものなんだよ、と心の中でつぶやきながら。

台風の風雨が次第に収まっていく中で、わたしは少し眠り、やがてケイナちゃんが、痛そうに体をよじらせる動きで目を醒ました。

飼育棟の入り口の方からうっすら光が射していた。風雨は去っていたし、不穏な地鳴りも消えていた。わたしたちは、無事に生き延びたみたいだった。

また眠りに落ちたケイナちゃんを置いて、わたしは農場での最低限の仕事をやってしまうことにした。鳥たちのフィーダーに飼料を補充し、水を取り替える。事務棟に置き去りにしてしまったヒナも育雛室に戻し、記憶を頼りに作った流動食を給餌した。

そして、町の医院が開く時間に合わせて、ケイナちゃんを送り届けた。簡単なレントゲン写真でもはっきりわかるほどのひびが入っており、医師は当たり前のように「これは手術ですね」と言った。

紹介された隣市の総合病院までさらに車を走らせ、そこでケイナちゃんと別れた。わたしは霧竜町の農場へと戻り、また鳥たちのお世話をする必要があった。半日もすれば、オーナー家族が手配した代理人が札幌から到着することになったので、わたしはそれまでを守るように頼まれた。

町から戻る農道の景色は、これまでになくすっきりと晴れて健やかだった。この地域を三方から取り囲む稜線は、霧降るこの湿原がひとまとまりの水域なのだと教えてくれた。ここに来るのはもう三往復目になるのに、これほど晴れた日は初めてだった。

農道から私道に入り、実験農場が近くなってきた頃、異変に気づいた。青空にうっすらと黒い霧のようなものが流れている。せり出した山塊を大きく迂回する私道を進むうちに、その色はどんどん濃くなった。もう霧ではないことは明らかだった。

湿った炎というものがあるのだろうか。昨晩の雨でたっぷり水分を吸ったはずの飼育棟から深いオレンジの炎が這い出して、屋根のあたりを舐めていた。さいわいネットの接続が回復していたので、まずは消防局の緊急通報システムに通報した。すぐに応答があり、こちらの状況も伝えることができた。

建物の脇で火花が散るのが見えた。これは通電火災だ、と理解した。川の水位が下がって、小規模水力発電が復活したときに、風雨でダメージを受けていた配線のどこかから漏電して、出火したのだろう。

しばし呆然としてから、気を取り直した。わたしにはやるべきことがある。

さいわい、火の手が上がっているのはまだ建物の一部からだけなので、鳥たちがいる部分は無事だ。煙も回っていない。

わたしは事務棟から鍵を探し当てて、飼育棟の大きなシャッター扉を開けた。ものすごい勢いでダチョウたちが飛び出してきた。ガチョウやニワトリがそれに続いた。昨晩の風雨といい、この火事といい、かなりストレスだったことは間違いなく、一目散に草地へと駆けていった。これで、飼育動物が被害にあうリスクはかなり減った。鳩舎は少し離れたところにあるから、火の手が回らないことに賭けてよい。他にも実験用のニワトリが奥の区画にいると聞いていたが、わたしは建物の構造を理解していないものだから、こちらは幸運を祈るしかなかった。

しばらくすると、遠くからかすかに、風の音とは違う甲高い音が流れてきた。消防車がこんなところでも律儀に警鐘を鳴らし、せり出した山肌を迂回する私道を走ってくるのがわかった。

安心するとともに、わたしははっと気づいた。火の手が建物の外縁を大回りして、飼育棟の奥の孵卵室・育雛室に近づいていた。その一角には、人工育雛中のヒナや、孵卵器の中の胚がいる。このままだと消火が間に合わないかもしれない。シャッターを開けてダチョウたちを逃したのと同じように、あの子たちも助けないといけない。

いや、と、否定的な考えが頭をもたげた。

このまま成り行きにまかせてもいいのではないか。ここでヒナや胚が死んでしまえば、ケイナちゃんが行ってきた問題含みの研究が止まる。実験ノートまで焼けてしまうだろうから、後になにも証拠が残らない。

ケイナちゃんの研究は、本来、一人だけで進めていいものではないはずだ。わたしに教えてくれなかったことはやはり悲しいし、それだけでなく、もっとオープンに、みんなの支持を得られる形で研究してほしかった。絶滅動物の復活という複雑きわまりないテーマにまつわる課題を、ひとつひとつクリアしながら階段を登るのなら、わたしはケイナちゃんの役に立ちたいと思う。そのためには、これまでの研究はむしろリセットしたほうがいいのかもしれない……。

そんなことを頭の中で思い浮かべたのはほんの十秒、二十秒の間だったと思う。気がついたときにはもう体が動いていた。シャッター脇の水場で念の為にハンカチを濡らして口に当てながら、飼育棟の奥に向かっていた。

途中、増築部分にいるカンムリバトの成鳥たちもこのままでは危ないと気づき、外につながる扉を開いておいた。育雛室では、育雛箱の中でもぞもぞと動くヒナをまずは確認した。そして、一回り大きな樹脂の衣類ボックスに、周囲にあった給餌道具と一緒に詰め込んで、外に運び出した。

さらに奥の孵卵室へと戻ったときには、煙がうっすらと入り込んできた。息を止めて進み、人工孵化器と災害用バッテリーをまとめて抱え込んだ。孵化器からぬくもりが伝わってきて、停電中も間違いなく稼働し続けたことがわかった。

急に火の勢いが強まり、背中に熱を感じる中、なんとか外に出た。わたしは先に運び出しておいたヒナが入った衣類ボックスと、後から運び出した発生中の胚が入った孵卵器を、順々に車の後部座席に突っ込んだ。そして、建物からできるだけ遠くへと移動させた。

火が激しく立ち上ったところで消防車が到着し、手際よく消火活動を始めた。もう素人にできることはなにもなく、わたしはやっと車内で体をゆるめた。

くっくっと押し殺したような鳴き声を後部座席から聞き、大切なことを思い出した。

「ああ、おなか空いたね、ごめんね」と話しかけながら、もう慣れた手つきで人工育雛用のパウダーフードと野菜ジュースを混ぜた。

シリンジの先についたチューブを近づけると、ヒナは顔の半分だけをこっちに向けて真っ赤な目でわたしを見た。そして、力強く体を震わせながら、押し出されるねっとりとした人工食を喉奥に受け入れた。

終章

百々屋敷の書斎には、作りつけの書架と、同じ木材で作った一点物の机があり、かつては父が使っていた。今、書架には、あらためてわたしが持ち込んだ父の書籍や資料が並んでいて、机にはパソコンのモニターが載っている。わたしはここで、モーリシャス島のドードー鳥やロドリゲス島の孤独鳥についての本を書いた。

その日、朝食をとってから画面に向かい、ちょっとした調べもののためにウェブ検索をしていると、ドードー類ではないけれど、その仲間の飼育方法についての記事を見つけた。わたしにとってすでに懐かしさを感じさせる、北海道霧竜町の実験農場のサイトだった。

今ではオーナー家族が戻り、一般向けに開かれた観光施設になっているそうで、情報発信のページにカンムリバトの飼育についての記事があった。わたしも知っている個体たちが、今も欠けることなく元気でいることがわかり、喜ばしいかぎりだった。

さらに「ドローンで農場を空撮しました」という表題の記事があることに気づき、その中の写真を感慨深く眺めた。というのも、わたしが訪ねたときと、かなり様相が違ったからだ。

火災にあった飼育棟はすっかり解体されて、同じ場所に新しく一回り大きなプレハブの建物が作り直されていた。一方で、事務棟はきれいさっぱり消えてなくなっていた。跡地には大量の土砂が堆積しており、背後の山肌には生々しい傷跡のようにえぐれた急斜面がむき出しになっていた。今見ても冷や汗をかいてしまう恐ろしい光景だった。

もう一年半も前の話だ。わたしたちが農場を去った数日後に、間近に迫った山の斜面が地すべりを起こした。直撃を受けた事務棟は押しつぶされ、一部は数十メートル先の湖沼まで押し流された。これで農場は、飼育棟と事務棟、主な建物を二つとも失ってしまった。

さいわい屋内には誰もおらず、人的被害はなかったという。それは、ケイナちゃんが怪我をして、農場を空けたからであって、不幸中の幸いと言うべきものだった。わたしたちが風雨の中で時々聞いた地鳴りは、やはり「ここを去れ」という警告音だったのである。

その記事には、「焼け跡からの出発、災害からの復興」という言葉が使われ、ゴールデンウィークの賑わいを撮影した写真も掲載されていた。ダチョウやカンムリバトなどの野性味のある鳥たちと交流できることから、小さい子どもたちに人気だそうだ。ここではもう、ケイナちゃんが根城にしていた頃とは別の時間が流れている。

社会はパンデミックの後で新たな動きを加速させている。わたしも、あいかわらずフリーの文筆稼業を続けているものの、同じ場所に留まっているわけではない。この農場も、ケイナちゃんがいない今となっては、よほどのことがなければ再訪することはないだろう。

もっとも、画像の隅に、野放しのニワトリたちや、鳩舎のハトたちがちらっと写っているのを見ると、ちくりと胸に痛みを感じた。あのとき、わたしは目先のことで手一杯で、実験対象になっていたニワトリやハトたちのことを充分に気にかけることができなかった。今にして時々、心苦しくも複雑な気持ちになる。

ブラウザのウィンドウを閉じて、深呼吸をした。

ふたたびモニターに目をやると、メッセンジャーの着信がいくつかあることに気づいた。

まずは、最近健康を取り戻し、活発に活動をしている北海道の元歴史教師からの短いメッセージに目を通した。「孤独鳥《ソリテア》クエスト」という団体を運営していて、道内の郷土資料館などに残る自然史標本の目録化を進めている。その進捗は順調なようだ。

「未分類の化石で、ステラーカイギュウのものや、束柱類のデスモスチルスのものがあるかもしれません。札幌の専門家に連絡して、確認をお願いしています」とのことで、今や、歴史的な遺物だけでなく、古生物学にまで視野が広がっているようだった。

西日本の「チーム堂々めぐり」は、最近、地元から離れて、北陸地方で寺社宝物、文化財の点検ローラー作戦を展開している。とある民家の神棚に置かれていた「山棲み犬」の頭骨が、地元博物館の鑑定でニホンオオカミの可能性が高いことがわかったことを、興奮した筆致で伝えてくれた。これはもはや、ドードー鳥どころか、鳥の話ですらないのだが、生物考古学の深みにすっかりはまっているようだった。

さらに、絶滅動物をめぐる創作集団、TOD（トートロジー・オン・ドードロジー）は、新しい作品集を送ってくれた。オオウミガラスやステラーカイギュウが登場する小説や、『不思議の国のアリス』に登場する生き物をドードー鳥以外も絶滅動物に置き換えた二次創作、イラストや四コマ漫画などが掲載されていて、目を楽しませてくれた。

これらの諸団体は、わたしのウェブサイトでの交流から始まったドードー鳥関連ネットワーク「DoDoDo《ドードードー》」にも参加している。わたしはその総代表という名ばかりの立場で、活動に参加させてもらったり、時々、記事を書いたりしながら、この状況を楽しんでいた。

そんな国内関係者からのメッセージに対応した後で、海外の知人への返信に進んだ。イギリスの「ドードー鳥の老神官」は、ひ孫の手引きでとうとうスマホを持ったと知らせてきた。九十歳を超えても、ますます元気なようだ。国立自然史博物館の鳥類キュレーターは、リョコウバトを含む絶滅鳥類についての本を出し、その中で日本に来ていた孤独鳥についても言及したと連絡してくれた。北カリフォルニア・レナシメントの大学教授からもちょっとした問い合わせが来ていたので、返事をしておいた。

そして、もうひとつ、わたしの札幌時代の同僚で、イリノイ州在住の映像作家からも久しぶりに連絡があった。「来月、日本を訪ねる」という。映像作家は、最近、環境保護団体の非暴力直接行動をめぐるノンフィクション映画を公表して、高い評価を得た。今回の来日は、映画祭への出席が主目的なのだが、わたしの居所が成田空港と同じ「千葉県」であることに気づいて連絡をしてきたようだ。

「あなたたちと会えるのを楽しみにしています」と書いていた。

わたしも同じ文言を返した。おそらく、この家に招き、百々谷を案内することになるだろう。アメリカのような原生自然の概念が適用しにくい日本での保全活動と、その象徴ともいえる百々谷を歩いたとき、どんな感想が出てくるのか興味津々ではある。今の百々谷は、映像作家とその友人たちが考える倫理から逸脱した保全活動の実験場となっている感もあって、わたしたちはきっと先鋭的な議論を戦わせることになるだろう……。

と、ここまで作業をすると、わたしは席を立って、身支度を整えた。

すでに日は高く、ガイドウォークの時間だ。この一年ほど、わたしは週に三回、百々谷を案内するボランティアをしている。今、わたしのウェブサイトの中で、ドードー鳥をめぐる探索の記録はあまり更新されず、むしろ、百々谷の日々を綴った日記や折々の動画の方が人気コンテンツになっていた。生活の中で、現時点では、ドードー鳥よりも百々谷の保全の方が活動の中心を占めているのだった。

百々谷の「正門」にあたる国道沿いの広場で、小学校の一クラスが待っていた。いわゆる「総合的な学習」の枠組みで百々谷を訪ねてくれる地元小学校が多く、そのうちのひとつだ。わたしはグループを先導して、ボードウォークを下った。

この季節の百々谷では、春の名残と、夏の始まり、両方の要素を見つけることができる。先週までかろうじて咲いていた山桜は、今ではボードウォークの上に少しの花びらの残骸を残すだけだ。一方で、河口部のハマダイコンの群落は、うっすら紫色に縁取りされた小さな白い花を風に揺らしていた。たくさんのモンシロチョウが乱舞する中で、翅に青緑の透かしのような模様を持つアオスジアゲハが何頭かいて、素早く飛び交いながら吸蜜していた。ずっと見ていても飽きない蝶たちの祝祭だった。

「ハマダイコンは、千年以上前にたぶん中国や韓国から持ち込まれて、野生化したと言われています。モンシロチョウも同時期に日本列島にわたってきました。ダイコンや菜の花など大陸由来の植物が輸入されるときにくっついてきたのでしょうね」などとわたしは訳知り顔で解説した。

「じゃあ、モンシロチョウはガイライシュなんですか」と聞かれた。

最近の子どもは、メディアの影響なのか「外来種」と「固有種」という言葉をよく知っている。実はこれはとても食いつきがよい話題だった。

「日本の法律では、外来生物というのは、明治時代よりも後に来たもののことを言うんですよ。だから、モンシロチョウのことを外来種だという人はあまりいないと思います。でも、身の回りの自然が、外来種か固有種かで、はっきり分けられるわけではないことは知っておいていいかもしれません。今問題になっている外来生物の中にも、いずれは日本の自然の一部として親しまれるものもいるでしょう」

ほーっと、子どもたちがうなずき、では、「身近な外来種・固有種・あいだの生物」というのを調べてみようかと言い出す子もいた。

「セイタカアワダチソウが結構ありますよね。ガイライシュですよね」と別の子が目ざとく見つけた。この子は、先日、自分の家の庭に生えたものを、両親と一緒に根こそぎにして「クジョ」したのだそうだ。

「秋に花が咲く頃には、アサギマダラが蜜を吸いに来るので、あえて残してあるんです。アサギマダラはその後、何百キロ、何千キロも旅をするので、ここで栄養をたくわえる必要があるんですね」

質問をした子は、「秋にまた来て、アサギマダラの観察をしたい」と元気よく言った。ぜひそうしてほしかった。

参加者の中には「トンボが見たい！」と言う子が何人かいた。昆虫の中で、トンボ、それも、ヤンマが一番格好いいと思っているそうだ。駅などに張ってある百々谷のポスターにはサラサヤンマの写真が大きく使われているので、ここに来ればたくさんいると期待していたらしい。しかし、残念なことに、この日、出会ったのはイトトンボばかりで、大きなヤンマは見つけられなかった。

最近、百々谷の植生の分布が変わった。一番大きな池である蛍池が拡大したために、桜森との間にある緩衝地帯の草地がほとんどなくなった。それは、つまり、サラサヤンマが産卵しやすい場所が減るということでもあった。それでも、ギンヤンマならあちこちに出るので、わたしはガイド中、ずっとその姿を探していたのだが、結局、出会えなかった。

「もう少したつと、出てくるはずなので、また来てくださいね」とガイドの終わりに言って、子どもたちに手を振った。わたしは谷を横断する作業用の小道をたどり、百々屋敷の方へと戻った。

ドド川と名づけられた細い流れは、わたしが百々谷に来た小学四年生の春夏にはなかったものだ。その頃は「じめじめ地帯」と呼んでいた場所に、後になってしっかりと流れができた。一方で、川のまわりは、乾いた草地と湿ったくぼみが交互に現れる半乾燥地になった。ケイナちゃんとふたりで行った小さな土木工事をきっかけに、たび重なる台風などによる増水の力も借りて、景観が変わったのだとわたしは思っている。

今、その草地と湿ったくぼみに、一定の間隔で縦横にロープが張られている。それらが作る格子のひとつの中でしゃがみ込んで、地面と向き合いながらノートを取る姿に気づいた。

「そっちはどう?」とわたしは呼びかけた。

「あ、ボーちゃん」と言いながら顔を上げたのはケイナちゃんだ。

「ちゃんと、育ってる?」と聞くと、片手で表土を撫でるようにすくい上げた。

朽ちた葉と泥にまみれた手のひらをわたしに向けて、「ほら」とうれしそうに見せた。

薬指の付け根あたりに、つやつやした黒褐色の塊が、ぴたっと張りついていた。サラサヤンマのヤゴだった。

「産卵できる場所があってよかったよ。下の方には、全然来ていないんだよね。かなり居場所が変わってきたみたいで」

わたしがそう言うと、ケイナちゃんは、うんうん、とうなずいた。

小学生の頃、ケイナちゃんが去った次の春には、このあたりにサラサヤンマが出没するようになった。それは、まさに適度に湿った草地が増えて産卵ができるようになったからだと、わたしは数年前に百々谷に戻ってきてから確信した。渓流の周辺の景色が、サラサヤンマ好みのものに変わっており、一つ、二つ、くぼみの中の落ち葉をひっくり返しただけで、ヤゴが見つけられるほどだったからだ。

今、ロープで区切られた格子は、ヤゴの生息数調査のためのものだ。ケイナちゃんは、自分が知らない間に景観が変わっていたことに刺激されて、こんな調査を始めた。地元の動物病院で、獣医として週に三日アルバイトに行く他は、百々屋敷のまわりを歩き回っており、長年の空白を一気に埋めようとしているかのようだった。

「前に、ボーちゃんに、胚とかゲノムばっかり見てるって言われて、確かにそうだよなと思ったんだ。野生の景色の中で、生き物たちがどんなふうにしているのか、子どもの頃には夢中になったのに、ずっと見失っていたなって……」というのが、ケイナちゃんが口にする研究の動機だった。

ケイナちゃんは、ちょうどきょうの調査を終えたところだったので、わたしたちは一緒に斜面を上った。

「教授から新しい論文のことで連絡があったよ」と伝えた。

ケイナちゃんは、なかなかメールに返事をしないから、いつしか教授は必ずわたしにも同じメールを送るようになった。論文不正疑惑の件は、北海道の元歴史教師が間に立ってくれてすでに解決しており、試料の使用許可も、最初の論文の執筆時まで遡及して認められた。今は孤独鳥のゲノムの分析から新たな論文を出すたびに、地元の人たちに内容を嚙み砕いて伝える役割をわたしたちは仰せつかっていた。

「それから、もう一つ、教授は、またあのことを言っていたよ」とわたしはつけ加えた。

「前に、ちゃんとノーと伝えたんだけどな」

「それだけ、ケイナちゃんのことを買っているんだよ。動植物の声を聞き、新しい景色を創る人だからね」

「それでも、考えは変わらないよ。今、せっかく百々谷にいるのに、わざわざ戻る理由はないし」

教授は、自分の研究室にある、鳥の発生にまつわる研究チームを拡大することに決め、リーダーにケイナちゃんを置けないかと考えていた。その背景には、一時、休眠状態たったスピーシー・サバイバル財団の活動が新段階に入ったことが関係している。財団の理事たちが中心になって、マンモスなどの絶滅動物の脱絶滅を目標に置いた新興企業「ギガンテス・バイオサイエンシズ」社を作り、新たに二億ドルもの資金調達に成功した。

そして、今や全ゲノムが解読されたドードー鳥の脱絶滅も、ギガンテス社の主要目標に掲げられている。ゲノム編集よる代理種《プロキシー》を、モーリシャス島に放って、かつての生態系を復元する、と。教授は、この会社の上級顧問に迎え入れられて、同時に潤沢な研究資金も得たようだ。これからは、ケイナちゃんが一人で行っていたような研究を、もっと組織的に、大々的に、法的、倫理的な問題をクリアしながら行える環境が整ったことになる。

霧竜町でのことからも明らかなように、ケイナちゃんを一人で研究させたら危なっかしい。だから、様々な方面に目配りをする人たちが配置された組織の中で仕事をする方がいいに決まっている。わたしは、ケイナちゃんに百々谷に留まってほしい気持ちと、アメリカに戻るべきだという気持ちが相半《あいなか》ばする複雑な心境にあった。

そんなことを話し合いながら歩いていくと、木々の合間から茶色い屋根が見えてきた。今、百々屋敷の庭には、ネットが張られている。わたしたちは、通用口からネットの中に足を踏み入れた。

「やっぱり、当面、ここを離れるわけにはいかないよね。だって、この子たちがいるわけだし」

ケイナちゃんはそう言って、自分の頭よりも少し上にある庭木の枝を指さした。霞のようなふわふわした冠を持った鳥が、枝にとまって翼を広げていた。差し込んでくる午後の日差しを翼の内側で受けている。

「また全力で日光浴しているよね」とわたしが言い、ケイナちゃんはくすっと笑った。

「この子は生まれたときからそうだからね」

そして、視線をその背後に移し、もっと高いところにある枯枝を集めた丸い塊を指差した。太い枝が二股になっているところに作られた巣で、その上に座っているもう一羽のカンムリバトのふわふわした頭部が見えた。

「あと、数日、だと思う」とケイナちゃんは言った。

「正直、ドキドキする」とわたしは応答した。

カンムリバトの抱卵期間から考えて、あと数日。本当にヒナが孵《かえ》るのだとしたら、それがどんな存在なのか、生まれてみるまでわからないことだ。

北海道の実験農場を出るときに、わたしは当時ヒナだった子と、まだ胚だった子、あわせて二羽を、誰にも気づかれることなく持ち出した。これまでの経緯が詳細に書かれたケイナちゃんのノートなどは火災で焼け落ちた育雛室や孵卵室にあったので、この子たちの存在を示す記録は一切残らなかった。今、ここにいる、ということだけが、唯一無二の存在証明だ。

あれから一年半もたつと二羽とも性的に成熟して、繁殖行動を見せるようになった。農場から救出したときにはまだ孵卵器の中の胚だったオスが、ドゥー、ドゥーと低い声で鳴き、救出時、ヒナだったメスは、すぐさま求愛に応じた。そして、しばらくしてから一卵を産んだ。「初産」にしてはまったく問題なく抱卵を始め、わたしたちをほっとさせた。

ケイナちゃんは、実は、一卵目を取り去って、もう一卵産ませたがったが、わたしは拒否した。北海道の農場にいたときのケイナちゃんのように、急ぐ必要はまったくないのだから。

それでも、時間は着実に流れ、今や、孵化直前というところまで来ているのである。

「本当に孵化すると思う?」

庭の端に設置してあるフィーダーや、木立の中に隠された容器に飼料を入れながら、わたしは聞いた。

「五分五分かな」

屋敷の際の石畳の部分のフンを掃除しながら、ケイナちゃんは答えた。

枝の上で日差しを浴びていたメスが地上に降りて、首を振りながらフィーダーに近づいた。そして、リズミカルに体を揺らし、飼料をつつき始めた。

この子たちから生まれる次世代は、複雑な遺伝的な特徴を持っている。

二羽の生殖細胞は、ケイナちゃんの目論見通りに行っていれば、ドードー鳥と孤独鳥に共通する遺伝的な要素を導入したものに置き換わっている。卵の中にいるのは純然たるカンムリバトではなく、わたしたちが「原ドードー《プロト》」呼んでいる特徴を持ったものだ。つまり、殻を破って外界に出てくるヒナは、頭やクチバシが大きく、翼も縮退した、飛べない鳥かもしれないのである。

あるいは、不用意なゲノム編集によって、そもそも受精できていなかったり、発生が途中で止まってしまっている可能性もある。ケイナちゃんは、うまくいくはずだと言うが、それはあくまで楽観的な希望で、そうなる保証はまったくない。

「気が重い」とわたしは言った。

そして、これ見よがしにケイナちゃんを見た。

「ヒナが生まれてこなかったら、逆に少しほっとする。でも、その場合、この子たちは子孫を残せない体になっているわけで、せめてずっと幸せに飼い続けるしかないよね。問題は、本当にヒナが生まれてきて、考えた通りの表現型だったときだよ。そうなると、ゲノム編集が成功した『生きている改変生物《LMO》』だということが確定するわけだし、不用意に広がらないように拡散防止措置を取って承認を受けなければならないと思う」

「そんなのは、ほかのカンムリバトと一緒に飼わなければいいだけなんだし、問題じゃない。百々谷に、実質的《ヴァーチャル》な原《プロト》ドードーの遺伝子を発現させた子が歩く景色が見られるのは、自分としてはこれ以上ない喜びだよ。だって、それは小学生の頃に想像したことをはるかに超えているから。生き物の進化というものが、時間の流れを飛び越えて絡まり合っているって、感じさせてくれるんだよ。今はゲノムの大航海時代、大博物学時代なんだと思う！」

ケイナちゃんが相変わらず無責任なことを言い、わたしは思わず唇をへの字に曲げた。

「この子たちを農場から持ち出すときに、決めたんだ。もしも、本当にケイナちゃんの計画どおりに、次の世代が生まれたら、ちゃんとそのことを書いて公表する。まずは「ＤｏＤｏ《ドードー》」の仲間に報告してから、自分のウェブサイトにも書くし、一般メディアにも書く、ものすごく批判されると思うけど、それでも書く。正当化するつもりはなくて、ただここにそういう子がいるということを書く」

「それもいいと思うよ。また別の景色が広がるかもしれない」

「本当に……ケイナちゃんは、無責任だよ」

わたしは小さくため息をついた。

「でも、本当のことだよ。絶滅動物が『まったく生きないことによって永遠を生きる』ことになって、それを悼む人たちは『喪失を経験し続ける』とか、二十世紀の人が言ったようなことは、もうこれからは違ってくるんだから」

「実験に使ったニワトリやハトのことだって、結局、面倒見られずに終わったのに……」

わたしは、いつも気になっていることを口にした。

「そうだね。たしかに、もっと見ていたかったけどね」

ケイナちゃんは、非難がましいわたしに対して、うっすらと笑みを返した。

ここまで来ると、わたしはもうあきらめの境地で、これみよがしに大きなため息をつくよりなかった。

ケイナちゃんが言うことは、現時点では無責任この上なくても、いずれ、わたしたちが直面しなければならないテーマを先取りしていることは間違いないのだから。

もしも、ケイナちゃんの魔法の手が、ドードー鳥と孤独鳥に共通する特徴を、今を生きる鳥の中に呼び戻したとしたら、絶滅動物をめぐる景色は変わるだろう。わたしたちは、この件について、嫌でも深く考えざるをえなくなる。アメリカでとうとう「脱絶滅の会社」ができたというニュースを聞く分には、まだ他人事のような話だけれど、日本の百々谷にこそ最前線があるとみんなが知ることになる。

ひょっとすると、ニホンオオカミのように、日本の固有亜種のDNAを、それこそ民家の神棚で祀られていた骨から抽出して、ゲノム編集で脱絶滅させる議論が始まるかもしれない。その場合、かりに成功したとしても、どこに生息地を確保するのかという大きな問題があらわれて、おそらくは果てしない議論になるだろう。

それよりも現実的なのは、遺伝的な多様性が失われている固有種、固有亜種、地域個体群への貢献だ。ライチョウやヤンバルクイナなど、すでにiPS細胞の樹立に成功している絶滅危惧種もある。百々谷の事例が「成功」したならば、ゲノム編集によって多様性を維持する手法が、問題含みの脱絶滅よりもずっと穏健な目標として注目を浴びるかもしれない。

そうやって、絶滅とゲノム技術をめぐるわたしたちの時計の針は、大きく進む。わたしたちは、生命、ゲノム、個体、個体群、生態系、地形が、異なるスケールで重畳《ちょうじょう》する、新しい景色を見ることになる。

どこに向けて針路を取るべきなのか、その先にどんな眺望を求めるべきなのか、わたしにはまだ確信がない。その点において、わたしは今も堂々めぐりの途上にある。

実験農場に危機が迫ったとき、わたしは、先のことまで考えて動いたわけではなかった。一瞬、頭の中で、このまま焼けてしまった方がいいのではないかと思ったものの、ヒナと胚の姿を思い浮かべただけで、自然と体が動いた。鎮火した後も手元に置き続けたのも、実験農場のオーナーの代理人に説明するのが困難だったという後ろ向きの理由が大きい。

でも、それと同時に、わたしの脳裏に、ある光景がちらついたことも認めなくてはならない。

それは――

百々谷の林床を、大柄で飛べない鳥たちが、地面に落ちたドングリや果実をついばみながら歩いていく姿。あるいは、その鳥たちが駆け回り、踊るような求愛行動を繰り広げる姿。そして、地べたに作った巣の上で、喉の奥から絞り出すようにしてヒナに濃厚な素嚢乳を与える姿。そういったものだった。

ありえないとすぐに頭の中で否定したものの、わたしは、一瞬であったとしても、想像してしまった。

まったく……と、今ではケイナちゃんと百々谷で暮らしながら、わたしは、しばしば、ため息をつく。本当に、面倒くさく、やっかいで、しかし、時々、大きなうねりがある道を歩むことになってしまった。父と一緒にこの屋敷に住んでから、わたしはケイナちゃんと一緒に、谷筋を流れ落ちる川の水になって、自ら流れ落ち、あちこちにぶつかりながら谷を削り、小さいながらも景色を変えてきたのだ。

風が樹冠を渡り、南中近い陽の光が、わたしたちがいる庭先にまで射し込んだ。

飼料をしきりとついばんでいたカンムリバトが、ふいに顔を上げた。

真っ赤な、燃え盛る生命の力を感じさせる目をこちらに向け、陽の当たる方へ大きく翼を広げた。

そして、ドゥー、ドゥーと低い声で鳴いた。

Imaginary Dodo-like Solitaire (Solitaires of Réunion), *The dodo and kindred birds: or, the extinct birds of the Mascarene Islands,* Masauji Hachisuka, 1953, Shigekazu Kobayashi del.

謝辞

本書の執筆にあたって多くの方々の助力を得ました。

初稿を書き始める前の段階から相談に乗ってくださった北海道大学の水島秀成さん（大学院理学研究院、生物科学部門、黒岩・吉田・水島研究室）、早川卓志さん（大学院地球環境科学研究院、環境生物科学部門、生態遺伝学分野、早川研究室）、いくつかの重要なアイデアを提案してくださったカナダ自然博物館の宮下哲人さん（Research Scientist, Palaeobiology）に感謝します。

百々谷《どど》の実質的なモデルとなったのは、房総半島ではなく三浦半島の小網代の谷です。『「奇跡の自然」の守り方　三浦半島・小網代の谷から』（岸由二、柳瀬博一　ちくまプリマー新書　二〇一三年）、「小網代・浦の川流域におけるサラサヤンマと湿地再生」（岸由二、鈴木清市、柳瀬博一　慶應義塾大学日吉紀要・自然科学（55）二〇一四年三月）などを参考にしました。

本作を構築するために必要だった情報を理解し、整理して、まとめるために、多くの方々、機関に便宜を図っていただきました。お名前を列挙し、謝意を表します。

Julian Hume (Natural History Museum), Ria Winters (University of Amsterdam), Errol Fuller, Hilmar J. Malmquist (Icelandic Museum of Natural History), Christopher Milensky (National Museum of Natural History), Mark Peck (Royal Ontario Museum), David L. Dyer (Ohio History Connection), Tamaki Yuri (Ohio State University Museum of Biological Diversity), Heather Farrington (Cincinnati Museum Center), Heidi Taylor-Caudill (John James Audubon State Park), Sue James (Millikin University), Cindy Greenberg, Joel Greenberg, Jon Wuepper, Stanley A. Temple (University of Wisconsin-Madison), Jane Garver (Little Traverse Historical Museum), Frans van Dijk (National Archives of the Netherlands), Jan Hušek (National Museum, Prague), Jon Fjeldså (Natural History Museum of Denmark), Malgosia Nowak-Kemp (Oxford University Museum of Natural History), Lorna Steel (Natural History Museum), Michael Brooke (Department of Zoology, University of Cambridge), Ralfe Whistler (Dodo House), Leon Claessens (Maastricht University), Owen Griffiths (La Vanille Réserve des Mascareignes), Aurèle Andre (Francois Leguat Giant Tortoise and Cave Reserve)、渡辺由佳里、冨澤奏子（大牟田市動物園）、木村（森田）藍（甲府市遊亀公園附属動物園）、江田真毅（北海道大学総合博物館）、山口美由紀（長崎市出島復元整備室）、保坂亮介（駐日アイスランド大使館）、伊藤盡（信州大学人文学部英米言語文化）、千葉市動物公園、江戸川区自然動物園、日本モンキーセンター。

（順不同・敬称略）

作中に登場する「日本に来ていたドードー鳥」のエピソードについて。ドードー鳥が一六四七年に来日していたこと、またその後の行方がわからないことなどは、二〇一四年に明らかになった史実です。『ドードーをめぐる堂々めぐり　正保四年に消えた絶滅鳥を追って』（川端裕人　岩波書店　二〇二一年）に、ノンフィクションとしてまとめましたので、関心のある方はぜひご覧下さい。そして、本書とあわせて、一緒に「堂々めぐり」しましょう！

本作は、国書刊行会編集部の伊藤嘉孝さん（当時）と初期段階の企画を練り、同編集部の伊藤昂大さん、装幀家の山田英春さんの丁寧な手さばきで、このような形に仕上げていただきました。また、メールマガジン「川端裕人の秘密基地からハッシン！」（夜間飛行）、二〇二二年九月の一六八号から一八五号での初出に際しては、福島奈美子さんが原稿を取りまとめてくださいました。

「ドードー鳥と孤独鳥」がぎゅっと詰まった物語として、「手触り」を楽しみ、かつてわたしたちとともにあった存在の過去、そして未来に思いを馳せていただければと思います。

二〇二三年六月　川端裕人

文献と図版について

作中に引用されている歴史的な文献は次の通りです。既存の邦訳から引いたものに関しては、本文に合わせて漢字を開いたり、最小限の補訳をしている部分があり、厳密な引用ではないことをお知らせしておきます。

フランソワ・ルガ「インド洋への航海と冒険」中地義和訳（『インド洋への航海と冒険／フランス島への旅』岩波書店　17・18世紀大旅行記叢書　第Ⅱ期1　二〇〇二年）
A relation of some yeares travaile, begunne anno 1626, Thomas Herbert, 1638
De Bestiis Marinis, or, The Beasts of the Sea, Georg Wilhelm Steller, translated by Walter Miller, Jennie Emerson Miller, Paul Royster, 1899
Abstract of Mr. J. Wolley's Researches in Iceland respecting the Gare-fowl or Great Auk（*Alca impennis, Linn.*）, Alfred Newton, *Ibis*, 1861
American Ornithology, Alexander Wilson, 1808-1814
On a Monument to the Pigeon, Aldo Leopold, *A Sand County Almanac*, 1953
『オランダ商館長日記　訳文編之十』東京大学史料編纂所、二〇〇五年掲載した図版の多くは、ハーバード大学生物多様性遺産ライブラリー（Harvard University Biodiversity Heritage Library）の所蔵です。それ以外の所蔵元、許諾者等を挙げます。

Frank Leslie's Illustrated News, 2 July 1881, by courtesy of Julian Hume

Photos of Passenger Pigeon, by courtesy of Wisconsin History Society

『薩摩禽譜圖巻』国立国会図書館蔵

『禽譜』（『観文禽譜』図譜部）堀田正敦編、一八三一年頃、宮城県図書館蔵（CC-BY-ND 4.0）

『外国珍禽異鳥図』国立国会図書館蔵

Drawings of wild Dodo from the journal of VOC Gelderland, 1601, by courtesy of Nationaal Archief, Den Haag

『梅園禽譜』毛利梅園、一八三九年序、国立国会図書館蔵

The dodo and kindred birds : or, the extinct birds of the Mascarene Islands, Masauji Hachisuka, 1953

（小林重三による図版を、著作権継承者内田孝人氏の許可を得て掲載）

著者略歴
川端裕人（かわばたひろと）
作家。1964年兵庫県明石市生まれ、千葉県千葉市育ち。東京大学教養学部卒。1995年にノ
フィクション『クジラを捕って、考えた』、1998年に小説『夏のロケット』で、執筆活動を始める。
ノンフィクションに『我々はなぜ我々だけなのか　アジアから消えた多様な「人類」たち』（講
社ブルーバックス）、『「色のふしぎ」と不思議な社会　2020年代の「色覚」原論』（筑摩書房）、
『ドードーをめぐる堂々めぐり　正保四年に消えた絶滅鳥を追って』（岩波書店）など。小説に『
河のワールドカップ』『エピデミック』『空よりも遠く、のびやかに』（集英社文庫）、『声のお仕事』
（文春文庫）、『川の名前』『青い海の宇宙港』（ハヤカワ文庫JA）などがある。

ドードー鳥《どり》と孤独鳥《こどくどり》

2023年9月14日　初版第1刷　発行

著　者——川端裕人
発行者——佐藤今朝夫
発行所——株式会社国書刊行会
〒174-0056　東京都板橋区志村 1-13-15
TEL 03-5970-7421　　FAX 03-5970-7427
HP https://www.kokusho.co.jp　　MAIL info@kokusho.co.jp
装幀・本文設計——山田英春
印刷——中央精版印刷株式会社
製本——株式会社ブックアート

ISBN 978-4-336-07519-2
乱丁・落丁本はお取替えいたします。